BLT
Mit der Welt
auf Buchfühlung

Für dich.
Du hast nie aufgehört,
an mich zu glauben.

Roberto Mistretta wurde 1963 im sizilianischen
Mussomeli geboren, wo er mit seiner Familie lebt
und als Journalist und Romanautor arbeitet.
Nachdem er bislang Kinderbücher geschrieben hat,
von denen einige prämiert wurden, hat ihn
in den letzten Jahren das Krimifieber gepackt:
Zwei Romane um den temperamentvollen
sizilianischen Carabiniere Saverio Bonanno erschienen
bereits in Italien, weitere Geschichten sind in Arbeit.

Fehlt jedes Gefühl von Zugehörigkeit,
ist für mich die einzige Wahrheit
eine große Portion Egoismus,
ein klein wenig geschmälert
durch eine unbestimmte Liebe zur Menschheit.
GIORGIO GABER

Roberto Mistretta

Das falsche Spiel des Fischers

Maresciallo Bonanno
sucht nach Regeln

Aus dem Italienischen von
Katharina Schmidt

BLT

BLT
Band 92249

1. Auflage: Mai 2007

Vollständige Taschenbuchausgabe
der in der editionLübbe erschienenen Hardcoverausgabe

BLT und editionLübbe in der Verlagsgruppe Lübbe

Titel der italienischen Originalausgabe:
NON CRESCERE TROPPO,
erschienen bei Terzo Millennio Editore, Caltanissetta

Umschlaggestaltung: Gisela Kullowatz
Titelbild: © Mauritius-Images/CuboImages
Autorenfoto: Privat
Satz: Kremerdruck GmbH, Lindlar
Druck und Verarbeitung: GGP Media GmbH, Pößneck
Printed in Germany
ISBN 978-3-404-92249-9

Eins

Der Lastwagen der Gemeinde fuhr schleppend dahin und verpestete die Luft. Tanino Rizzo strahlte, während er das Fahrzeug über die schmale, holprige Fahrstraße lenkte, die von Villabosco nach Borgo Raffello führte. Dabei pfiff er ein uraltes Lied, das einzige, bei dem er sich genau an die richtige Melodie und den Rhythmus erinnern konnte. Weder die Frühlingsluft noch der Gestank des Riesenhaufens Müll, den sie transportierten, schienen ihm die leiseste Reaktion zu entlocken. Er fuhr und pfiff ganz zufrieden vor sich hin.

»Schluss mit diesem nervigen Gejaule! Heute Morgen pfeifst du zum Gotterbarmen falsch. Ist doch wahr, oder, Ciccio?«

»Aber hundertprozentig, Kollege. Tanino hat nachts seinen Spaß mit seiner Freundin aus Bonanotti, und wir müssen dann am nächsten Morgen ertragen, dass er sich hier auszwitschert.«

»Ich glaube, er muss sich gar nicht abreagieren«, antwortete Cola. »Wenn der Vogel trällert, dann hat er seinen Schnabel nicht im Wasser und deswegen …«

Der Schlag traf Cola zwischen Schulterblatt und Hals. Er entlockte ihm ein unterdrücktes Fluchen. Tanino ließ nicht zu, dass man über seine Männlichkeit spottete.

Cola sah ihn düster, beinahe beleidigt an. Ciccio unterstützte ihn bei dieser Komödie. Sie hatten es geschafft. Tanino hatte aufgehört zu pfeifen und quatschte sie jetzt voll. Er zählte die verborgenen Talente seines Piephahns auf. Und wenn er bei dem Thema war, dann hörte er nicht so bald wieder auf.

Es war ein frischer Maitag. Der Nordwind schüttelte die üppig tragenden Mandelbäume und kitzelte die prachtvoll wachsenden Ähren in einem zeitlosen Lauf, regungslos wie die antiken Stätten. Das blühende Montanvalle zeigte sich in verführerischer Schönheit. Schwalben kreisten zwitschernd am blauen Himmel, schwarze lebendige Punkte, die die smaragdgrünen Hügel wie eine Stickerei schmückten.

Die Müllkippe kündigte sich mit beißendem Gestank und durchdringendem Modergeruch an, der einem die Kehle zuschnürte. Sie lag in unmittelbarer Nähe der archäologischen Zone von Raffello. Antike Völker waren auf dem einst breiten Wasserlauf gekommen und hatten sich vor vielen Jahrhunderten im nahen Vorgebirge angesiedelt. Dort hatten sie ein Dorf gegründet, von dem wertvolle Überreste und geplünderte Gräber übrig geblieben waren. Die Besucher aus grauer Vorzeit hätten sicher einen anderen Ort gesucht, um dort ihre Knochen bleichen zu lassen, hätten sie gewusst, wie wenig Achtung ihre Nachkommen ihnen entgegenbringen würden. Einen Ort fern von respektlosen Dieben und einer Luft, die durch den Müllgestank verpestet wurde.

Tanino redete immer noch über Länge und Ausdauer seines kleinen Freundes, der angeblich ein unermüdlicher Gefährte bei intimen Erkundungen weiblicher Spalten war. Dabei fuhr er mit dem Lastwagen die staubige Straße hinauf, die zur Mülldeponie führte, und erreichte schließlich deren steil abfallende Grube. Cola und Ciccio sprangen aus dem Führerhaus und hängten sich links und rechts an den Lastwagen, um beim Einparken zu helfen. Tanino musste nämlich im Rückwärtsgang auf der holprigen Straße entlangfahren, die die Grube begrenzte, bevor er die vielen Tonnen Unrat abladen konnte.

Für dieses Manöver waren genau bemessene und vorsichtige Bewegungen nötig. Ein paar Zentimeter zu weit, und die Räder würden nicht auf der Straße, sondern im Nichts landen und der Wagen den darunterliegenden Abhang hinabstürzen.

»Los, Tanino, noch ein paar Meter, ja, genauso, Tanino. Noch mal, ganz ruhig, fahr langsam, du bist fast da. Los, tu einfach so, als wärst du bei Cettina! Vorwärts und keine Angst, zeig uns, was du für ein Mann bist, und lass dich nicht bitten. Los, rückwärts, ja, genauso ... O, verdammt, so eine Scheiße ...!« Cola wurde ganz blass, seine Beine gaben nach, und er lag plötzlich ausgestreckt auf einer Ekel erregenden Unterlage.

»Was ist denn passiert?«, fragte Ciccio atemlos. Der plötzliche Anfall seines Arbeitskollegen hatte ihn überrascht. Auch Tanino war aufgeregt, stoppte den Lastwagen und war mit einem schwungvollen Satz bei seinen Kollegen.

Cola konnte man förmlich beim Blasswerden zusehen. Er wirkte so, als wäre gerade der Teufel höchstpersönlich hinter dem Haufen aus stinkender Asche aufgetaucht. Cola war fertig. Mit zitternder Hand zeigte er auf einen Punkt auf der Müllkippe und konnte nicht mehr sagen als: »Da, da ...«

Dann sank er ohnmächtig in den Armen seiner beiden Kollegen zusammen.

Maresciallo Bonanno trank gerade den dritten Espresso an diesem Morgen. Dampfend und schwarz, so wie er ihn mochte. Doch kaum hatte er den ersten Schluck genommen, fing er an zu fluchen. Seit er beschlossen hatte abzunehmen, war das Leben nur noch zum Heulen. Da er die überflüssigen Pfunde loswerden wollte, die sich auf seine Hüften gelegt hatten – ein Andenken an seinen Heißhunger auf Süßigkeiten –, war der erste Schluck Espresso nicht mehr der magische und glückliche Moment, dem üblicherweise eine weitere Gewohnheit vorausging: sich eine prachtvolle Zigarette anzuzünden und den starken Rauch zu inhalieren. Da war nichts zu machen. Den bitteren Espresso brachte er wirklich nicht hinunter.

»Steppani!«, rief Bonanno ärgerlich.

»Zu Befehl, Maresciallo!«

»Kannst du mir erklären, wer die grandiose Idee hatte, mir dieses fade Gesöff unterzuschieben?«

»Seit zwei Tagen gehen Sie allen hier mit diesem Unfug auf die Nerven. ›Jungs, ab heute mache ich Diät‹, haben Sie gesagt. Und wenn jemand abnehmen will, trinkt er den Espresso ohne Zucker.«

»Jetzt ist Schluss mit dieser Brühe, die nach Gift schmeckt!«

»Wie Sie befehlen, ich kümmere mich sofort darum. Reicht ein Löffel Zucker?«

»Besser eineinhalb. Von jetzt an besorgen wir aber Süßstoff in kleinen Päckchen, verstanden!«

»Zu Befehl, Maresciallo!«

Den neuen Espresso genoss er mit einem glücklichen Lächeln. Seine Gedanken wanderten ruhelos und unkontrolliert über Berg und Tal. Wie wilde Pferde in den Ebenen des Montanvalle. Lästigerweise drängte Steppani sich in diese wunderbare Welt. Wegen seines Berichtes bekam Bonanno den Espresso in die falsche Kehle. Das war nicht sein Tag. Das hatte schon in seinem Horoskop gestanden: *Ein kritischer Tag. Ärger im Beruf. Bleiben Sie gelassen und achten Sie auf Ihr Gewicht.*

Cola hatte wieder ein wenig Farbe bekommen. Das Blassgrün seiner Haut wich langsam einem Blutrot, das allmählich seinen ganzen Schädel überzog. Er war vernünftigen Argumenten nicht zugänglich.

»Ich gehe da nicht runter, nicht einmal, wenn ihr mich sonst erschießt. Macht das selbst, genau da gegenüber, auf der rechten Seite. Man sieht es schon von hier. Ihr könnt es gar nicht verfehlen. Aus dem stinkenden Müll schauen zwei Schuhe hervor, die an zwei hellen Hosenbeinen hängen. Wie der ganze Rest. Von hier sieht er ganz wie ein Christenmensch aus, aber ich würde es nicht beschwören. Mein Gott, mir dreht sich der Magen um. Heilige Mutter Gottes, was für ein Anblick! Ab morgen melde ich mich krank. Durch den Sturz habe ich mir einen Bluterguss geholt. Ich habe aufsteigende Hitze, schlimmer als jedes Weib.«

Bonanno brauchte nicht sehr viel, um auch noch den letzten Rest an Geduld zu verlieren, die ihm nach der Autofahrt geblieben war. Zehn Kilometer lang nichts als Kurven. Wenn Steppani fuhr, rutschte einem der Magen bis in den Hals hinauf, und es gab so schnell keine Möglichkeit, ihn wieder zum Landen zu bringen. Stundenlang hielt dann jedes Mal sein Drang an, zu fluchen und sich zu übergeben. Und von hinten auf seinen Untergebenen zu schießen.

»Wenn du nicht sofort deinen fetten Arsch bewegst und

uns zu der Stelle bringst, wo du diesen Mann inmitten eines Meeres aus Unrat hast liegen sehen, dann lasse ich dich den ganzen Tag hier festhalten, Cola Turco. Also spiel ja nicht den Witzbold!«
»Ich zeige Ihnen den Toten, Maresciallo, kommen Sie bitte mit!«, meinte Tanino, der Fahrer des Müllwagens, versöhnlich.
Gefolgt von Steppani, seinen anderen Mitarbeitern aus der Abteilung und den Leuten von der Funkstreife, begann Bonanno, sich die gewundene Straße entlangzuschleppen. Es war nicht einfach, an der Straßenböschung hinunterzugehen. Der Müll stank erbärmlich und setzte sich in den Sohlen der Halbstiefel unter den Uniformhosen fest. Die verpestete, faulig riechende Luft hätte man mit dem Messer schneiden können. Da lag wirklich ein Toter, zwischen Müll und Kleidungsstücken verborgen. Auf den ersten Blick schien es sich um die Leiche eines Mannes zwischen fünfundfünfzig und sechzig Jahren zu handeln. Er war groß und kräftig.
»Habt ihr die Zentrale verständigt?«, fragte Bonanno.
»Selbstverständlich, Maresciallo, wir haben es Ihnen doch direkt mitgeteilt, wissen Sie das nicht mehr?«
»Ich meine, ob ihr dem Capitano Bescheid gegeben habt, dem Kommandanten der Station. Der Kerl ist wirklich tot. Los, an die Arbeit, wir müssen die Beamten verständigen! Und findet mir den Gerichtsmediziner! Ist Lacomare fertig mit den Fotos?«
»Ein paar fehlen noch, damit wir den Toten aus allen Blickwinkeln haben«, gab Steppani zurück.
»Hat Lacomare ihn so hingelegt?«, brummte Bonanno.
Steppani blieb sich treu. Leichen stimmten ihn fröhlich, sie brachten Abwechslung in den Alltag, zogen ihn an.

Bonanno verbarg eine Grimasse des Abscheus. »Leitender Brigadiere Steppani, du hast jetzt die Ehre, den Toten zu durchsuchen. Stell fest, ob er Papiere bei sich hat.«

»*Wer* soll den Toten durchsuchen? Etwa ich?«, stotterte Steppani.

»Nein, dein Großvater«, antwortete Bonanno.

Bonanno telefonierte gerade mit dem Handy seines Untergebenen. Er selbst konnte diese klingelnden Dinger nicht ausstehen.

»Nein, Dottor Panzavecchia, keine Papiere. Absolut nichts. Man hat ihn gründlich ausgeräumt. Bis jetzt konnten wir den Toten noch nicht identifizieren. Wir können jedoch mit Bestimmtheit ausschließen, dass er von hier kommt. Die drei Arbeiter der städtischen Müllabfuhr behaupten, ihn noch nie zuvor gesehen zu haben. Und mir ist das Gesicht auch völlig fremd. Ja, der Gerichtsmediziner ist angekommen, aber es gibt da ein Problem: Er weigert sich, in die Müllgrube zu steigen.

Wenn Sie uns ermächtigen, die Leiche wegzutragen, wird alles viel einfacher. Wir haben schon die Feuerwehr alarmiert. Die Männer sind bereits am Tatort. Ihn da hochzuholen wird sicher kein Spaziergang, doch wenigstens können wir dann von hier verschwinden. Der Gestank beißt uns allen in die Lungen ... Ja. Vielleicht kommt der Capitano gleich. Er ... äh ... war außer Haus. Hatte ein Problem mit seinem Wagen. Er wird ein paar Stunden bis zu uns brauchen. In Ordnung, Dottor Panzavecchia, wir sprechen später wieder. Selbstverständlich informiere ich Sie. Auf den ersten Blick weist der Tote keine weiteren Verletzungen auf, außer dass sein Kopf wie eine Melone gespalten wurde. Ja, bis später.«

Bonanno beendete das Gespräch. »Dann wollen wir mal, ihr bindet ihn an Seilen fest und zieht ihn aus dem Loch!« Feuerwehrleute und Carabinieri schauten angeekelt drein und warfen ihm vernichtende Blicke zu. Bonanno drehte ihnen den Rücken zu und tat so, als hörte er ihr Fluchen nicht.

»Sie haben es erraten, Dottor Panzavecchia, keine Schuss- oder Stichwunde. Der Gerichtsmediziner Dottor Paternò meint, hundert zu eins sei der Tod durch den Schlag auf den Kopf verursacht worden. Der Mörder muss mit einer schweren Waffe und mit viel Kraft zugeschlagen haben«, berichtete Bonanno dem Untersuchungsrichter.
»Der Schlag traf den Ermordeten von hinten. Mit so viel Kraft, dass sein Schädel zertrümmert wurde. Dottor Paternò will sich vor der Autopsie noch nicht zu weit aus dem Fenster lehnen, doch anscheinend war der Mann sofort tot. Man hat ihm Geld, Papiere und Wertgegenstände abgenommen, falls er welche bei sich trug. Alles hat man ihm weggenommen. Vielleicht war er zufällig hier, hat jemanden im Wagen mitgenommen, und dann ... Wer weiß, was dann passiert ist.
Ich habe bereits Kontrollen und Polizeisperren veranlasst, aber meiner Meinung nach verschwenden wir nur Zeit. Jedenfalls durchsuchen wir Villabosco und die angrenzenden Dörfer. Ja, ich gebe Ihnen Bescheid.« Bonanno beendete das Gespräch. Er ließ zu, dass die Hügel in der Ferne, auf denen sich türkisblaue Bäche spiegelten, seine Augen erfüllten, die durch so viel Schmutz ermüdet waren.
»Dann mal los«, ermunterte er sich selbst, paffte eine Zigarette und merkte, wie das Gift ihm die Lungen zerfraß.

»Also noch mal von vorn!«

Die drei Müllmänner Tanino, Cola und Ciccio waren am Ende ihrer Kräfte. Die Carabinieri hatten sie in die Zentrale bestellt, und dort litten die drei Männer seit zwei Stunden Höllenqualen und wiederholten immer wieder die gleiche Geschichte. Die Beamten konnten sich trotzdem nicht entschließen, sie nach Hause gehen zu lassen.

»Jetzt hört endlich auf, uns auf die Eier zu gehen. Nachher beschwert ihr euch wieder, dass die Leute nicht mit euch zusammenarbeiten wollen. Natürlich ist das so, denn wenn ihr hier so einen Aufstand macht, wer, glaubt ihr, wird euch noch rufen, wenn was passiert ist? Das nächste Mal machen wir auf dem Absatz kehrt und schließen beide Augen, damit ihr lernt, brave Bürger nicht wie Verbrecher zu behandeln.«

»Immer mit der Ruhe! Arbeiten Sie weiter mit uns zusammen, und das Ganze wird sich schnell aufklären«, entgegnete Brigadiere Steppani scharf. »Sobald der Maresciallo da ist, redet ihr mit ihm, und dann könnt ihr nach Hause gehen.«

»Noch länger warten? Das ist ja Folter, ich will sofort meinen Anwalt sprechen!«

»Hör auf, dich wie ein Idiot zu benehmen, Cola, das kommt überhaupt nicht infrage!«

»Was für ein beschissener Tag!«

»Genau, und was für ein Gestank!«

»Wer wohl der arme Teufel war?«

»Wer weiß das schon? Und was für ein widerlicher Tod! Nicht nur ermordet, sondern auch noch mitten im Müll abgeladen zu werden. Bastarde! Mann, hab ich mich erschreckt!«, murmelte Cola.

»Brigadiere, können wir vielleicht erfahren, was wir jetzt noch tun sollen?«
Steppani schaute sie mit dem wütenden Gesichtsausdruck an, den er sich für besondere Gelegenheiten aufhob. Es war ihm nicht ganz klar, was zum Teufel der Maresciallo damit gemeint hatte, als er ihn gebeten hatte, die Zeugenaussagen aufzunehmen, sie den Akten beizulegen und seine Rückkehr abzuwarten. Und um nicht Bonannos Zorn zu erwecken, weil noch kein Geständnis vorlag, tat er gut daran, den Akten nicht nur die Zeugenaussagen, sondern auch die Müllmänner selbst beizulegen.

Zwei

»Maresciallo, fangen Sie nun auch noch an? Reicht die Quälerei von heute Morgen etwa noch nicht? Dürfen wir vielleicht endlich mal erfahren, was für einen Scheiß ihr jetzt noch von uns wollt?«

»Versuchen wir alle, ganz ruhig zu bleiben. Ich bin mindestens genauso genervt wie ihr, verstanden?«

Es war fünf Uhr nachmittags. In Bonanno brodelte es wie in den heißen Quellen von Aragona. Er war gar nicht erst auf die Idee gekommen, Steppanis Protokolle über die Zeugenaussagen zu lesen. Bonanno hatte den drei armen Müllmännern erlaubt, nach Hause zu gehen, um etwas zu essen. Später sollten sie dann wieder in die Kaserne kommen. Um seiner »Einladung« etwas mehr Nachdruck zu verleihen, hatte Bonanno Steppani geschickt, der die Männer mit dem Dienstwagen von zu Hause abgeholt hatte.

Er ahnte nicht, dass seine Leute die Sirene auf volle Lautstärke gestellt hatten und mit ordentlich quietschenden Reifen vorgefahren waren. Nachdem die drei Müllmänner eingestiegen waren, hatte Steppani einen Blitzstart hingelegt und war auf seine gewohnte Art gefahren. In den Wohnvierteln war deshalb das Gerücht entstanden, man hätte die drei verhaftet. Bonanno hatte schon den Eindruck gehabt, dass irgendetwas vorgefallen sein musste, als er die verdatterten Gesichter der Müllmänner gesehen hatte.

Die Bestätigung dafür bekam er, als sein Freund Tonio ihn anrief, um ihm irgendeine saftige Neuigkeit zu entlocken, die er dann mit seinen Freunden in der Bar bequatschen konnte.

»Also, Cola Turco, Tanino Rizzo und Ciccio Vullo, verschwenden wir hier keine Zeit. Am besten, ihr beantwortet mir einfach alle Fragen. Haben wir uns verstanden?«

»Was soll das? Haben *wir* vielleicht den armen Teufel ermordet? Übrigens, Maresciallo, weiß man schon, wie er gestorben ist?«

»Man hat ihm den Schädel gespalten. Jemand mochte ihn wohl richtig gern, hat ihm einen Schlag auf den Kopf verpasst, und das wars.«

»Verdammt, der arme Kerl!«

»Was für ein schlimmes Ende!«

»Wer hätte für möglich gehalten, dass er nie wieder einen Sonnenstrahl erblicken würde!«

»Keine Schwafeleien. Jetzt wieder zu euch: Wie oft am Tag ladet ihr den Müll ab?«, kam Bonanno direkt zur Sache.

»Zweimal, Maresciallo, manchmal dreimal, aber nur wenn Markt ist.«

»Vormittags oder nachmittags?«, fragte Bonanno.

»Fast immer vormittags.«

»Wann ladet ihr das erste Mal ab?«

»Um halb zehn, dann wieder gegen ein Uhr und, wenn Markt ist, noch einmal am Nachmittag.«

»Und in der Zwischenzeit ist die Müllkippe abgeschlossen? Überwacht das jemand?«

»Soll das ein Witz sein? Warum sollten wir den Müll bewachen lassen? Wer sollte den denn klauen?«

»Der Maresciallo nimmt uns auf den Arm. Natürlich, er scherzt gern!«

»Hört mal, Jungs, entweder ihr hört damit auf, oder ich werde richtig wütend. Nur einen Katzensprung entfernt liegen die archäologischen Ausgrabungen. Ein Brand auf der Müllkippe könnte die antiken Grabstätten beschädigen. Außerdem werden in unmittelbarer Nähe Getreide, Bohnen und Tomaten angebaut, also lasst den Quatsch. Sehen wir lieber zu, dass wir fertig werden.«

»Niemand überwacht das.«

»Nicht einmal nachts?«, hakte Bonanno nach.

»Nicht mal vor und an Feiertagen, Maresciallo.«

»Ich lasse sie schließen!«

»Ach, du großer Gott! Und wer soll das dem Bürgermeister sagen ...«

»Das kümmert mich einen Dreck.«

»Und wo laden wir jetzt den Müll ab?«

»Auf den Hörnern, die ihr auf dem Kopf tragt!«

Der Espresso, den Bonanno hastig ausgetrunken hatte, wirkte bei ihm wie ein Abführmittel. Während er sich ächzend erleichterte, versuchte er, nicht daran zu denken, welchen Ärger er nun am Hals hatte. Und das gerade jetzt, da er geplant hatte, sich einen Kurzurlaub zu gönnen. Was würde Vanessa dazu sagen? Er musste die richtigen Worte finden, um es ihr beizubringen. Bonanno kannte sie aber gut genug, um zu wissen, dass es nicht einfach sein würde.

Es kam überhaupt nicht infrage, den Fall dem Capitano zu überlassen. Seit diesen Frauenhaare kitzelten, schaute er nur noch in der Station vorbei, wenn es ihm gerade passte. Bonanno hatte so ein Gefühl: Dieser Ärger war allein seine Sache. Das wusste er. Er schob seine persönlichen Angelegenheiten beiseite und ertappte sich dabei, wie er mit sich und seiner empfindsamen Seite haderte, damit ihn nicht andere Gedanken überwältigten. Er mochte sich nicht vorstellen, was für ein Mensch der Mann gewesen war, dessen geschändeten Körper man auf den Müll geworfen hatte. Ein Mensch, der für immer aufgehört hatte zu atmen, weil ihm ein oder mehrere Mörder das Leben genommen hatten, indem sie ihm den Schädel zertrümmerten.

Tod und Leben gehörten in seinem Beruf zusammen. Wenn der Tod plötzlich und gewaltsam eintrat, dann waren sie dran. Sie traten auf den Plan, zu allem bereit, Diener eines weit entfernten, etwas zerstreuten Staates. Nach Vergeltung dürstende Geisterjäger. Die Gerechtigkeit rief ihre Wächter.

»Nun, Maresciallo, gibt es etwas Neues?«

»Capitano, Sie sind also wieder da? Ich war in Gedanken und hätte nicht erwartet, dass Sie es heute noch hierher schaffen. Haben Sie das Problem mit Ihrem Antrieb gelöst?«

»Ja, das war kaum der Rede wert, nur ein kleines Problem mit dem Auspuff. Aber … wie … hm … Automechaniker eben nun mal sind … Man hat mich länger als geplant aufgehalten, bevor man mich wieder ans Steuer ließ.«

»Ach ja«, meinte Bonanno und nickte verständnisvoll.

Statt des Mechanikers sah Bonanno die heißblütige Witwe vor sich, wie sie sich halb nackt auf den Capitano warf, um auf ihre Weise Auspuff und Verteiler zum Leben zu erwecken. Sizilianische Frauen waren schädlich. Der Capitano würde es bald merken.

Fimmina chi t'abbrazza e strinci o t'ha tinciutu o cerca mi ti tinci. Eine Frau, die dich umarmt und dich an sich drückt, hat dich schon betrogen oder wird es tun.

Sprichwörter lagen selten daneben. Das wusste Bonanno aus eigener Erfahrung.

»Wie ist denn nun der Stand der Ermittlungen, Bonanno?«
»Wir arbeiten dran. Das Opfer wurde heute Morgen von drei Müllmännern gefunden. Um zehn nach zehn. Gestern war Markt in Villabosco, deshalb haben sie ihre letzte Fuhre zur Müllkippe um achtzehn Uhr gemacht. Danach war die Müllkippe die ganze Nacht unbewacht. Jeder konnte dahin fahren und dort abladen, was er wollte, auch eine Leiche. Ich glaube, der oder die Täter unternahmen ihre kleine Fahrt im Schutz der Dunkelheit. Bei ihrer ersten Fuhre heute Morgen haben die drei Müllmänner den Toten gesehen und uns gerufen.«
»Spuren?«
»Auf dem Weg? Sie wollen mich wohl auf den Arm nehmen!«
»Welcher Untersuchungsrichter ist für den Fall zuständig?«
»Dottor Panzavecchia.«
»Ein äußerst tüchtiger Mann.«
»Ja.« Der geht einem wenigstens nicht auf die Nerven, dachte Bonanno.
»Was können Sie mir über die Autopsie sagen?«
»Nicht mehr, als man bereits vermutet hat. Der arme Kerl wurde mit einem schweren Gegenstand erschlagen. Der erste Schlag hinter der Schläfe hat ihn wahrscheinlich betäubt. Der zweite Schlag, der mit noch mehr Kraft als der erste ausgeführt wurde, hat ihm den Schädel gespalten. Kleine Knochenteile drangen ins Gehirn ein und verursachten einen großen Blutverlust, der nach kurzer Zeit zum Tode führte. Andere Verletzungen haben wir nicht gefunden. Der Tod trat zwölf bis achtzehn Stunden, bevor die Leiche entdeckt wurde, ein.«

»Was folgern Sie daraus, Maresciallo?«

Bonanno musterte den Offizier. Vom Hals Capitano Basilio Colombos hoben sich die violetten und purpurroten Spuren der heißen Küsse der Witwe ab. Er wurde wütend.

»Es ist noch zu früh, um etwas Stichhaltiges zu sagen. Auf jeden Fall … äh … schließe ich einen geplanten Selbstmord aus«, schloss er in der Absicht, den anderen zu provozieren.

»Ich bin ganz Ihrer Meinung.«

Verdammt, das war ja noch schlimmer, als er angenommen hatte! Die Witwe sog ihm nicht nur die Haut, sondern auch die grauen Zellen aus. Er sollte es kurz machen. »Ich bin der Ansicht, dass man ihn woanders getötet und sich dann nachts seiner entledigt hat. Jetzt müssen wir nur noch begreifen, welches verdammte Motiv sie hatten, ihn umzubringen. Raub könnte ein gutes Motiv sein, aber warum sollte jemand das Risiko eingehen, dabei überrascht zu werden, wie er eine Leiche bis auf den Müllplatz bringt?

Und damit sind wir bei der zweiten Hypothese: Es handelt sich um eine Abrechnung. An der Leiche sind allerdings keine anderen Verletzungen zu entdecken, abgesehen von ein paar Kratzern im Gesicht, aber das könnten auch wildernde Hunde gewesen sein, die auf der Müllkippe nach Nahrung gesucht haben.

Oder, und das wäre die dritte Hypothese, es handelt sich um eine Botschaft, eine Warnung in der typischen knappen Sprache der Sizilianer an jemanden, der bei der Auftragsvergabe für die Abfallbeseitigung einem anderen auf die Füße getreten ist. Hier macht man noch aus Ziegenscheiße Gold. Sobald wir den Toten identifiziert haben, wissen wir mehr darüber. Für den Moment müssen wir uns mit ein paar Vermutungen begnügen.«

»Zeugenaussagen? Hat ihn jemand gesehen?«
»Capitano, ohne Sie beleidigen zu wollen, gestern war Markttag; in Villabosco wimmelte es von Fremden. Außerdem, zum Teufel, zeigen wir jetzt etwa die Fotos der Leiche herum?«
»Sie haben Recht, Bonanno. Also, wie wollen wir weiter vorgehen?«
»So wie immer. Wir nehmen Fingerabdrücke und verständigen alle Bahnhöfe. Ich habe sogar die Kommandantur gebeten festzustellen, ob in den anderen Orten eine Vermisstenmeldung vorliegt. Bis jetzt Fehlanzeige, aber ich gebe nicht auf.«
»Sehr gut, Bonanno. Also warten wir auf Neuigkeiten.«
Bonanno beschloss, alles auf eine Karte zu setzen. »Capitano, mit Ihrer Erlaubnis, da dieser Fall meiner Meinung nach nicht besonders bedeutend ist, möchte ich Sie daran erinnern, dass ich in ein paar Tagen Urlaub habe. Wenn Sie also lange Fahrten mit Ihrem Auto nach außerhalb vermeiden könnten ... Sie wissen ja, ein Auspuff geht oft kaputt ...«
»Daran ist gar nicht zu denken, Bonanno. Das ist ein typisch sizilianischer Mord, das haben Sie doch selbst gesagt. Sie kennen diese Gegend und die Leute besser als jeder andere. Sie sind in Zeiten wie diesen ab-so-lut unabkömmlich für die Truppe. Für den Urlaub ist später noch Zeit genug.«
Bonanno verfluchte im Stillen sein Lästermaul und seine verdammten Vermutungen. Er versuchte es noch einmal, denn er hatte keine Lust, sich Vanessas Wut auszusetzen. »Der Erste Brigadiere Steppani könnte den Fall betreuen.«
»Keine Diskussion mehr, Sie sind am besten geeignet für solche Fälle. Ich übertrage Ihnen die Ermittlungen, denn

ich weiß, Sie werden mich nicht enttäuschen. Sind Sie zufrieden?«
»Das ist wie Weihnachten!«

Steppani hing über die Schreibmaschine gebeugt. Er war dabei, die Zeugenaussagen der Müllmänner neu zu formulieren. Ein einziger Blick des Maresciallo hatte ihm schon gesagt, dass mit seiner Niederschrift irgendetwas nicht stimmte.
Bonanno schloss sich in sein Zimmer ein und zerbrach sich den Kopf darüber, wie er das Problem Vanessa angehen sollte. Die Woche Urlaub auf Ustica war wieder einmal geplatzt. Sie hatten ihn seit langer Zeit geplant, eine Woche Flucht aus dem Alltag. Eins mit der Natur sein, das saubere Meer genießen und frisch gefangenen Fisch essen. Bonanno konzentrierte sich lieber auf den Fall und beschloss, sein Problem zu vertagen.
Ein Mann zwischen fünfundfünfzig und sechzig Jahren wird durch einen Schlag auf den Kopf ermordet. Man findet ihn auf dem Müll. Die Autopsie ergibt keine weiteren Verletzungen. Bis auf ein paar Kratzer und eine alte Narbe auf der Brust. Vielleicht eine Operationsnarbe oder eine alte Verletzung? Wer weiß! Was verbirgt diese Leiche? Wer war der Tote? Woher kam er?
Obwohl er sich sehr anstrengte, schaffte er es nicht, darüber nachzudenken. Vor seinen Augen tauchte einzig und allein das Gesicht von Capitano Colombo auf, umgeben von Zigarettenqualm. Er brachte ihn ganz langsam um, Stück für Stück. Nur die Witwe würde sein Tod bekümmern.
Bonanno stand plötzlich auf. Wie eine Furie stürzte er in das Zimmer seines Untergebenen. »Steppani!«, donnerte er.

Er wurde von einem heftigen Krach überrascht. Steppanis Stuhl kippte um, er fiel nach hinten, in der Hitze des Gefechts riss Steppani die Schreibmaschine mit sich.
»Zu Befehl, Maresciallo!«
»Wenn du wieder aufgestanden bist, leite eine Kopie dieses Fotos an alle Kommandanturen der Provinz weiter. Dann häng dich ans Telefon und erkundige dich, ob es Vermisstenmeldungen gibt. Und zwar sofort!«
»Aber wir haben doch ein Schreiben geschickt; irgendjemand wird uns schon informieren. Ich habe nachdrücklich darum gebeten.«
»Häng dich sofort an dieses verfluchte Telefon!«
»Zu Befehl!«

Siebenunddreißig Minuten später klopfte Steppani mit dem Lächeln eines Engels ganz sachte an die Tür des Leiters seiner Einsatzgruppe, außerdem Vizekommandant der Station, beinahe immer im Dienst. »Darf ich eintreten?«
»Willst du mich auf den Arm nehmen, Steppani?«
»Das würde ich mir nie erlauben, Maresciallo!«
»Also, warum machst du so viel Umstände? Komm rein und erzähl. Bevor du anfängst, geb ich dir aber einen Rat, Steppani. Hör auf, wie die Mona Lisa zu grinsen, wenn du nicht noch mal hinfallen willst.«
Steppani gehorchte sofort. »Wir haben ihn. Eine Frau aus Cefalù hat einen gewissen Pietro Cannata als vermisst gemeldet. Er ist seit zwei Tagen verschwunden. So wie ihn die Kollegen beschrieben haben, scheint es tatsächlich unser Mann zu sein.«
»Ach!«
»Gesundheit, Maresciallo!«

Drei

Teresa läuft mit kleinen Schritten durch den Wald. Kurz zuvor hat es geregnet. Vom Boden steigt ein angenehmer Geruch auf. Die Pflanzensäfte vereinigen sich mit den taubenetzten Farben des frühen Morgens. Teresa hat lange rötliche Zöpfe, die von einem türkisblauen Band zusammengehalten werden. Sie trägt ein dünnes Kleid und ein rotes Jäckchen, um sich vor Feuchtigkeit zu schützen. Sie läuft und lacht dabei. Hört die Vögel singen und freut sich. Von den Wipfeln der Bäume und den schneebedeckten Berggipfeln lacht ihr das Leben zu. In ihrer Welt besteht das Glück aus kleinen Dingen, wie dem Blau des Himmels. Sie beobachtet die niedrig hängenden Wolken, die sich auf den fernen Berggipfeln widerspiegeln und von dort rosarote Farbtöne annehmen. Es ist ein Tag im Herbst. Die ersten Pilze kommen im Wald zum Vorschein. Teresa liebt es, zwischen Farnen und Büschen umherzulaufen, die Gräser zur Seite zu biegen und sich über die fleischigen Schirme zu beugen. Ihre Mutter kocht ausgezeichnete Pilzgerichte. Teresa läuft weiter und lacht glücklich. Die Landschaft verändert sich. Kein blätterreicher Wald mehr, sondern lange goldene Strände. Das Meer stöhnt unter dem Mistral. Die Wellen kräuseln sich am Ufer, sie sprühen Schaum auf die Rillen im Sand wie Salz auf Wunden.
Plötzlich fühlt sie, wie etwas ihren Rücken durchbohrt.

Nadeln stechen sie. Sie dreht sich um. Da ist niemand. Ihre Unruhe wird greifbar, wird körperlich spürbar. Glühende Augen beobachten sie, verborgen hinter den Dünen. Augen aus Feuer. Teresa bemerkt die Gefahr. Sie mag nicht mehr singen. Sie läuft weg, das Herz schlägt ihr bis zum Hals. Ein umgeworfenes Körbchen und ein türkisblaues Band bleiben am Strand liegen. Sie möchte zurückgehen und sie holen. Die Augen unter den buschigen Augenbrauen lauern. Teresa zögert, sie möchte ihrer Mutter nicht missfallen. Sie keucht, ihr kleiner Brustkorb hebt und senkt sich. Jetzt ist ihr warm, sie knöpft ihr rotes Jäckchen auf. Ihr Hals ist feuerrot und schweißnass.
In den Augen, die im Versteck lauern, blitzen Funken auf. Sie beobachten und warten ab. Sie genießen die Unentschlossenheit des Mädchens, wittern seine Angst.
Teresa macht einen Schritt. Dann noch einen. Und noch einen.
Die Augen im Versteck glühen stärker. Die raue Zunge hinterlässt einen Strom widerlichen Speichels auf der Oberlippe.
Teresa bleibt stehen, sie fühlt wieder das Wesen dort im Dunkeln. Jetzt rennt sie verängstigt weg. Sie dreht sich nicht um. Sie flieht nach Hause, läuft hinein und wirft sich in die beschützenden Arme ihrer Mutter.

Bonanno zögerte lange, ehe er sich entschloss, aus dem Fiat Punto auszusteigen. Die Aussicht, Vanessa gegenübertreten zu müssen, bereitete ihm Magenschmerzen; er wusste nie, wie er mit ihr umgehen sollte. Also verschob er die Auseinandersetzung mit ihr auf später und verwandelte den Innenraum des Kleinwagens in eine Räucherkammer. Im Aschenbecher türmten sich die Zigarettenkippen. Seine Zunge schmeckte bitter und fühlte sich pelzig an. Die Zähne waren von zu viel Nikotin mit einem Belag überzogen. Er unterbrach diesen ewigen Kreislauf mit einem Pfefferminzbonbon.

Bonanno stieg aus dem Auto und wusste dabei genau, welchem ungleichen Kampf er sich gleich aussetzen würde. Er ging die wenigen Stufen hinauf und öffnete die kleine Tür.

»Bist du es, Saverio?«

»Ja, Mama.«

»Ich habe mir schon Sorgen gemacht, es ist bereits acht Uhr. Seit einer Stunde warte ich auf dich!«

»Ich bin spät dran, wir hatten in der Station zu tun.«

»Geht es um den Toten, den ihr im Müll gefunden habt?«

»Woher weißt du davon?«

»Das haben sie im Fernsehen gebracht.«

»Diese Journalisten ...Was die immer für Lügen erfinden. Lass hören!«

»Was sollten sie schon sagen? Sie haben über den Ermordeten berichtet, haben die Müllkippe gezeigt und dann gesagt, dass die Carabinieri ermitteln. Und dass ihr vielleicht die drei Müllmänner verhaften wollt. Was haben diese Unglücksmenschen sich denn zu Schulden kommen lassen? Haben sie sich in Schwierigkeiten gebracht?«

»Ganz ruhig, Mama, reg dich nicht auf. Das Ganze war ein Missverständnis.«

»Red doch mal so, wie du isst, mein Sohn.«

»Da war nichts, Mama. Es ging etwas drunter und drüber, weiter nichts. Sie hatten die Informationen vom Capitano, und der, ganz beschäftigt mit Autos und Mechanikern, wusste nicht, wie die Sache tatsächlich abgelaufen war, und da hatten wir die Bescherung!«

»Willst du damit sagen, die im Fernsehen haben Unsinn berichtet? Dann erzähl du mir, was wirklich passiert ist.«
»Lassen wir das. Vanessa ist noch nicht zurück?«
»Sie hat Katechismusstunde. Die ist in einer halben Stunde zu Ende. Soll ich schon auftragen?«
»Was gibt es heute Abend?«
»Ditalini mit ausgebackenen frischen Bohnen und Pecorino mit Pfefferkörnern. Wartest du nicht auf Vanessa?«
»Wenn ich nicht sofort esse, bin ich vielleicht nicht mehr in der Lage dazu. Es ist dicke Luft im Anzug.«
»Hattest du nicht angefangen abzunehmen?«
Bonanno antwortete nicht. Er stürzte sich auf die heißen Bohnen, bestreute sie mit reichlich Ricotta salata, und für einige Minuten war er wieder mit der ganzen Welt versöhnt. Das Geräusch der sich öffnenden Tür ließ ihn zusammenzucken und beeinträchtigte seine Verdauung.
»Ich gehe ins Bad.«
»Und wir sind hier, Saverio!«

Zunächst sagte Vanessa nichts. Sie war wie betäubt. Bonanno war mehr als aufgeregt. Vielleicht war es doch zu viel für sie gewesen, so unvermittelt zu erfahren, dass der Urlaub ins Wasser fiel. Dann flogen plötzlich Stofftiere durch das Zimmer, gefolgt von Schreien und anderen lauten Geräuschen. In seiner Wut stieß das Mädchen eine Plastikschüssel, zahlreiche Bücher und einen Stapel Zeitungen um. Am Ende dieses Wutausbruchs fing Vanessa an zu weinen und warf sich schluchzend auf ihr Bett.
»Ich wusste es doch, ich wusste es!«, rief sie unter Tränen. Bonanno näherte sich dem Bett, setzte sich, strich seiner Tochter über die Haare und hielt ihr ein Taschentuch hin.
»Es tut mir Leid, meine Kleine, diesmal ist es nicht meine

Schuld. Glaub mir doch bitte! Ich habe alles versucht, aber es gab keinen Ausweg. Ich verspreche dir, ich …«

Vanessas Schrei traf ihn unvermittelt und brachte ihn ins Wanken. Unter den Beschimpfungen seiner Tochter, die ihn wie ein Wasserschwall trafen, trat Bonanno den Rückzug an. Nachdem Vanessa ihre Wut an ihm ausgelassen hatte und über ihn hergefallen war wie ein wildes und verletztes Kätzchen, überkam Bonanno ein Gefühl von Traurigkeit und Wut zugleich.

Wenn ich diese Witwe zu fassen kriege, der baue ich den Auspuff dahin, wo ich will, dachte Bonanno noch zornig, bevor er sich in sein Zimmer zurückzog.

Einen Großteil der Nacht war an Schlaf nicht zu denken. Seine Tochter hatte Recht. Wann würden sie wieder ein paar freie Tage im Mai haben, um in Urlaub zu fahren? Schließlich wurden nicht jedes Jahr in der Provinz Wahlen abgehalten. Und die Schulen schlossen sonst immer im Juni.

Er wälzte sich herum, stand auf, holte Wasser aus dem Kühlschrank und trank es. Dann zündete er sich die x-te Zigarette an, spielte mit der Fernbedienung herum. Auf dem Bildschirm zwinkerten ihm mit dem Po wackelnde, grell geschminkte Frauen zu. Dazu wurden Telefonnummern eingeblendet, die zu horrenden Preisen gewählt werden konnten.

Angeekelt schaltete Bonanno ab. Er ging wieder ins Bett. Das aufgedunsene Gesicht des Toten tauchte vor ihm auf. Bonanno empfand Mitgefühl mit dem von Tod und Unrat geschändeten Körper. Trotz seiner zwanzig Dienstjahre bei den Carabinieri hatte Bonanno noch nicht gelernt, Ermordete als das anzusehen, was sie waren. Eben als Tote, denen man ihren Frieden wiedergeben konnte, indem man erfolgreich war und ihren Mördern Handschellen anlegte.

Aber er war nicht immer erfolgreich. Und dieser Fall versprach, unangenehm zu werden. Es gelang ihm fast nie, all die Gedanken abzustellen, die jeden Tod umgaben. Ein Fehler, für den er sich schämte. In der Öffentlichkeit redete er nie darüber, um nicht den Eindruck von Schwäche zu vermitteln. Doch wenn er allein war, in einem dunklen Raum zwischen den Bettlaken lag, dann krochen die Gespenster hervor, die er tagsüber in einem dunklen Eckchen abgestellt hatte.
Die Ermordeten nahmen Gestalt an. Er sah sie, wie sie auf baumbestandenen Wegen liefen und mit ihren Kindern spielten oder wie sie im Kino Liebesszenen und Popcorn genossen, sich am Strand von der glühenden Sonne Siziliens die Haut verbrennen ließen.
Bonanno hasste den gewaltsamen Tod, der einen Menschen seines ureigenen Rechtes auf Leben beraubte. Er hasste die Gewalt und litt unter ihr. Wortlos.
Er stand wieder auf, ging zum Zimmer seiner Tochter. Vanessa schlief, ihre sprechende Plüschente hielt sie fest umklammert. Ein zorniger kleiner Engel, zart und hilflos. Bonanno hauchte ihr einen Kuss auf die Wange, dann ging er zurück in sein Zimmer und legte sich wieder ins Bett. Ruhelos wälzte er sich hin und her.
Als er endlich einschlief, färbte die Morgendämmerung die dicken Wolken mit roten Rändern. Der Tag versprach, lang und heiß zu werden.

Zwei Stunden später klingelte der Wecker. Bonanno stand verschlafen auf, ging zur Dusche und tauchte hinein. Er überließ es dem kalten Wasserstrahl, sein leicht benebeltes Hirn aufzuwecken. Seinen ersten Espresso stürzte Bonanno glühend heiß hinunter. Mit viel Zucker. Er vermied

es sorgfältig, auch nur in die Nähe der Waage zu kommen. Dann zündete er sich seine erste Zigarette an und suchte mit der Fernbedienung das Horoskop im Videotext. Schlechte Aussichten.
Vanessas immer noch schmollende Miene bestätigte wenig später, dass der Astrologe sich nicht geirrt hatte.
»Hast du gut geschlafen, Prinzessin?«
Schweigen. Das kleine Mädchen bestrich einen Zwieback mit Butter.
»Soll ich dich nachher von der Schule abholen?«
Keine Antwort. Vanessa träufelte einen dicken Klecks Aprikosenmarmelade auf ihren Zwieback.
»Bist du immer noch wütend auf mich, Schätzchen?«
Der Zwieback flog auf ihn zu. Bonanno konnte ihm gerade noch ausweichen.
»Wir haben uns ja toll unterhalten, nichts für ungut.« Er gab auf.
Die Versuchung, die lüsterne Witwe zu ermorden, die den Capitano von der Arbeit abhielt, und es ihm dann zu überlassen, mit allen Problemen fertig zu werden, wurde so übermächtig, dass es ihn fast zerriss. Bonanno zündete sich eine weitere Zigarette an, um die Nervosität zu überwinden. Und er trank noch einen Espresso.
Der Tag fing richtig gut an.

Als er ins Büro kam, war er schon auf hundertachtzig.
»Kann man vielleicht mal erfahren, was zum Teufel der Blödsinn bedeuten soll, den ihr heute Morgen wieder schwafelt? Ich verstehe kein einziges Wort. Steppani, pass auf, dass du mir nicht den Vormittag versaust. Gibt es was Neues vom Capitano?«
»Maresciallo, ich habe das höchstpersönlich überprüft. Die

Nachricht ist zuverlässig. Die Frau hat den toten Mann auf den Fotos identifiziert, es gibt keinen Zweifel. Es handelt sich um Pietro Cannata, siebenundfünfzig Jahre, geboren in Sciacca, wohnhaft in Porto Empedocle. Früher Seemann, dann Fischgroßhändler. Familienvater, verheiratet mit Maria Crocifissa Coticchio, fünfundfünfzig Jahre. Drei Kinder, keine Vorstrafen. Verschwunden seit dem Abend des zehnten Mai.«

»Gute Arbeit. Bravo, Steppani!«

»Ja, aber da passt etwas nicht zusammen.«

»Wirklich nicht?«

»Nein.«

»Und was ist das, verdammt noch mal?«

»Der Mann wohnte mit seiner Familie in Porto Empedocle. Die Vermisstenmeldung wurde aber bei den Kollegen in Cefalù erstattet.«

»Ja und, Steppani? Ist das vielleicht eine Frage der Geografie? Was geht uns das an? Die Witwe kann doch jederzeit dort Anzeige erstatten, wo sie möchte.«

»Ja, genau, Maresciallo, darum geht es doch: Die Vermisstenanzeige hat nicht seine Frau, diese Maria Crocifissa Coticchio, erstattet.«

»Ach, nein?«

»Nein.«

»Und wer war es dann, verdammt noch mal?«

»Eine Frau, die keine offizielle Verbindung zu dem Toten hatte, außer einer, die Sie sich leicht vorstellen können. Sie heißt Giuseppina Malacasa, genannt Rosina, vierunddreißig Jahre, von Beruf Friseuse, ledig.«

»Donnerwetter!«

»Wie Sie meinen, Maresciallo!«

Vier

Die Luft war trocken; sie schien gleichsam die abgeschiedenen und geweihten Orte zu achten, an denen die sterblichen Hüllen der Menschen nach den Sorgen des Lebens ausruhten. Es roch nach vermoderten Blumen und nicht ganz geschlossenen Gräbern. Reglose Zypressen bildeten eine melancholische Reihe entlang des Eingangsweges.

Bonanno hegte eine gesunde Abneigung gegen Friedhöfe. Der Friedhofswärter sah aus, als wäre er selbst gerade einem Grab entstiegen. Er kam hinkend näher und öffnete die Tür zur Leichenhalle.

Steppani sah ihn finster an. Der Hinkende erwiderte den Blick mit einem schauerlichen Grinsen. Steppani schaute ganz ungeniert woanders hin.

Maria Crocifissa Coticchio stand nicht weit von ihnen entfernt. Sie trug Trauerkleidung und schluchzte ihren Schmerz in ein ausgeblichenes Taschentuch. Die kleine Frau wirkte verblüht, zu schnell gealtert. Neben Maria Crocifissa Coticchio standen ihre beiden Söhne Nico und Pino.

Bonannos Gesicht war angespannt, als er sich ihr näherte. Er konnte das Leid anderer Menschen nicht einfach so abschütteln, es blieb ihm quasi in den Kleidern hängen, ging ihm unter die Haut, und er trug es dann tagelang mit sich herum.

»Signora Coticchio? Ich bin Maresciallo Bonanno«, stellte er sich vor.
»Guten Tag«, antwortete sie ihm mit brüchiger Stimme, die vom Weinen ganz rau klang, und streckte ihm ihre blasse Hand entgegen.
»Wir grüßen Sie, Maresciallo«, echoten die beiden Söhne.
»Sind Sie bereit?«, fragte Bonanno.
»Ja«, erklärten Nico und Pino unisono.
»Also, nur Mut! Bringen wir es hinter uns.«
»Gehen Sie voraus, ich folge Ihnen«, meinte Pino, der ältere Sohn, der breit wie ein Kleiderschrank war. Dann wandte er sich an seinen Bruder: »Du bleibst hier und leistest Mama Gesellschaft.«
Steppani schloss sich ihnen an. Der Friedhofswärter hatte sich umgedreht. Steppani nutzte die Gelegenheit, um hinter seinem Rücken Grimassen zu schneiden. Sie betraten die Leichenhalle. Auf dem dunklen Marmor sah der leblose Körper des Mannes, der von einem schmutzigen Laken bedeckt wurde, wie eine beinahe obszön wirkende Statue aus. In der Luft staute sich der Geruch des Todes. Bonanno fürchtete, sich jeden Moment übergeben zu müssen.
Der Friedhofswärter hob das Laken. Einen Moment lang schwankte der junge Mann. Er fing sich aber sofort wieder und atmete tief und heftig aus.
»Ja, das ist er. Mein Vater, Pietro Cannata.«
Bonanno verließ als Erster schnell den Raum. Gierig sog er draußen die Luft ein. Sie roch nach Zypressen. Steppani war ihm gefolgt und atmete ebenfalls tief durch. Der Friedhofswärter lächelte mitleidig, während sich die Tür der Leichenhalle schloss.
Pino ging zu seiner Mutter und umarmte sie heftig. Maria Crocifissa stieß einen kraftlosen Schrei aus und drückte

sich dann an ihren jüngeren Sohn. Jetzt wirkte sie noch kleiner und trauriger.
Namen bringen manchmal kein Glück, dachte Bonanno. Er wischte diesen Gedanken weg und schalt sich insgeheim einen Dummkopf.
»Steppani, warte im Wagen auf mich.«
»Zu Befehl, Maresciallo.«
Bonanno ging zu den drei Familienangehörigen des Toten. Er wusste nicht, wo er anfangen sollte. Um Zeit zu gewinnen, zündete er sich eine Zigarette an.
Etwas entfernt startete Steppani den Motor und brachte ihn mit zwei heftigen Tritten auf das Gaspedal lautstark auf Touren. Die grellen Lichter flackerten unruhig.
Bonanno warf die Kippe in hohem Bogen weg und befahl sich immer wieder, ganz ruhig zu bleiben. »Verzeihen Sie, Signora, ich weiß, das ist jetzt nicht der geeignete Zeitpunkt, aber ich muss mit Ihnen sprechen. Nur ein paar Fragen, reine Routine.«
»Wann können wir ihn nach Hause holen?«
»Das ist kein Problem, ich werde mich persönlich darum kümmern ... Ich rufe den Richter an, damit der Leichnam Ihres Mannes schnell freigegeben wird.«
Die Frau erlitt einen leichten Schwächeanfall, ihre beiden Söhne stützten sie.
»Meine Mutter ist jetzt nicht in der Lage, mit Ihnen zu sprechen, Maresciallo.«
»Das verstehe ich, aber es müssen ein paar Formalitäten geklärt werden, nichts von Bedeutung. Es dauert nur ein paar Minuten.«
»Maresciallo, meine Mutter ist jetzt wirklich nicht in der Lage, mit Ihnen zu reden. Kann ich Ihnen vielleicht helfen?«, beharrte Pino Cannata. Der letzte Satz klang sehr

bestimmt. Pino sah Bonanno dabei mit harten Augen an, die ihn wie Pfeile zu durchbohren schienen. Sein Blick sagte alles.

»Kein Problem. Ich möchte Ihnen noch einmal mein Beileid aussprechen, Signora.«

Das plötzliche Aufheulen der Sirene ließ alle zusammenfahren. Bonanno erdolchte Steppani postwendend mit seinen Blicken.

Im Büro war es einigermaßen angenehm temperiert.

»Möchten Sie einen Espresso? Cacici, bring uns bitte zwei Tassen, aber starken.«

»Also, Maresciallo, was müssen Sie noch wissen?«

Bonanno bemerkte den verärgerten Tonfall des jungen Mannes. Pino Cannata hielt unter der Masse seiner angespannten Muskeln offenbar nur mühsam seine Wut zurück. Ein Vulkan kurz vor dem Ausbruch. Die Sache stand auf Messers Schneide.

Bonanno beschloss, zum Angriff überzugehen. »Jetzt hör mir mal gut zu, junger Mann. Wenn du nicht selbst weißt, was gute Erziehung ist, werde ich mich sicher nicht darum kümmern, sie dir beizubringen. Also lass uns sofort eines klarstellen: Ob es dir nun passt oder nicht, hier drinnen bin ich das Gesetz. Dein Vater wurde wie ein Tier von jemandem umgebracht – von wem, weiß ich noch nicht –, und ich versuche, den Kerl zu erwischen. Aber dazu brauche ich Informationen. Bis jetzt weiß ich nur, dass dein Vater mindestens vierundzwanzig Stunden, bevor jemand ihm den Kopf gespalten hat, nicht mehr zu Hause war.

Aber nicht seine Frau oder seine Söhne melden ihn als vermisst, wie man annehmen würde, nein, in der Polizeikaserne in Cefalù erscheint eine Dame, eine gewisse Giu-

seppina Malacasa, genannt Rosina, zwanzig Jahre jünger als dein Vater. Ist dir jetzt klar, junger Mann, was ich von dir wissen will?«
Pino Cannatas Gesicht verfärbte sich. «Ich bin nicht verpflichtet, Ihnen darauf zu antworten.«
»Und ich bin nicht verpflichtet, deine Frechheiten zu ertragen. Raus hier! Mal sehen, ob deine Mutter etwas darüber weiß. Caciciiiii!!!«
»Maresciallo, was ist los? Brennt die Kaserne?«
»Schaff mir diesen unverschämten jungen Kerl vom Hals und begleite ihn hinaus!«
»Warten Sie doch, Maresciallo, ich bitte Sie um Entschuldigung.«
»Das reicht mir nicht. Wer ist diese Giuseppina Malacasa, genannt Rosina, vierunddreißig Jahre alt, Friseuse?«
Pino Cannata wurde rot vor Zorn, die Adern an seinem Hals schwollen an und wurden zu blauen Strängen, seine Muskeln verkrampften sich, dann senkte er den Kopf. »Darf ich?«, bat er und zeigte auf die Zigaretten.
Bonanno gab ihm eine. Im Zimmer stieg dichter Qualm auf. Durch diesen Nebel sah Bonanno, wie sich die zunächst unerschütterlich wirkende Miene seines Gegenübers verwandelte. Die harte Maske des muskulösen Flegels sank in sich zusammen und wich dem Gesicht eines zwanzigjährigen jungen Mannes. Bonanno schickte Cacici hinaus und erinnerte ihn an den Espresso.
»Rosina war seine Schlampe. Sie hatte ihn verhext, mein Vater war total verblödet. Das ist allein die Schuld dieser widerlichen Hure!«
Steppani beeilte sich, Cacici zuvorzukommen. Er wollte das Sirenengeheul auf dem Friedhof vergessen machen und brachte den Espresso herein. »Lassen Sie ihn sich

schmecken«, meinte er, stellte die beiden Pappbecher ab und legte zwei Tütchen Süßstoff auf den Tisch. Bonanno erdolchte ihn mit Blicken. Steppani zog sich fluchtartig zurück.

»Das hatte ich vermutet. Ihre Mutter weiß nichts davon, oder?«, nahm der Maresciallo das Gespräch wieder auf.

»Wie denn? Sie ist eine konservative Frau, für sie zählen nur Kinder, Küche, Kirche. Die Arme ist vielleicht zu naiv. Sie hat alles geglaubt, was dieses Schwein uns vorgelogen hat, hat nie Verdacht geschöpft. Wenn er drei oder vier Tage wegblieb, dann sagte er, er ginge nach Mazara oder Sciacca, um Seefisch einzukaufen. Nach seinen Schweinereien kam der widerliche Kerl immer wieder nach Hause. Arme Mama, das hat sie wirklich nicht verdient!«

»Kam Ihr Vater oft in diese Gegend?«

»Keine Ahnung.«

»Wissen Sie, ob er jemanden hier kannte oder etwas Geschäftliches in der Gegend zu erledigen hatte?«

»Nein.«

»Informierte er Sie nicht, wenn er verreiste?«

»Maresciallo, anscheinend habe ich mich nicht klar genug ausgedrückt. Mein Bruder und ich sprachen kaum mit meinem Vater. Wir arbeiteten im familieneigenen Fischgeschäft und kümmerten uns um den Verkauf an die Privatkunden … na ja, Nico kam halt nach der Schule ins Geschäft. Mein Vater – dieser Kerl – hat so gut wie keine Zeit mit uns verbracht, er war nie da, wegen seiner Frauengeschichten oder irgendwelcher Geschäfte. Er hatte keine Zeit, mit seinen Söhnen zu reden. Mein Bruder hat sehr darunter gelitten, er ist noch ein Junge, er hätte einen besseren Vater verdient.«

»Hatte Ihr Vater Feinde?«, hakte Bonanno nach.

»Sie verstehen mich wohl nicht. Über sein Privatleben weiß ich überhaupt nichts. Er war sozusagen ein Fremder für mich. Als wir noch klein waren, war er auf See, und wir sahen ihn fast nie. Die wenigen Male, die er zu Hause war, saß er schweigend vor dem Fernseher und mampfte, dann war er auch schon wieder weg. Im Fischgeschäft war es noch schlimmer. Wir redeten vielleicht vier- oder fünfmal im Monat miteinander, um die Fischpreise festzulegen, über Abrechnungen und solche Dinge. Aber mit den Frauen – da konnte er reden!«

»Eine harmonische Familie.« Diese Bemerkung konnte sich Bonanno nicht verkneifen.

Der junge Mann stieß den Espresso mit einer verärgerten Handbewegung beiseite. Er hatte schnell wieder seine harte, undurchdringliche Maske aufgesetzt. Bonanno begriff, dass er zu weit gegangen war.

»Ich muss um Entschuldigung bitten ... Ich war eben wohl etwas zu heftig. Wissen Sie, wenn ich so höre, was manchmal in Familien passiert, dann ... äh ... werde ich sauwütend. Nehmen Sie bitte meine Entschuldigung an.«

»Ich weiß nicht, warum er hierher gekommen ist. Meinetwegen hätte er am Nordpol oder sonst wo auf dieser verdammten Erde bleiben können. Er war ein Phantom. Soll ich Ihnen wirklich einen seiner Feinde zeigen, Maresciallo? Er steht vor Ihnen. Was nun? Wollen Sie mich jetzt verhaften?«

Wieder allein, starrte Bonanno die Akten auf seinem Schreibtisch an, ohne sie wirklich zu sehen. Papierkram, den er für die Dienststelle erledigen musste. Er hasste es, Berichte zu schreiben, und hätte Geld dafür bezahlt, davon verschont zu bleiben. Vor seinem geistigen Auge erstanden andere Bilder. Vor das Gesicht des Ermordeten schoben sich plötzlich die seiner Frau und seiner beiden Söhne. Im Dunkeln blieb nur Rosina, die Friseuse aus Cefalù. Wie sah sie wohl aus? Bonanno versuchte, sie sich vorzustellen, aber seine Fantasie half ihm da nicht weiter. Er sah Schauspielerinnen, Journalistinnen, Sängerinnen vor sich, und plötzlich tauchte unvermittelt das Bild seiner Exfrau vor ihm auf, liebreizend und schamlos zugleich. Bonanno entzog sich augenblicklich diesem Eindruck und flüchtete sich in die Realität. Der unerledigte Papierkram lag immer noch da.

»Steppani.«

»Zu Befehl, Maresciallo!«

»Das, was du heute Morgen auf dem Friedhof veranstaltet hast, war ... äh ... unmöglich. Genau, das war es! Was hast du dir bloß dabei gedacht? Wie konntest du nur an diesem geweihten Ort die Sirene aufheulen lassen?«

»Mir ist die Hand ausgerutscht.«

»Du solltest sie dir abhacken, ja, das solltest du!«

»Maresciallo ...«

»Was ist, Steppà?«

»Soll ich die Papiere für Sie ausfüllen?«

»Ja, gut, dann hack sie dir diesmal noch nicht ab.«

Fünf

In hellen Jeans, kariertem Hemd und Wildlederjacke wirkte der Capitano eher wie ein unbekümmerter Student, nicht wie ein hochrangiger Militär, der ein ernsthaftes Studium an der Offiziersschule hinter sich hatte. Diese Witwe zerstörte seine Persönlichkeit, sagte sich Bonanno. Er hatte schon begriffen, woher der Wind wehte, als der Capitano im Büro aufgetaucht war. Basilio Colombo, auf Hochglanz poliert, stank nach Rasierwasser. Die nach hinten gekämmten, gegelten Haare und die Sonnenbrille vervollständigten seine Verkleidung.

»Guten Tag, Maresciallo. Neuigkeiten?«

»Die Angehörigen haben das Opfer identifiziert. Es handelt sich um einen Fischgroßhändler namens Pietro Cannata, wohnhaft in Porto Empedocle. Ich habe schon mit Dottor Panzavecchia wegen der Rückgabe der Leiche an die Familie gesprochen. Wir überprüfen die Vermisstenanzeige. Sie wurde von einer Friseurin aus Cefalù erstattet. Der Sohn behauptet, dass es sich um die Geliebte handelt.«

»Sehr gut. Ich sehe, dass Sie wie immer aufmerksam bei der Sache sind. Der Spürhund in Aktion, nicht wahr? Wenn Sie einen ersten Bericht abgefasst haben, werde ich ihn gern abzeichnen.«

»Brigadiere Steppani kümmert sich darum.«

»Sehr gut. Ich werde ihn dann später lesen.«
»Das hat keine Eile, Capitano.«
»Maresciallo, ich bin heute wieder unterwegs, aus ... äh ... sagen wir mal, privaten Gründen, Sie verstehen schon, nicht wahr? Ich habe großes Vertrauen in Sie und Ihre Männer, Sie können mich problemlos ersetzen. Der Fall ist ja schon beinahe gelöst, tja ...«
Bonanno unterdrückte einen Aufschrei der Empörung. Der Auspuff von Capitano Colombo verlangte nach einer weiteren Wartung. Diese unersättliche Jugend. Während der andere ging, murmelte Bonanno rachsüchtig vor sich hin: *»Vasa, vasa, vocuzza di meli, tu si bagascia e iu sugnu mugghiera.«* Küss ihn, küss ihn, süßer Mund, du bist nur die Hure, aber ich bin die Ehefrau.
Das Sprichwort meinte zwar, dass der Ehemann zu seiner Frau zurückkommen wird, doch Bonanno hatte keine Skrupel, es auf den Capitano und sich anzuwenden. Er hatte die Arbeit und der Capitano das Vergnügen. Das nagte an ihm. Ihm hätte es auch gefallen, seinen eigenen »Mechaniker« zu haben.
»Was rede ich denn da für einen Mist? Ich verblöde wohl auch allmählich. Los, an die Arbeit, bevor mein Motor einen Kolbenfresser bekommt.«
»Was meinen Sie, Maresciallo?«
»Ach, nichts, Capitano, gar nichts, gehen Sie nur. Lassen Sie sich den Auspuff, die Handbremse und vielleicht auch noch die Kupplung richten, ich kümmere mich hier schon um alles.«

»Steppaniiiii!!!!«
Der Brigadiere erschien abgehetzt im Büro. Seine Hände waren schwarz.

»Was hast du denn angestellt?«, fragte Bonanno entgeistert.
Steppani sah sich verwirrt um. »Wo?«
»Mit deinen Händen, meine ich.«
»Das war das Farbband der Schreibmaschine.«
»Du und dein Hang zum Eindrecken.«
Steppani sah ihn vernichtend an.
»Jetzt hör mal zu, Steppani, häng dich ans Telefon und ruf die Kollegen in Cefalù an. Frag nach Maresciallo Liborio Spanò, das ist ein guter Freund von mir. Sag ihm, wir wollen mit Madame Rosina Wieheißtsienochmal sprechen. Als jemand, der mit den Fakten sehr vertraut ist, möchte ich sie morgen um zehn Uhr sehen. Sie sollen sie in die Kaserne bestellen, und wir werden diese hübsche kleine Reise auf uns nehmen. Ich möchte wissen, was sie zu erzählen hat und wie eine Frau aussieht, die sich Rosina nennen lässt.
Dann hängst du dich noch mal ans Telefon und rufst die Kollegen in Porto Empedocle an. Ich möchte alles über den Toten wissen. Wer sein Steuerberater war, bei welchen Banken er sein Konto hatte, ob er … äh … andere Interessen hatte. Also, kurz gesagt, alles.«
»Zu Befehl, Maresciallo.«
»Sind Torrisi und Brandi schon zurück?«
»Noch nicht, Maresciallo.«
»Habt ihr sie über Funk gerufen?«
»Ja.«
»Und?«
»Nichts, absolut gar nichts, Maresciallo.«
»Die Zeit läuft, Steppani. Der Capitano denkt nur daran, sich das Getriebe warten zu lassen, und wir anderen hier wissen immer noch nicht, ob dem armen Kerl an jenem

scheußlichen Ort oder irgendwo anders die Birne gespalten wurde. Also, was machen wir?«
»Ich bin schon am Telefon.«

Er brüllte schlimmer als ein verwundeter Löwe. Er durfte gar nicht daran denken, dass er jetzt bald am Strand von Ustica liegen, sich randvolle Teller mit appetitlichem fangfrischem Fisch einverleiben könnte, der nach Meer schmeckte und so leicht war, dass er dem Cholesterinspiegel bestimmt nicht schadete. Stattdessen war er hier erst einmal auf unbestimmte Zeit mit überaus lästigen Angelegenheiten beschäftigt. Und als hätte das nicht schon genügt, redete Vanessa kein Wort mehr mit ihm. Das Leben war wie ein vertrockneter Kuhfladen. Dieser Fall ließ ihm einfach keine Ruhe. Vielleicht irrte er sich ja, aber er würde dennoch seine Hand dafür ins Feuer legen: Wenn er weiter nachforschte, würde er mehr Dreck entdecken, als auf der Müllkippe lag, auf der man den Toten gefunden hatte.
Es klingelte. Vito Cantara aus der Telefonzentrale war am Apparat. »Maresciallo, der Bürgermeister für Sie.«
»War er freundlich, oder hat er mit den Flügeln geschlagen und gestottert?«
»Ja, das hat er ... und gespuckt.«
»Also ist er aufgeregt. Hast du ihn gefragt, was zum Teufel er will?«
»Er erwähnte die geschlossene Müllkippe.«
»Und was hast du ihm gesagt?«
»Der Maresciallo ist gerade dienstlich außer Haus.«
»Bravo!«

Steppani kam mit einem strahlenden Lächeln herein. Bonanno wurde unruhig.

»Geschafft, Maresciallo. Die Signorina Rosina ist für morgen früh um zehn in die Kaserne bestellt. Maresciallo Liborio Spanò erwies sich als großartiger Mann und echter Carabiniere. Ich soll Sie sehr grüßen.«
»Du hast hoffentlich seine Grüße erwidert?«
»Aufs Herzlichste. Und wann fahren wir morgen? Ich nehme an, wir schaffen es in einer Stunde und zwanzig Minuten. Ohne Vollgas zu geben, natürlich.«
Bonanno warf ihm einen verwirrten Blick zu. Steppanis Sucht danach, sich am Steuer des Alfa 155 austoben zu dürfen, war nicht zu übersehen. Er hatte nicht alle Tage die Gelegenheit, die Pferdchen unter der Motorhaube der Limousine auf langen, geraden Streckenabschnitten mit breiten Fahrbahnen laufen zu lassen. Um nach Cefalù zu kommen, mussten sie aus dem Montanvalle auf die Autobahn Palermo-Catania fahren, dort nach dreißig, vierzig Kilometern auf die Autobahn Palermo-Messina wechseln, ein Stück zurückfahren, bevor sie das Landesinnere mit seinen Feldern und Hügeln hinter sich ließen. Das war mehr als genug, um die Fantasie eines passionierten Autofahrers wie Steppani zu entzünden. Bonanno erinnerte sich an das Gefühl, wenn einem der Darm auf halbem Weg zwischen Magen und Mandeln hing. Er fasste auf der Stelle einen Entschluss.
»Morgen muss mich jemand in der Kaserne vertreten.«
»Ich beauftrage sofort den Kollegen Passalacqua damit.«
»Passalacqua hat vor drei Tagen geheiratet.«
»Dann Maresciallo Marcelli.«
»Du hast mich nicht verstanden, Steppani. Du bleibst hier. Cacici begleitet mich morgen. Ich möchte lebend in Cefalù ankommen.«
Nicht einmal der italienische Staatspräsident auf dem Bild

an der Wand konnte die Wut auf dem Gesicht des Brigadiere übersehen.
Er strafte Bonanno mit einem wütenden, ja hasserfüllten Blick und zahlte es ihm mit gleicher Münze heim: »Das Provinzkommando hat gebeten, zwei alte Berichte zu vervollständigen. Sie möchten sie so schnell wie möglich haben. Ich lege sie Ihnen gut sichtbar auf den Schreibtisch und wünsche Ihnen frohes Schaffen, Maresciallo!«

Vor der Schule standen Wagen in zweiter Reihe und wartende Eltern. Die Polizisten regelten das Kommen und Gehen und stritten sich mit den zu spät gekommenen Eltern, die keinen Platz mehr fanden. Jeden Tag zur gleichen Zeit stand hier auf vierzig oder fünfzig Metern der Bestand zweier gut bestückter Autohäuser mit Modellen jedes Typs und jeder Farbe.
Bonanno stellte seinen Fiat Punto weiter entfernt ab. Er parkte, wie es sich für einen Staatsdiener gehörte, und ging zu Fuß zum Schulgebäude. Seine Uniform glänzte in der Maisonne, die blanken Knöpfe reflektierten die Sonnenstrahlen. Beim Näherkommen wirkte er kräftig, ja stämmig. Seine Diät war weit davon entfernt, den gewünschten Effekt zu bringen. Alle grüßten ihn mit Hochachtung. Bonanno wusste nur nicht, ob es an seiner Uniform oder an seinem dicken Bauch lag.
Das Klingeln zum Ende der Schulstunde ließ nicht lange auf sich warten. Eine laut kreischende, farbenfrohe Masse aus kleinen Beinen und geröteten Gesichtern kam herausgestürmt. Kinder überfluteten den freien Platz. Die stimmgewaltige Schar breitete sich aus und teilte sich dann in zwei Ströme: Ein Teil der Kinder folgte seinen Eltern, der andere stürmte den Schulbus.

Bonanno trat vor. Er setzte sein breitestes Lächeln auf und winkte Vanessa. Sie würdigte ihn gerade mal eines verärgerten Blickes, ging weiter, als wäre nichts gewesen, und verschwand in der Menge ihrer Schulkameraden. Dann stieg sie in den Autobus und setzte sich.
Bonanno fühlte sich, als hätte ihm jemand einen Hieb direkt in die Magengrube versetzt. Die Hitze strahlte unangenehm bis in sein Gesicht aus. Er sah rot.
Sebastiano Caramazza, der Busfahrer, seit sieben Jahren Angestellter der Kommunalverwaltung, kontrollierte, ob alle Kinder eingestiegen waren. Dann betätigte er den Knopf für den Schließmechanismus der Türen. Sie zischten und produzierten ein dumpfes Geräusch. Der Fahrer drehte sich mit offenem Mund um und beobachtete den Maresciallo, der mit einem Fuß die Türflügel blockierte und dann entschlossenen Schrittes den Bus bestieg.
»Ich bin gleich wieder draußen. Es ist alles in Ordnung, Kinder.« Bonanno ging durch den Gang nach hinten, fasste Vanessa an einem Ohr und schleifte sie bis zu seinem Auto hinter sich her.
Im Wagen verwandelte sich der Protest des Kindes, das losgelassen werden wollte, in ohrenbetäubendes Geschrei. Auf Vanessas Gesicht gingen fünf Finger nieder. Sie war sofort still, völlig verblüfft: Ihr Vater hatte sie noch nie geschlagen.
»Jetzt können wir fahren. Bis zum Beweis des Gegenteils hast du einen Vater, mein Fräulein. Und wenn dir das nicht recht ist, dann schieß mir halt in den Kopf, wenn du erwachsen bist. Aber bis dahin pass bloß auf. Ich bin doch nicht unsichtbar geworden.«
Vanessa wagte keinen Mucks.

Sechs

Giuseppina Malacasa, genannt Rosina, war, wie zu erwarten, eine Frau, die der liebe Gott mit allen Kurven am rechtem Fleck ausgestattet hatte. Die kupferroten Haare waren zu modischen langen Locken onduliert, die ihr über den rosig zarten Nacken fielen.
Bonanno begrüßte sie höflich. Das Übermaß weiblicher Reize, das Rosina auszeichnete, schüchterte ihn beinahe ein. Hätte er nicht die vom vielen Weinen verquollenen Augen und die geschwollenen Lippen der jungen Frau gesehen, hätte Bonanno wohl Schwierigkeiten gehabt, sich an den wahren Grund für seine Fahrt nach Cefalù zu erinnern.
»Darf ich mich vorstellen? Ich bin Maresciallo Bonanno, Kommandant der Carabinieri in Villabosco. Dort wurde der Leichnam Pietro Cannatas gefunden.«
»Bitte, Maresciallo, ersparen Sie mir die Einzelheiten. Sie sind so weit gefahren, weil Sie wissen wollen, wie meine Beziehung zu Pietro war, stimmts? Und ich bin hier, um es Ihnen zu erzählen. Pietro und ich sind ... das heißt, wir waren verlobt, wir wollten heiraten. Er war ein wunderbarer Mann, einer, von dem jede Frau träumt, dass er ihr ein Mal im Leben begegnet.«
Bonanno glaubte, sich verhört zu haben. »Signorina, entschuldigen Sie meine unverschämte Frage. Wussten

Sie, dass Signor Cannata verheiratet war und zwei Söhne hatte?«
»Ich wusste das alles. Er war fast zu ehrlich zu mir. Pietro hat mir nichts verheimlicht, Maresciallo, rein gar nichts. Ein Musterbild von einem Mann, aber er hatte so viel Pech ... und jetzt auch noch das.«
»Erklären Sie mir das näher, Signorina Giuseppina.«
»Rosina, wenn es Ihnen nichts ausmacht, Maresciallo.« Während sie das sagte, schlug sie die Beine übereinander, selbstverständlich und aufreizend zugleich.
»In Ordnung ... Rosina. Könnten Sie etwas deutlicher werden?«, fuhr Bonanno fort und lockerte seine Krawatte.
»Wir haben uns vor drei Jahren kennen gelernt. Auf der Messe Maremonti in Palermo. Er hatte einen Stand mit herrlichen tiefgefrorenen Fischen, sie wurden weit draußen im Meer gefangen und waren so groß, wie wir sie hier nicht kennen. Sehr eindrucksvoll, ungewöhnlich. Ich war mit einer Freundin gekommen, um mir die Stände anzusehen. Man hatte mir erzählt, es gäbe auch einen Messestand mit Friseurbedarf. Ich wollte mich informieren, um fachlich nicht hinterherzuhinken. Hier bei uns ist die Konkurrenz gnadenlos geworden, in letzter Zeit kontrolliert sogar die Finanzpolizei und ... also, da traf ich ihn. Er war mir gefolgt. In einer Hand hielt er eine Rose, in der anderen eine Visitenkarte. Er sagte mir, wenn ich mal guten Fisch essen wollte, dann sollte ich ihn anrufen, wenn ich Lust hätte. Er würde zu jeder Tages- und Nachtzeit herbeieilen. Meine Freundin und ich haben daraufhin nur gelacht. Aber er gab nicht auf.«
»Wie meinen Sie das?«
»Ich meine, er nutzte die Situation, Maresciallo. Er wusste, dass er Frauen gefiel, und dann versuchte er es eben.«

»Ich habe verstanden. Ihr habt euch wiedergesehen, und … äh … dann den Fisch gemeinsam gekocht.«
»So ungefähr. Pietro hat mir sofort erzählt, dass er verheiratet ist, doch er hatte ein schweres Leben an der Seite dieser Hexe. Sie ließ ihm keine Ruhe, sie quälte ihn, sie und ihr vortrefflicher Sohn. Armer Pietro, was für ein schreckliches Ende! Sie gaben keine Ruhe, besonders, nachdem er davon redete, dass er mit mir ein neues Leben anfangen wollte. Diese Hexe hat ihn erpresst, und jetzt haben sie ihn bezahlen lassen, meinen armen Pietro. Sie haben es geschafft, ihn unter die Erde zu bringen.«
Die Frau verbarg ihre Augen hinter einem Taschentuch, sie zeigte die natürliche Scham des Schmerzes. Oder sie war eine perfekte Heuchlerin.
Bonanno löste seinen Blick, der wie ein Magnet auf Rosinas Brüsten gehaftet hatte, welche ein Eigenleben zu führen schienen. Sie hoben und senkten sich mit jedem Atemzug und verströmten dabei eine wohl riechende Wärme, die sich im ganzen Raum ausbreitete. Bonanno war wie berauscht. Er schwieg einige Sekunden, bis er mit scheinbar ruhiger Stimme nachhakte: »Signorina Rosina, warum haben ausgerechnet Sie Pietro Cannata als vermisst gemeldet?«
»Das ist ja heiter! Was hätte ich Ihrer Meinung nach tun sollen? Mich tot stellen? Pietro und ich waren verabredet! Doch er kam abends nicht, auf dem Handy hat er nicht geantwortet, und zu Hause war er auch nicht. Was hätten Sie an meiner Stelle unternommen?«
»Sie haben bei ihm zu Hause angerufen?«, vergewisserte sich Bonanno erstaunt.
»Ja, genau, ich habe gesagt, ich sei eine Kundin. Diese Hexe hat behauptet, Pietro sei geschäftlich unterwegs. Diese Schlampe, sie hat mich auch noch verarscht!«

»Wann haben Sie Pietro Cannata zum letzten Mal gesehen?«
»Vergangene Woche. Aber wir telefonierten jeden Tag miteinander, oft zwei-oder dreimal.«
»Erinnern Sie sich an das letzte Telefongespräch?«
»Das war am Morgen seines ... Sie wissen schon. Wir wollten uns abends treffen. Er war in Agrigent und rief mich an, um mir zu erzählen, dass er gerade ein Geschenk für mich gekauft hatte. Ich glaube, es waren die Schuhe, die mir so gut gefallen hatten, schwarz, mit goldenen Schnallen und glänzenden Absätzen. Er erwähnte auch noch, er müsse diesen Sowieso treffen ... äh ... den Namen habe ich vergessen. Ich glaube, er war Getreidehändler. Er müsse noch etwas Geschäftliches erledigen, vielleicht würde er sich verspäten. Er war entspannt, heiter wie immer und dann ... ach, mein armer, geliebter Pietro!«

»Unsere Haarspezialistin ist eine ausgezeichnete Schauspielerin. Hast du die Schenkel gesehen? Zwei Säulen aus edlem Marmor. Was meinst du, Saverio?«
Maresciallo Liborio Spanò stürzte sich auf eine der beiden üppig mit Erdbeereis gefüllten Schalen, die von einem Berg Sahne und zwei verlockenden kleinen Brioches gekrönt wurden. Allein ihr Anblick ließ einem das Wasser im Mund zusammenlaufen.
»Setz dich und leiste mir Gesellschaft. Die ist für dich«, meinte Spanò und schob Bonanno die andere Schale hinüber. Mindestens dreitausend Kalorien!
Bonanno betrachtete Liborio Spanò mit Widerwillen. Seit der Zeit ihres Unteroffizierslehrgangs war es schlimmer geworden. Jetzt trug der andere mindestens Größe vierundsechzig. Bonanno sah ihn an und befürchtete, er

selbst könnte genauso unförmig werden, wenn er nicht sofort einen Kompromiss mit seinen allzeit bereiten Geschmacksknospen fände.

»Iss nur, das ist ganz frisch. Du bist eingeladen. Wenn ich mal in deine Gegend komme, kannst du dich ja mit einer schönen Portion Cannoli mit Ricotta revanchieren!«

Bonanno opferte sich. Nach den ersten Löffeln Sahne war ihm die Diät egal, und als er das kühle, herrlich fruchtige Erdbeereis kostete, interessierte ihn auch seine Kleidergröße nicht mehr. Die Brioches waren angenehm weich, die Sahne zart wie Morgennebel.

»Was hältst du von der lieben Rosina? Ein reizendes Pferdchen, aber gefährlich. Du kannst darauf wetten, die saugt einen Mann bei lebendigem Leibe aus, und zwar dauerhaft. Endlich hatte sie einen Idioten gefunden, der für sie bezahlte und ihr das Leben einer feinen Dame ermöglichte. Und unsere Freundin kennt eine Menge feuriger Mannsbilder und reifer Herren. Weiß du, wie sie Rosina in Cefalù und Umgebung nennen? Die ›scharfe Rosina‹. Aber dann fand sie diesen reichen Mann und änderte sich. Es ist aber schief gegangen, und jetzt tut sie mir fast ein bisschen Leid.«

»Kannst du mir mal erklären, was du für einen Blödsinn erzählst, Spanò? Arbeitet sie nicht als Friseuse?«

»Saverio, wach auf, wir sind hier in Cefalù, nicht in Mailand! Alle hier kannten Rosina, und alle wichen ihr aus, auch die Männer, wenigstens taten sie so als ob. Du hast sie doch gesehen, sie ist eine richtige Frau, ein Vollblutweib, also kannst du dir alles vorstellen. Gewisse hässliche Kleiderstangen, die nicht mal entfernt nach Frauen aussahen, waren neidisch, und hängten ihr einen schlechten Ruf an. Ein paar Monate lebte Rosina davon, Touristinnen die

Haare aufzudrehen, aber für den Rest des Jahres musste sie zusehen, wie sie über die Runden kam.
Was blieb dem armen Mädchen denn übrig? Sie verbrachte ihre Zeit mit irgendeinem generösen Freund. Dann erschien dieser reife, geschniegelte Herr auf der Bildfläche – und biss an. Du hast sie dir doch genau angesehen? Bestimmt hast du sogar ein paarmal ziemlich gründlich hingeschaut. Eine Frau wie die braucht nicht viel, um einen Mann auf Touren zu bringen, auch wenn er schon etwas älter ist. Und sie versteht wirklich etwas davon … Es hieß sogar, sie wollten heiraten. Hier wusste niemand, dass er schon verheiratet war. Hat sie dir erzählt, wie sie einander kennen gelernt haben?«
»Auf der Messe. Er hat ihr eine Rose angeboten.«
»Das stimmt, doch an der hatte er einen Ring im Wert von drei Millionen Lire festgebunden, und während er ihr ihn mit der einen Hand übergab, hat er mit der anderen schon ihren Hintern bearbeitet. Und Rosina, die eine kluge Frau ist, hat sofort begriffen. Sie hat den Ring genommen und sich gern gefallen lassen, dass danach beide Hände ihren Hintern bearbeiteten.«

Cacici fuhr ruhig. Das Auto glitt geräuschlos dahin. Bonanno rauchte. Wenn er intensiv nachdachte, verlangte sein Gehirn nach reichlich Nikotin, und er beeilte sich, diesem Verlangen zu entsprechen.
Er drehte sich im Kreis. Wie er es auch wendete, er kam stets wieder zum Ausgangspunkt zurück. Das Bild wurde immer vielschichtiger. Rosina hatte keinen Grund zu lügen, wenn es darum ging, das Opfer hätte der Familie von ihrer Beziehung erzählt. Wusste seine Ehefrau von dem Verhältnis, dann hatte Cannatas Sohn gelogen.

Aber das waren doch nur banale Ehebruchsgeschichten. Bonanno war das völlig egal, und er wollte nichts mehr davon hören, es sei denn, der Sohn ... Aber warum musste das Opfer gerade in seinen Bezirk kommen und sich dort auch noch ermorden lassen?
Es war nun mal geschehen, und er hatte nicht die Gabe, Tote zum Leben zu erwecken. Wie gern hätte er für einen Tag Gottvater gespielt! Er wusste genau, was man in dieser verdammten Welt in Ordnung bringen musste. Von wegen Gebete und brennende Kerzen in der Kirche und die Hölle als Drohung! Er hätte sofort all diejenigen zur Hölle geschickt, die er dort sehen wollte. Sogar seine verdammte Exfrau, die jetzt irgendwo auf der Welt mit ihrem mittelmäßigen Zirkuskünstler ihren Spaß hatte, während er sich damit abmühte, den Mord an dem Fischhändler aufzuklären. Diese Schlampe! Sollte doch abkratzen, wer wollte!
Zynismus war nicht Bonannos Sache. Er zündete sich die x-te Zigarette an und beschäftigte sich wieder mit seinem Fall. Durch Rosinas Aussage kam er zu der Überzeugung, der Mord müsse in der unmittelbaren Umgebung passiert sein. Niemand transportierte eine Leiche über hunderte von Kilometern, um sie dann auf einer Müllkippe abzuwerfen. Man hätte doch sicher andere Möglichkeiten gefunden, den Toten verschwinden zu lassen.
Diebe? Ja, vielleicht. Das Opfer war gründlich ausgeplündert worden. Aber warum ihn dann bis zur Deponie bringen? Irgendetwas passte da nicht zusammen. Oder war es eine Botschaft für irgendwen? Doch warum sollte man ihm dann alles abnehmen, sogar die Papiere?
Bonanno hatte nur eine schwache Spur, der er folgen konnte: die Bemerkung, die Cannata Rosina gegenüber gemacht hatte, ehe er ermordet wurde. Er war mit einem Getrei-

dehändler verabredet gewesen. Zog man den Fundort der Leiche in Betracht, dann lebte der Händler vielleicht im Montanvalle. Das war zwar kein allzu konkreter Anhaltspunkt, aber immerhin besser als nichts.
»Hier ist Bonanno. Zentrale, gib mir Steppani zum Bericht. *Over.*«
»Verstanden, wir kümmern uns darum. *Over.*«
Das Funkgerät krächzte weiterhin. Bonanno hörte Steppanis Stimme.
»Hier ist Bonanno, du musst dir eine vollständige Liste aller Getreidehändler der Gegend besorgen. Wir sind in zwei Stunden da. Ich will sie dann auf meinem Schreibtisch finden. *Over.*«
»*Over* und Ende.«
Steppani war ihm immer noch böse. Das konnte Bonanno unschwer erkennen. Der verdammte Kerl! Hatte man ihm nie erklärt, dass das Autofahren kein Spaß war? Nicht die Spur. Sobald Steppani ein Auto sah, drehte er durch. Bonanno stellte sich den Brigadiere vor, wie er am Steuer eines feurigen Spider wild hupend durch die Haarnadelkurven des Montanvalle brauste und mit pfeifenden Reifen alle Geschwindigkeitsbegrenzungen überschritt.
Der Gedanke kam ihm urplötzlich, ein Lämpchen leuchtete störend auf, und durch seinen Kopf ging ein Schwall von Beschimpfungen.
»Verdammt noch mal!«, brummte er und schlug sich vor den Kopf.
»Was ist los, Maresciallo, haben Sie einen Stein abbekommen?«, fragte Cacici besorgt.
Bonanno gab ihm keine Antwort, er hatte schon wieder das Funkgerät in der Hand. »Bonanno an Zentrale. Steppani sofort zum Bericht. *Over.*«

»Verstanden, ich kümmere mich gleich darum, Maresciallo. *Over.*«

»Was glauben Sie, wer ich bin? Superman? Ich habe noch nicht einmal mit der Liste angefangen«, beschwerte sich Steppani.
»Halt den Mund und hör zu. Hast du überprüft, welches Auto der Tote fuhr?«
»Auto? Was für ein Auto?« Kurz darauf begriff Steppani. »Verdammt noch mal, Maresciallo.«
»Häng dich auf, Steppani, und den Rest der Schnur kannst du als Krawatte tragen. Find heraus, mit welcher Scheißkarre Cannata kam, um sich umbringen zu lassen, und gib eine Ringfahndung im gesamten Montanvalle heraus. Alarmier die Kommandanturen und vielleicht auch die Funkstreifen. Wenn wir das Auto finden, werden wir wenigstens wissen, wo wir anfangen müssen.«
»*Over* und Ende, Maresciallo.«
Bonanno antwortete nicht einmal. Cacici sah, wie er, in der einen Hand noch die Zigarettenkippe, sich eine neue Zigarette anzündete, und hustete schicksalsergeben. Wenn er wütend wurde, rauchte der Maresciallo dreimal so viel wie gewöhnlich.

Sieben

Teresa lässt ihre offenen Haare im Wind fliegen. Trippelt an der Wasserlinie entlang. Die Wellen umspülen ihre nackten Füße. Sie liebt das salzige Wasser. Sie läuft und lächelt die ans Land gezogenen Boote an. Die ans Ufer geschwemmten Muscheln sehen wie kleine Blumen aus, die aus dem Sand hervorsprießen. Sie hält einen Eimer in der Hand und sammelt die schönsten auf. Die Sonne spiegelt sich in der glatten blauen Fläche. Gerade unterhalb der blaugrünen Oberfläche schnellen schattenhaft tausend Fische dahin. Sie winkt ihnen zu. Und rennt mit ihnen in die Tiefe des Wassers, dorthin, wo die Welt runde Konturen annimmt und die Farben in einem immensen Grau verschwimmen.

Von fern verfolgen sie die Augen unter den buschigen Augenbrauen. Die Augenhöhlen füllen sich mit Rot. Um sie herum ein Wald aus buschigen, langen Haaren. Der widerliche Speichel läuft über den Hals.

Teresa hat ihren Eimer gefüllt. Aus den Muscheln wird sie einen Bilderrahmen basteln. Morgen ist Muttertag. Sie hat ihre Mutter gezeichnet, während diese einen Kirschkuchen gebacken hat. Teresa hat sie vom Fenster aus dabei beobachtet. Den Rahmen wird sie mit den weißen und rosafarbenen Muscheln aus ihrem Meer verzieren und ihn ihrer Mutter zusammen mit einem Kuss schenken. Dann

werden sie gemeinsam ein großes Loch in das Mehl bohren, lauwarmes Wasser hineingießen und den Teig für einen weiteren Kuchen kneten, dabei werden sie sich die Hände mit dem klebrigen, süßen Teig weiß färben. Und sie werden darüber lachen.
Die Augen unter den buschigen Augenbrauen haben sich bewegt, sie kommen näher. Teresa fährt zusammen. Ein plötzliches Feuer durchbohrt ihren Rücken. Sie dreht sich nicht um, sondern fängt an loszulaufen.
Die Muscheln hüpfen im Eimer hoch und runter, sie fallen auf den Sand. Der Herzschlag wird schneller, das Blut pulsiert heftiger, in den Ohren, am Hals. Sie schluckt Speichel und Angst hinunter, die uralte Angst einer unschuldigen Beute, eines jahrtausendealten Opfers. Sie läuft, bis sie außer Atem ist, rennt weit weg vor dem Schatten über ihrem eigenen Leben.
Die Augen unter den buschigen Augenbrauen sind jetzt zu schmalen Schlitzen zusammengezogen. Sie beobachten das Mädchen gegen die Sonne, ein kleiner dunkler Punkt, der in lange schräge Strahlen zerfällt. Sie recken das Gesicht wie ein Zielfernrohr, der kleine Punkt ist da, eingefangen in ein paar Zentimetern. Die Schlitze schließen sich. Der kleine Punkt ist nicht mehr da. Die Augen lachen. Und warten ab.

Er fand keine Ruhe. Lief auf und ab und schalt sich tausendmal einen Idioten. Er war einfach unfähig! Wie zum Teufel hatte er nur so unvernünftig sein können? Zwei, ja wirklich zwei Kilos mehr in drei Tagen! Und wer war schuld daran? Er selbst, verdammt noch mal! Verflucht sollte auch sein Kollege Spanò mit seiner Wampe sein, die die Uniform sprengte, eine schlechte Imitation des Dottor

Balanzone aus der Commedia dell'Arte. Der Teufel sollte ihn und seine verdammten Brioches holen!
Bonanno fauchte schlimmer als ein verstopfter Auspuff. Er zog die Schuhe aus und stieg noch einmal auf die Waage, die er heimlich im Schränkchen aufbewahrte. Der unnachgiebige Zeiger wies immer wieder auf das gleiche Gewicht. Höchstens ein paar hundert Gramm weniger, aber mehr als neunzig Kilo waren immer noch ein beachtliches Körpergewicht für ein Rhinozeros von gerade mal einem Meter siebzig.
Zum Teufel mit ihm!
Von heute an würde er strikt Diät halten – Brot und Wasser. Vielleicht etwas Obst und ungesüßten Espresso. Höchstens einen halben Löffel Süßstoff. Ganz zu schweigen von Weißbrot und Nudeln. Die waren komplett vom Speiseplan gestrichen. Vielleicht sogar Vollkornprodukte? Die konnte man ja vielleicht ... zumindest am Anfang. Ach, verdammt!
Cacici klopfte. Er erhielt ein einschüchterndes »*Avanti*« als Antwort.
»Maresciallo, für Sie ist diese Nachricht angekommen.«
»Ist es etwas Wichtiges?«
»Ich habe keine Ahnung.«
»Lies, Cacici, das kannst du doch, oder?«
»Zu Befehl, Maresciallo. Also, es kommt vom Herrn Bürgermeister. Er scheint verärgert ... äh ... wenn Sie erlauben, er scheint tatsächlich stinksauer zu sein. Hören Sie zu. Ich lese vor:

An den Kommandanten der Station von Villabosco, zur Kenntnisnahme an den sehr verehrten Präfekten von Caltanissetta:

Da es mir nicht gelang, mit den Verantwortlichen der lokalen Behörden in Kontakt zu treten, berufe ich, der Unterzeichnende, Totino Prestoscendo, Bürgermeister von Villabosco, zum Zweck der besseren Klärung der Tatbestände bezüglich der Schließung der Mülldeponie von Borgo Raffello auf unbestimmte Zeit mit diesem Schreiben die sehr geehrten Herrschaften für heute Nachmittag um sechzehn Uhr in den Gemeindesaal des Rathauses, um eine sofortige Lösung für das Problem zu finden, das, wenn es von Dauer wäre, mit Beginn des Sommers ernsthafte Schwierigkeiten im Bereich der Hygiene und der öffentlichen Ordnung verursachen würde. Unterschrift: Totino Prestoscendo, Bürgermeister von Villabosco.«

Cacici las die Nachricht in einem Atemzug. Als er fertig war, reichte er dem Maresciallo das verknitterte Blatt Papier. »Müssen wir darauf antworten?«

»Cacici, hast du ein Taschentuch zur Hand?«

»Brauchen Sie eins? Ich hole es sofort.«

»Ich brauche es nicht für mich. Hast du eins oder nicht?«

»Natürlich, Maresciallo, ich habe es hier in der hinteren Tasche.« Cacici holte eine ganze Sammlung Papiertaschentücher heraus.

»Nimm eins, Cacici!«, befahl der Maresciallo.

»Hier. Ist es dringend? Brauchen Sie es sofort?«

»Cacici, ich brauch keins. Falt es auseinander.«

»So?«

»Sehr gut. Und jetzt führ es zur Nase und schnaub fest hinein.«

»Maresciallo, ich muss mir gar nicht die Nase putzen, ich kann wirklich wunderbar durchatmen.«

»Cacici, siehst du diese Streifen? Sie bedeuten, dass ich hier zu befehlen habe, und wenn ich dir sage, du sollst schnauben, dann schnaubst du, auch wenn deine Nase so sauber wie ein Kinderpopo ist, nachdem die Mutter ihn gebadet und gepudert hat. Ist das klar?«

»Chrrrr…«

»Kräftiger, Cacici, ich höre nichts!«

»CHRRRRR…«

»Na also, und hör auf, zu grunzen wie ein Schwein. Da wir jetzt fertig sind, wickel alles ein und schick es mit meinen besten Grüßen an den Herrn Bürgermeister. Und wage es nie mehr, mich mit solchem Blödsinn zu belästigen!«

Cacici widersetzte sich nur einen Augenblick lang. Was in Bonannos Augen zu lesen war, riet ihm, ganz schnell zu verschwinden. Als er ging, rauchte sein Kopf, und seine Augen tränten wegen der Anstrengung.

»Steppaniiiiiii!!!!«

»Sind wir hier auf dem Fischmarkt, oder dröhnt es in meinen Ohren? Gibt es irgendeinen Grund, so zu brüllen?«

Bonanno ging nicht darauf ein. Er war viel zu wütend, um mit Steppani zu streiten, wahrscheinlich hätte er ihm am Ende ernsthaft wehgetan.

»Dein Talent als Schreiber ist gefragt. Informier das Gericht, dass die Mülldeponie in Borgo Raffello unserer Ansicht nach gesetzwidrig ist. Sie steht in unmittelbarer Nähe archäologischer Fundorte, und die Rückstände des Mülls gelangen auf die landwirtschaftlichen Flächen im Tal, wo Getreide und Tomaten angebaut werden. Ganz zu schweigen von der Müllbeseitigung, die durch Verbrennen erfolgt. Fordere eine gerichtliche Schließung auf unbestimmte Zeit.

Ach, und da wir gerade so schön dabei sind: Schreiben wir gleich eine Anzeige gegen den Bürgermeister wegen nicht

durchgeführter Anpassung der Anlage an die gesetzlichen Normen und wegen Umweltverschmutzung.«
Steppani sah Bonanno fragend an, der sich noch eine Zigarette anzündete. Der Brigadiere bemerkte die im Schrank versteckte Waage und begriff, dass dies nicht gerade Bonannos Tag war. Dennoch riskierte er es, sich um Kopf und Kragen zu reden. »Wollen wir nicht lieber auf den Capitano warten, bevor wir etwas unternehmen? Vielleicht wäre der weni...«
Die brennende Zigarette flog nur wenige Zentimeter an seinem dichten Haarschopf vorbei.
»Ich leite die Eingabe sofort an Dottor Panzavecchia weiter.«

Bonanno hatte schon früh gemerkt, dass dies nicht sein Tag war. Vanessa redete seit zwei Tagen kein Wort mit ihm. Wegen der Ohrfeige, die er Vanessa gegeben hatte, musterte seine Mutter ihn vorwurfsvoll, als hätte sie ihn früher, als er ein kleiner, unausstehlicher Junge gewesen war, nicht gehörig mit einem Teppichklopfer verprügelt, den sie so schnell wie einen Ventilator bewegt hatte. Bonanno erinnerte sich noch genau daran, wie sein verlängerter Rücken danach gebrannt hatte. Diesmal aber hatte sie sich mit Vanessa verbündet. Das durfte man eigentlich niemandem erzählen.
Er hatte hastig seinen Espresso hinuntergestürzt, der ihm die Magensäure hochsteigen ließ, und grußlos das Haus verlassen. Bonanno konnte direkt riechen, dass sein Horoskop heute noch schlechter war. Deshalb hatte er beschlossen, auf seine gewohnte Lektüre im Videotext zu verzichten.
In der Kaserne las der Wachtposten vom Dienst, ein Neuer

aus Rom, ihm aus einer Zeitung freudestrahlend sein Horoskop vor. Er wusste noch nicht, wie gefährlich es war, sich dem Maresciallo zu nähern, wenn er so vor Wut rauchte. Und der Himmel, der beinahe auf Bonanno eingestürzt war, fiel jetzt schlagartig auf ihn herab. Wären Maresciallo Bonannos Augen Pistolenmündungen gewesen, wäre von dem Neuen nur noch ein Sieb übrig geblieben. Der Unglückswurm kam mit einer einbehaltenen Zeitung und einem so kräftigen Anschiss davon, dass ihm die Haare zu Berge standen.

Vermeiden Sie Konflikte und gegensätzliche Meinungen, man würde Ihre Gründe nicht verstehen und falsch auslegen. Geben Sie nicht jemandem Recht, der alles versucht, um sich Ihnen in einem möglichst günstigen Licht darzustellen.

Nachdem Bonanno den Tagesspruch für sein Sternzeichen gelesen hatte, warf er die Zeitung in den Mülleimer und ging. Er musste sich sofort aus dem Dilemma befreien, das auf seiner zerrissenen Seele lastete. Die Unsicherheit war schrecklich.

Bonanno betrat die Apotheke Cusumano. Das elegante Gebäude war vor kurzem renoviert worden. Es lag an einem der vier Plätze in Villabosco. Sein alter Freund Tonio arbeitete dort schon seit zwanzig Jahren als Mädchen für alles. Der Eigentümer, der schon ältere, aber immer noch rüstige Dottor Pietro Cusumano, war verwitwet und hatte keine Kinder, doch die Neffen standen in Lauerstellung. Sie konnten es kaum erwarten, sich den Kuchen zu teilen, aber daran, dass sie ihr Brot selbst in der Apotheke verdienten, war nicht zu denken.

Bonanno ging schnurstracks auf die Theke zu. »Tonio, wo ist sie?«
»Geht es dir gut, Saverio? Du guckst, als ob ...«
»Verrate mir bitte, wo sie ist.«
»Savè, wenn du mir nicht sagst, was zum Teufel du suchst, wie soll ich dir dann bitte schön verraten, wo das ist, was du suchst.«
»Die neue elektronische Waage, die auch Hundert-Gramm-Veränderungen anzeigt. Ich brauche deinen Rat als Fachmann, und zwar sofort.«
»Ja, ich seh schon, wie immer. Komm, setz dich!«
Die unterdrückten Verwünschungen, die Tonio sich anhören musste, waren gar nichts im Vergleich zu dem, was Bonanno stumm gegen die gesamte Lebensmittelindustrie losließ. Nach der Begegnung mit der Waage war er ziemlich erledigt und näherte sich völlig deprimiert der Verkaufstheke.
»Das Gleiche wie immer, Tonio.«
»Ich hätte darauf gewettet. Also, hier deine Pflaumendragees und die Tabletten, die in deinem Magen aufquellen. Sie geben dir viele Stunden lang das Gefühl, satt zu sein. Aber übertreib es bitte nicht und iss wenigstens etwas. Weißt du noch, was das letzte Mal passiert ist? Nach drei Tagen hast du dir die Ausrede ausgedacht, du wärst zum Schlafwandler geworden, nur um deiner Mutter gegenüber deine plötzliche Fressattacke um drei Uhr nachts zu erklären. Hast du wirklich geglaubt, der Duft von Knoblauch, Öl und Peperoncini würde nicht sogar Tote aufwecken?«
»Kohldampf bleibt Kohldampf.«
»Und Knoblauch bleibt Knoblauch. Also, reiß dich zusammen und mach mir keinen Kummer.«

»Lass uns lieber das Thema wechseln, das ist besser für uns beide.«
»In Ordnung, Savè. Was kannst du mir über den Toten erzählen? Wie laufen die Ermittlungen? Ich habe gehört, der Arme war nicht von hier. Es tut mir wirklich Leid.«
»Und mir erst. Man hat ihm den Kopf zertrümmert und ihn wie einen Sack Müll mitten in den Abfall gelegt. Bis jetzt wissen wir noch nichts. Der Tote hatte eine Freundin in Cefalù. Mit der hat er munter herumgemacht und wollte sie anscheinend sogar heiraten. Aber er hatte auch Frau und Kinder in Porto Empedocle. Ich möchte unbedingt wissen, was zum Teufel er hier wollte. Wir verfolgen eine vage Spur, doch im Grunde genommen tappen wir noch ziemlich im Dunkeln. Was hast du denn zu berichten? Ich nehme mal an, der Klatsch hier im Ort ... der wird hier zur Stunde loslegen, dass es eine wahre Wonne ist.«
»Du weißt doch, wie das ist, Savè, jeder redet da mit. Der eine sieht das so, der andere eben so, und damit vertreiben die Leute sich die Zeit. Aber ein Gerücht hält sich hartnäckig.«
Bonanno spitzte die Ohren. Der Bulle in ihm wurde unruhig. »Worum geht es?«
»Karten, Savè, Glücksspiel. Anscheinend ist in ein paar Orten hier haufenweise Geld im Umlauf. Jemand hat beim Kartenspiel sogar die Mitgift seiner Frau verloren. Es heißt, unser Freund gehörte zu denen, die mit hohem Einsatz spielen. Vielleicht hat er verloren, konnte nicht zahlen, und jemand hat sich dann etwas viel Wertvolleres als Geld genommen, um ein Exempel zu statuieren. Du weißt doch, wie das läuft.«
»Oder vielleicht hat er gewonnen, und jemand hat ihn für immer ausgenommen.«

Als er die Apotheke durch die offen stehende Tür verließ, kam ihm Lillo Coglio entgegen. Seit dieser vor etwa drei Jahren mit der großzügigen finanziellen Unterstützung seines Onkels, des Bürgermeisters, ein Buch mit dunklen, völlig unverständlichen Gedichten veröffentlicht hatte, galt er im Ort als Dichter. Coglio, ein Mondgesicht, das ein blasses Doppelkinn zierte, sprach ihn an:

»Maresciallo, wenn Sie erlauben, ich müsste nur ein kleines Minütchen mit Ihnen sprechen.«

»Nur Mut, junger Mann.«

»Den Platz überquerend, habe ich zufällig Ihr Gespräch mit dem nämlichen Apotheker mitbekommen.«

Bonanno ließ schnell das Abführmittel in seiner Tasche verschwinden. Dieses verdammte Nest!

»Vielleicht kann ich Ihnen dienlich sein. Ich bin mir nicht vollkommen sicher, aber mir scheint, ich hätte jenen Unseligen bemerkt, der einen so absurden Tod zwischen Unrat fand, ein schmutzstarrendes Grab, ehe er zum Himmel entschwand«, begeisterte sich Lillo Coglio.

Bonanno fühlte, wie sich ihm die Gedärme zusammenzogen. »Und wann wollen Sie ihn gesehen haben?«

»Wenn ich nicht irre und mich das Gedächtnis nicht trügt, so scheint es mir, es war am Tag, der der schändlichen Missetat vorausging.«

»Heiliger Himmel! Und wo war das?«

»In einer Gasse in Girgenti. Er betrachtete das Fenster eines Schuhgeschäfts. Ich hatte mich in die Stadt Pirandellos begeben, um mein Werk vorzustellen. Sie wissen ja, ich schreibe. Übrigens, haben Sie mein Büchlein gelesen? Wo eilen Sie denn hin, Maresciallo?«

Bonanno gab ihm keine Antwort, er setzte sich in Bewe-

gung und verschwand eilig, bevor die Versuchung, Coglio das Doppelkinn zu polieren, übermächtig wurde.
Der arme Cannata hatte seiner Geliebten nicht einmal ein Geschenk kaufen können, ohne dass irgendein Blödmann seine Nase da hineinsteckte.

Acht

Die Tatsache, dass er den Rest des Tages mit nur vier Tabletten und zwei Litern Wasser im Bauch bewältigen sollte, die Luft in seinem Bauch erzeugten und ihn in peinliche Situationen brachten, trieb Bonanno das Blut in den Kopf. Er hätte sein weiches Bett dieser Qual vorgezogen. Einfach schlafen und von Spaghettifeldern träumen, von Wäldern aus gefüllten Cannelloni, von Bäumen, an denen Früchte hingen, die aussahen wie Schalen mit reichlich rosa schimmernden gebackenen Nudeln.

»Also, Steppani, haben wir jetzt etwas über diesen verdammten Lancia Kappa in Erfahrung gebracht, oder müssen wir uns an irgendjemanden wenden, um ihn ausfindig zu machen?«

»Gar nichts, absolut null, Maresciallo. Von Cannatas Wagen gibt es keine Spur, er scheint verschwunden zu sein.«

»Das kann doch nicht sein, verdammt noch mal, irgendwo muss er ihn schließlich gelassen haben. Habt ihr die anderen Orte überprüft?«

»Dieser Wagen fällt auf. Er ist schön, hat sinnliche Kurven, erregt Aufsehen und ist einfach wundervoll groß. Wenn er da gewesen wäre, hätten wir ihn auch gefunden. Können wir denn mit Bestimmtheit sagen, dass er mit dem Wagen gekommen ist?«

»Wenn ich so darüber nachdenke … Haben wir auch die

Fähren überprüft? Und die ankommenden Flüge? Oder ist er vielleicht mit dem Hubschrauber gekommen?«

»Maresciallo, seit heute Morgen haben Sie schlechte Laune ... Darum geht es nicht. Nehmen wir mal an, er hatte eine Autopanne. Könnte es nicht sein, dass der Mörder den Wagen angezündet hat?«

»Hast du ausgebrannte Autowracks gefunden, Steppani?«

»Ein Punkt für Sie, Maresciallo. Wir versuchen wie blöde, den Wagen zu finden. Aber wenn ich Recht habe ...«

Bonanno bremste Steppani mit einem einzigen Blick. War Maresciallo Bonanno auf Diät, dann wurde er aggressiv. Der Brigadiere trat deshalb lieber den Rückzug an.

»Dafür haben wir aber Cannatas Steuerberater gefunden. Den Buchhalter Rosario Verderame aus Agrigent. Ich habe persönlich mit ihm gesprochen. Es scheint alles in Ordnung zu sein. Cannata hatte keine finanziellen Probleme. Er verfügte über zwei Bankkonten, eins in Porto Empedocle und eins in Cefalù.«

»Wenigstens eine halbe Neuigkeit. Haben wir seine Finanzen überprüft?«

»Und wann? Nachmittags sind die Banken doch geschlossen.«

»Für uns Carabinieri hat sogar die Hölle nachmittags geöffnet und somit erst recht die Banken, Steppani. Die Angestellten arbeiten zu der Zeit an der Buchhaltung. Wollen wir wetten?«

»Ich gehe sofort hin, um das zu überprüfen.«

Als der Brigadiere sich verabschiedete, blitzte ein seltsames Leuchten in seinen Augen auf. Bonanno bemerkte es nicht sofort. Dazu war er zu sehr mit sich beschäftigt und mit dem Fall, der ihm allmählich schwer im Magen lag. Er nahm sich Zeit, um die Liste der Getreidehändler im Montanvalle durchzusehen. Steppani hatte dafür gesorgt, dass er die Aufstellung in einer orangefarbenen Mappe mit der Aufschrift *Mordfall Cannata, Pietro* auf seinem Schreibtisch vorfand.

Vierunddreißig Namen, verteilt auf die acht Orte, die das Montanvalle bilden: Villabosco, Bonanotti, Villapetra, Campolone, Montacino, Martellotta, Vallevera und Liscialba.

Eine ganze Menge. Er würde einige Tage brauchen, um alle zu überprüfen, aber das war die einzige Spur, die zu verfolgen sich wirklich lohnte. Zumindest im Moment und unter der Voraussetzung, dass die schöne Rosina aus Cefalù sie nicht absichtlich auf eine falsche Fährte gelockt hatte.

Wenn sie aber die Wahrheit gesagt hatte, dann war Cannata, nachdem ihn der Möchtegerndichter Lillo Coglio in Agrigent gesehen hatte, ins Montanvalle gefahren, um einen Getreidehändler zu treffen. Aus welchem Grund? Bonanno tappte völlig im Dunkeln. Und wenn er dem Gerede seines Apothekerfreundes Bedeutung beimaß, musste er bei den notorischen Spielern herumschnüffeln, genauer gesagt, bei den Spielern, die das Risiko lieben. Im Montanvalle war die Leidenschaft für das Kartenspiel sehr verbreitet, das vielen Dummköpfen die Taschen leerte. Ein Grund dafür, dass Gegenstände ihren Besitzer wechselten und Wucherzinsen gezahlt wurden.

Das Motiv für den Angriff auf den Fischhändler blieb weiterhin unbekannt. Ganz zu schweigen von dem Verschwinden der großen Limousine. Das war schon an einem ganz normalen Arbeitstag Grund genug, nervös zu werden. Umso mehr jedoch, da Bonanno derzeit stur seine eiserne Diätlinie beibehielt und dazu noch einen Nervenkrieg mit

seiner Tochter ausfocht. Mutter und Tochter auf der einen, er auf der anderen Seite.
Er musste austreten. Als er an Steppanis Büro vorbeikam, konnte er die geschlossene Tür nicht übersehen. Plötzlich überkam ihn ein Verdacht. »Giarratana.«
»Zu Befehl, Maresciallo.«
»Wo ist Steppani?«
»Dienstlich unterwegs.«
Sein Verdacht wurde zur Gewissheit. Bonannos von Wasser und Tabletten gefühllos gewordenen Därme ließen ihn zusammenzucken. Er konnte gerade noch eine schmerzverzerrte Grimasse unterdrücken.
»Fühlen Sie sich wohl, Maresciallo?«
»Wie im siebten Himmel. Sag mal, Giarratà, du weißt wohl nicht zufällig, worum es geht?«
»Um etwas von höchster Priorität. Aber verzeihen Sie, Maresciallo, wissen Sie etwa nichts davon? Steppani hat nämlich erzählt, Sie hätten ihn damit beauftragt.«
»Ja, natürlich. Verdammt...«
»Was haben Sie gesagt, Maresciallo?«
»Ach, nichts, gar nichts, Giarratà, lassen wir das. Sag mir nur eins: Mit wem ist Steppani gefahren?«
»Mit Cacici. Sie haben den Geländewagen genommen und sind weggefahren, Steppani saß am Steuer.«
»Das habe ich doch geahnt!«

Seit einigen Tagen ging einfach alles schief, es war wohl nicht sein Glücksmonat. Eine lange Spazierfahrt durch das Montanvalle würde ihn ablenken. Also stieg Bonanno in seinen Fiat Punto und fuhr auf die Straße von Villabosco nach Bonanotti. Er nahm die Schleichwege über Land. Ein atemberaubendes, überwältigendes Farbschau-

spiel bot sich seinen Augen. Der Mai hatte die braune Erde mit frischem Grün bedeckt, schon hoch gewachsenes Korn wogte im Wind.
Bonanno erinnerten die hin und her wogenden Ähren an ein Rätsel, das sein Großvater ihm aufgegeben hatte, als er ein kleiner Bengel gewesen war: »Ich laufe und laufe und bleibe doch am selben Fleck.«
Aus dem Grün blitzte der Mohn hervor. Überall sah man jene Blütenpracht aus Gelb, Lila und Scharlachrot. An einer Steinmauer stahl ein Lorbeerstrauch mit langen, wohl riechenden Blättern dem Wind die Zeit.
Auf halber Strecke bog Bonanno nach rechts ab und nahm den Viehweg, auf dem er die Spitze des kahlen Hügels erreichte. Er stieg aus dem Auto. In seiner Tasche kramte er nach Zigaretten, zündete eine an und sog den Rauch tief ein. Dabei ließ er den Blick über die nahen Hügel um Agrigent schweifen. Durch kreisförmig angeordnete Haufenwolken schienen Sonnenstrahlen senkrecht hinunter auf die Erde. Sie warfen himmelblaue Lichtbündel, als sähe Gott durch dieses Loch auf die Erde und wiese ihm den Weg. Ein Schauspiel, das in seiner Einfachheit ergreifend schön war.
Bonanno fühlte sich unendlich klein und einsam. Vor ein paar Tagen hatte er abends im Fernsehen eine faszinierende Sendung gesehen. Dort oben im grenzenlosen Raum drehten sich – nach Gesetzen, die er nicht verstand – Himmelskörper, die tausendmal größer waren als die Erde, leuchteten gleißend helle Sterne, unheimliche schwarze Löcher öffneten sich, Supernovä und unendliche Galaxien entstanden … und die Konstellationen der Sternzeichen. Dort oben öffnete sich der Himmel zu einer absoluten Wahrheit, die Bonanno niemals erfassen würde.

Obwohl er sich in der Literatur nicht sehr gut auskannte, tauchten plötzlich in seinem Kopf Bruchstücke eines römischen Gedichtes auf, das er irgendwo mal gehört hatte:

Was sind Häuser, Paläste und Schlösser
von dort oben gesehen?
Nur Spielzeug.
Und die Menschen, ob Prinz, ob Straßenkehrer,
was sind sie?
Viele kleine Punkte.

Wenn man bedenkt, dass sich über uns die Unendlichkeit des Universums erstreckt und wir hier unten uns die Köpfe einrennen, um Mörder und andere Hurensöhne zu suchen …
Bonanno ergriff ein Gefühl ermüdender Traurigkeit. Er musste sofort etwas unternehmen, wenn er dem Kummer nicht unterliegen wollte. Also schnippte er die Zigarette in hohem Bogen weg und stieg in sein Auto. Alles in ihm begehrte gegen den sinnlosen Tod eines Menschen auf, der im Müll begraben worden war. Er meinte, die Schreie des Sterbenden zu hören. Sie schienen seinen Schädel zu durchbohren und unaufhörlich zu wiederholen, dass er sich nicht ausreichend anstrengte, den Urheber dieser Schandtat zu fassen. Sein Gewissen meldete sich lautstark. Bonanno brachte es zum Schweigen, indem er das Autoradio bis zum Anschlag aufdrehte.

Vastiano Carritteri kam so recht und schlecht durchs Leben. Fast alles über ihn war allgemein bekannt. Drei Ehefrauen hatten ihn verlassen, acht Kinder waren ihm geboren worden, sie wuchsen irgendwie auf. Seine derzeitige Lebensgefährtin hatte er in irgendeinem Loch in Ragusa aufgetan und natürlich gleich geschwängert.

Sogar sein Hang zum Glücksspiel war bekannt. Man tuschelte, Vastiano hätte die Taschen voller englischer Pfund gehabt, als er nach zwanzig Jahren Arbeit in England zurückgekommen war. Man erzählte sich sogar, er hätte an der Küste von Agrigent einmal ein schönes Restaurant besessen, das berühmt gewesen war für seine geschmackvolle Einrichtung und seinen guten Fisch. Von diesem Restaurant war Vastiano nichts als eine vage Erinnerung geblieben. Er hatte es an einem jener Abende verloren, von denen auch abgebrühte Spieler hoffen, sie nie zu erleben: wenn das Blatt sich so wendet, dass du verlieren musst, und das Schicksal gleichzeitig seinen Scherz mit dir treibt. Es gibt dir richtig gute Karten. Aber die anderen Spieler haben noch bessere.

Vastiano verlor ein stattliches Full house mit Assen gegen vier Damen. Dabei verschwanden viele Millionen Lire. Er versuchte, wieder aufzuholen, und spielte mit hohem Einsatz. Dabei bestärkte ihn sein starkes Blatt – vier Könige –, aber da traf er ausgerechnet auf vier Asse! Jetzt hatte er schon weniger als zweihundert Millionen Lire. Er setzte alles auf eine Karte. Die Ironie des Schicksals gab ihm jetzt vier Asse in die Hand. Bares Geld. Und am Anfang half es ihm auch und jagte seinen Blutdruck in die Höhe, ließ seine Glatze glänzen und badete seine Hände mit kaltem Schweiß.

Seinem Gegenspieler gab das Schicksal nicht unbedingt aufregende Karten, doch als er sie tauschte, wurde daraus ein mörderischer Straightflush: Herz-Acht, -Neun, -Zehn, -Bube und -Dame. Man erzählt sich, dass bei dieser Gelegenheit das Restaurant entschwand und mit ihm Carritteris erste attraktive Ehefrau mit dem englischen Akzent. Der Rest ist bekannt. In letzter Zeit lebte Vastiano davon, dass er an Straßenecken Obst und Gemüse verkaufte.

Bonanno ging zu ihm und grüßte ihn. Vastiano wurde blass und stammelte: »Maresciallo, wie schön, Sie zu sehen, es ist mir wirklich ein Vergnügen! Kann ich irgendetwas für Sie tun?«

»Deswegen bin ich hier. Zwei Kilo Bananen, ach, nein, lieber ein Kilo grüne Äpfel. Bananen haben zu viel Fett.«

»Ja, sofort, bitte, Maresciallo. Womit kann ich sonst noch dienen?«

Bonanno sah ihn fest an. Er beschloss, sich Zeit zu lassen.

»Hast du Spinat? Und vielleicht noch zwei Köpfe Salat und ein Pfund Tomaten, aber nicht so reife. In dieser Jahreszeit sollte man Salat essen. Man sagt, das macht schlank und ist gesund.«

»Das habe ich auch im Fernsehen gesehen. Möchten Sie sonst noch etwas?«

Bonanno holte Pietro Cannatas Foto heraus. »Kennst du den?«

»Und wer ist das?«

»Der von der Müllkippe.«

»Ach, du heiliger Himmel, was für ein schlimmes Ende!«

»Kennst du ihn jetzt oder nicht? Denk gut nach, vielleicht bist du ihm ja begegnet und hast es dann vergessen. Das kommt schon mal vor.«

»Aber nein, Maresciallo, ich habe ein gutes Gedächtnis. Nein, ich bin ganz sicher.«

Bonanno setzte zum Tiefschlag an. »Ja, wenn das so ist … Ich habe gehört, du verkehrst wieder in Spielhöllen?«

Vastiano reagierte, als würde er in Stücke gerissen. »Bei den Häuptern meiner Kinder, mein lieber Maresciallo. Sagen Sie mir, welche schlechten Menschen das behaupten, und ich schwöre Ihnen, wir werden da gemeinsam hingehen, und sie sollen vor meinen eigenen Augen diese Schändlichkeiten wiederholen. Wenn sie den Mut dazu haben.«

»Und mal angenommen, sie tun das? Dann muss ich dich anzeigen.«

»Maresciallo, ich schwöre Ihnen, diese Scheißkerle wollen mich fertig machen. Ich bin damit durch, ich bin vernünftig geworden. Was für Karten, wer sieht die noch an? Die interessieren mich wirklich nicht mehr.«

»Wie schade, ich hatte gedacht, du könntest mir aus alter Freundschaft helfen. Dann habe ich mich wohl getäuscht. Auf Wiedersehen, Vastiano. Ach, da fällt mir ein, du wohnst doch immer noch in der Via S. Flavia Nummer zwölf, nicht wahr?«

Vastiano sah ihn misstrauisch an und meinte: »Ja, ja.«

»Du hast doch die Telefonnummer acht-neun-zwei-sechs-sieben-acht, oder?«

»Ja, ja.« Jetzt schwitzte er.

»Pass auf dich auf, Vastiano, und wenn dir noch etwas einfällt, dann teil mir das schleunigst mit.«

Mit seiner Obsttüte ging er zum Auto. Vastiano stand da wie ein Idiot. Er hörte nicht einmal die Frau, die ihn nun schon zum dritten Mal entnervt fragte, wie viel die Schale Erdbeeren kostete.

Bonanno startete seinen Wagen. Die Frau beschimpfte Vastiano, doch der Obstverkäufer hörte sie wirklich nicht. Mit einem kleinen Kürbis in der Hand lief er eilig auf den Maresciallo zu.

»Ich muss Ihnen etwas sagen. Sie haben Recht. Ab und zu treffe ich noch zufällig mal einen Freund, aber ich schwöre Ihnen, ich fasse keine Karte mehr an ...«
»Verschwende nicht meine Zeit, Carritteri, sonst treff ich deine Frau nicht mehr zu Hause an.«
»Die will mich fertig machen, Maresciallo. Sie ist keine Frau, eine Wölfin ist sie. Und jetzt sind sie vielleicht zu zweit. Sie schlägt mich ... Also gut, bei allen Heiligen, manchmal gehe ich noch hin, aber ich spiele nicht mehr so wie früher, heutzutage setze ich mich nur hin und sehe zu, wie die anderen sich gegenseitig ausnehmen.«
»Hör mir gut zu, Carrittè. Wenn du dir auch noch den Rest deines Lebens ruinieren willst, ist das deine Sache, nichts könnte mir gleichgültiger sein. Mich interessiert nur eins, nämlich ob du den Ermordeten kennst oder jemanden, der ihn gekannt hat. Haben wir uns verstanden?«
»Maresciallo, den habe ich noch nie gesehen, bei meiner Ehre. Aber eins kann ich Ihnen sagen: Ich habe gehört, er hätte hoch gespielt.«
»Und weißt du auch, wo?«
»Lassen Sie meine Frau aus dem Spiel, wenn ich es Ihnen erzähle?«
»Keine Erpressung!«
»Aber ich bitte Sie doch nur ganz demütig, Maresciallo.«
»Wollen wir hier vielleicht übernachten, Carritteri?«
Manchmal konnte er ein echter Mistkerl sein. Bullen waren eben doch alle gleich.
»Man sagt, irgendwo in Campolone.«
Bonanno richtete unverwandt seine Augen auf ihn, so wie Jagdhunde eine viel versprechende Beute fixieren. »Und was sagt man noch?«
»›Club dei Tesserati‹. Via Onorevole Cicoria Nummer sie-

benundzwanzig. Aber bitte, Maresciallo, verraten Sie mich nicht, ich bin ein Ehrenmann.«
»Wir sind alle Kinder Gottes«, erwiderte Bonanno, legte den Gang ein und ließ den Obstverkäufer mit seinem Kürbis in der Hand stehen.

Neun

Bonanno schaute auf die Uhr. Es war sechzehn Uhr fünfundfünfzig. Er hatte also noch Zeit und konnte es sich leisten, eine Spazierfahrt entlang der geschwungenen Linien des Montanvalle zu unternehmen. Er nahm die Ausfahrt nach Campolone. Als er den Ortseingang erreichte, fluchte Bonanno. Er hatte nämlich vergessen, dass die Verbindungsstraße seit einem Monat durch einen Erdrutsch unterbrochen war, den man in weitem Bogen bis zum südlichen Teil des Ortes umfahren musste.
Der Ärger machte ihn hungrig. Bonanno griff nach einem saftigen Apfel, den er mit einem viel sagenden Blick betrachtete, und wischte ihn kraftvoll an seiner dunklen Hose ab. Er biss hungrig hinein, und sein Mund füllte sich mit säuerlichem Saft.
Eine halbe Stunde fuhr er ziellos durch die Gegend, ohne nachzudenken. Als er in Campolone ankam, hatte er alle sechs Äpfel verspeist, auf dem Beifahrersitz lag nur noch die leere Tüte. Jetzt fühlte sich Bonanno viel ruhiger, er war fast entspannt. Die Kaserne der Carabinieri lag in einer Straße hinter dem Hauptplatz des Ortes. Bonanno parkte den Punto und näherte sich mit entschlossenem Schritt dem Gebäude. Der Wachtposten, ein junger Hilfscarabiniere, nahm Haltung an und salutierte, als er ihn sah.
»Zu Befehl, Maresciallo.«

»Steh bequem, junger Mann. Ich bin hier, um mich kurz mit deinem Kommandanten, Maresciallo Michelozzi, zu unterhalten. Ich bin Maresciallo Bonanno, der Vizekommandant der Station in Villabosco.«
»Ich zeige Ihnen den Weg, Kommandant«, erbot sich der Wachtposten. Er stammte aus dem Norden.
Ein gut erzogener junger Kerl, dachte Bonanno.
Der Wachtposten stieg eine Treppe hinauf, bog in einen schmalen Flur ein – die Kaserne war ein angemietetes Privathaus – und meldete dann feierlich: »Maresciallo Michelozzi, Kommandant Bonsanco will Sie sprechen.«
»Wer ist das?«, fragte der Kommandant des Postens verunsichert.
Was für ein Schwachkopf!, dachte Bonanno.
Michelozzi kam schnell zur Tür. Er war stark übergewichtig. Das tröstete Bonanno.
»Was für eine Freude, Maresciallo.«
»Guten Tag, Michelozzi, darf ich …?«
»Aber sicher! Dies Haus steht allen offen. Möchten Sie einen kleinen Espresso? Oder vielleicht ein ganz frisches Eis? An der Ecke ist eine Bar, die …«
»Vielen Dank, aber mein Arzt verbietet mir, außerhalb der Mahlzeiten zu essen und zu trinken«, unterbrach ihn Bonanno, der sich über die Versuchung ärgerte.
»Ja, diese Ärzte! Wenn Sie wüssten, was die mir erzählen … Möchten Sie wenigstens ein Brausebonbon, um den Mund zu erfrischen …«
»Nein, vielen Dank, aber wenn Sie nichts dagegen haben, zünde ich mir eine Zigarette an.«
»Gern, Maresciallo, fühlen Sie sich ganz wie zu Hause.«
Michelozzi machte es sich hinter seinem Schreibtisch bequem. Seine trägen Bewegungen erinnerten an ein Nil-

pferd. Er wickelte ein Bonbon aus und steckte es sich in den Mund mit den wulstigen Lippen.
Bonanno litt angewidert. »Haben Sie in den letzten Tagen irgendetwas Ungewöhnliches im Ort bemerkt?«
»Etwas Ungewöhnliches? Welcher Art?«
»Zum Beispiel Fremde oder große Autos, die Sie hier noch nie gesehen haben, und Ähnliches.«
»Nein, gar nichts. Warum? Was ist denn passiert?«
»Ein Mord ist geschehen, Michelozzi, und wir versuchen natürlich, Licht in die Angelegenheit zu bringen. Haben Sie die Gegend überprüft, wie es das Kommando angeordnet hat? Gibt es irgendeinen Hinweis auf einen ockergelben Lancia Kappa?«
»Der, den Brigadiere Steppani gesucht hat?«
»Es ist unser aller Aufgabe, nach diesem Auto zu suchen! Schließlich handelt es sich hier um den Wagen des Ermordeten. Wenn wir ihn finden, wissen wir wenigstens, wo wir ansetzen müssen. Sie haben den Mann wie einen Sack voller Abfall auf die Müllkippe von Raffello geworfen. Und die Müllkippe ist so gelegen, dass sie von mindestens drei anderen Orten leicht zugänglich ist. Habe ich mich klar genug ausgedrückt?«
»Aber natürlich. Man muss nur alles klar und deutlich sagen.«
»Vielleicht noch mit dem Holzhammer?«, murmelte Bonanno.
»Was meinen Sie, Maresciallo?«
»Ach, nichts, Michelozzi. Also, gab es hier irgendetwas Ungewöhnliches oder nicht?«
»Alles läuft glatt. Campolone ist ein ruhiger Ort, hier werden nicht mal Schafe gestohlen. Und über Diebstähle auf dem Land hört man auch nichts. Absolute Funkstille.«

»Vielleicht hat man auch kein Vertrauen zu uns, weil wir noch nie einen von diesen miesen, kleinen Dieben erwischt haben, und traut sich deshalb nicht mehr, Diebstähle anzuzeigen«, überlegte Bonanno nicht ohne Bitterkeit. »Hören Sie, Michelozzi, es gibt ein Gerücht, und zwar ein bestätigtes, über einen exklusiven Privatclub, in dem illegal gespielt wird. Dort soll richtig was laufen, Glücksspiele mit hohen Einsätzen. Was wissen wir denn darüber, Michelozzi?«

»Hier in Campolone?«

Bonanno hielt sich gerade noch zurück. Er zündete sich eine weitere Zigarette an und zählte bis zehn, ehe er weitersprach. »Hören Sie mir gut zu, Michelozzi. Ich sage Ihnen, was zu tun ist. Keine genialen Alleingänge. Wir müssen das Etablissement ein paar Tage lang diskret überwachen. Es heißt ›Club dei Tesserati‹ und befindet sich in der Via Onorevole Cicoria Nummer siebenundzwanzig ...«

Michelozzi wurde plötzlich ganz blass.

»Was ist los, Maresciallo?«

»Sagten Sie wirklich ›Club dei Tesserati‹?«

»Kennen Sie den?«

»Ich nicht, aber mein Schwager, dieser Riesenschwachkopf, der Mann meiner Schwester Filomena, der kennt ihn bestimmt gut.«

Bonanno fühlte sich unbehaglich. Er hatte nicht vorgehabt, den Familienfrieden zu stören. »Das hat sicher nichts zu bedeuten, Maresciallo, vielleicht ist die Information ja falsch, und wir finden dann gar nichts. Aber wegen dieses ... Problems ... müssen Sie noch besser aufpassen. Man darf Sie auf keinen Fall entdecken.«

»Jetzt verstehe ich, warum der Kerl nie Geld hat ...«

»Wir müssen möglichst unauffällig den Eingang überwachen und die Namen all derer notieren, die dort verkehren. Besonders interessiert uns, ob unter den Besuchern ein Getreidehändler ist.«

»Und ich habe diesem Mistkerl auch noch fünfhunderttausend Lire geliehen ...«

»Wenn wir die Operation erfolgreich abgeschlossen haben und ins Schwarze treffen, setzen wir für einen Abend eine schöne Razzia an, und Sie können den Verdienst an der Sache ganz allein einheimsen. Vielleicht springt dabei ja auch noch eine Beförderung für Sie heraus.«

»Wehe, wenn ich ihn in der Spelunke erwische! Dann dreh ich ihm den Hals um ...«

»Wenn wir sie auf frischer Tat ertappen, verhaften wir einige von ihnen, um ein Exempel zu statuieren, und sehen zu, dass wir dieses Ärgernis aus der Welt schaffen. Glücksspiel ist illegal und ruiniert ganze Familien. Hier haben sie noch nicht mal genug zu essen und verschwenden ihre Zeit beim Spiel.«

»Dieser verdammte Hurensohn! Ich verhafte ihn, so wahr ich Angelo Michelozzi, Sohn des verstorbenen Pasquale, heiße.«

Bonanno verletzte sich, als er mit der Hand auf den Schreibtisch eindrosch. Das Telefon erzitterte und mit ihm vielleicht auch Michelozzi. Die Bonbons lagen auf dem Boden verstreut. Der Kommandant der Kaserne erstarrte.

»Also, Michelozzi, wollen wir diese verdammte Aktion gemeinsam durchziehen, oder muss ich mich allein darum kümmern und dann vielleicht auch Ihren Schwager, diesen Idioten, hinter Gitter bringen? Da würden Sie als Unteroffizier bei den Carabinieri wie auch als Kommandant dieser Kaserne eine ganz schön traurige Figur abgeben. Nun, was schlagen Sie vor?«

Als Bonanno das Büro des Kommandanten verließ, war es fast halb acht. Es hatte lange gedauert, bis sie sich über die Details für die diskrete Überwachung des Spielclubs verständigt hatten. Er startete den Fiat Punto und versuchte, möglichst schnell in Villabosco zu sein. Vanessa kam pünktlich um acht Uhr von der Klavierstunde. Als er an der einladenden »Bar del Centro« vorbeikam, die Michelozzi ihm so warm empfohlen hatte, fühlte Bonanno, wie ihm beim Gedanken an ein herrliches Nuss- und Schokoladeneis in der Waffel das Wasser im Mund zusammenlief. Er trat kräftig aufs Gaspedal und wies den Gedanken daran weit von sich. Binnen zwanzig Minuten erreichte Bonanno das Haus des Klavierlehrers. Er hatte die Kurven schlimmer als Steppani geschnitten und sich böse Blicke und Beschimpfungen von Autofahrern eingehandelt, denen er auf der Fahrt begegnet war.

Vanessa kam ein paar Minuten nach acht aus dem Haus. Sie wirkte fröhlich, aber als sie Bonanno sah, nahm ihr Gesicht einen verkniffenen Ausdruck an. Sie verabschiedete sich von ihrer Freundin und näherte sich langsam und schicksalsergeben dem Auto.

Bonanno öffnete ihr die Tür und begrüßte sie zärtlich: »Hallo, Prinzessin, hast du gut gespielt?«

»Mmmm.«

»Hast du heute was Neues gelernt?«

»Mmmm.«

»Gibt es was Neues?«

»Mmmm.«

Seine Finger umklammerten krampfhaft das Lenkrad, damit er sich nicht erneut zu einer Ohrfeige hinreißen ließ. Die Versuchung war groß. Vanessa hatte beschlossen, zur Strafe nicht mit ihm zu reden. Bonanno, der einen har-

ten Tag gehabt hatte, fühlte, wie in ihm eine schreckliche Welle des Zorns aufwallte: der Zorn eines Vaters, der nicht in der Lage war, vernünftig mit seiner Tochter zu reden, und deshalb zu Ohrfeigen griff, um endlich die angestammten Rollen von Vater und Tochter wiederherzustellen.
Die Ankunft zu Hause erlöste beide aus ihrer Qual. Vanessa betrat schnell das Haus, gab ihrer Großmutter einen Kuss und verschwand in ihrem Zimmer. Bonanno stand unschlüssig im Flur. Seine Mutter, die alte Donna Alfonsina, begriff sofort.
Bonanno beschloss zu duschen. Er fühlte sich entmutigt. Seine Mutter folgte ihm ins Bad und legte ihm Handtücher, Bademantel und Unterwäsche heraus.
»Danke, Mama.«
»Du musst mit ihr sprechen, Savè. So kann es nicht weitergehen.«
»Wie soll ich denn mit ihr sprechen, wenn sie mich nicht einmal ansieht?«
»Ihr fehlt die Mutter. Und ihr Vater haut ihr eine runter. Was meinst du wohl? Du hättest dich früher darum kümmern müssen; deine Tochter ist kein Kleinkind mehr. Du kannst sie nicht mehr vor allen Leuten ohrfeigen. Damit hast du sie blamiert, und jetzt brauchst du Taktgefühl. Du musst mit ihr sprechen und dich vielleicht sogar bei ihr entschuldigen. Du musst dich daran gewöhnen: Vanessa ist nicht Steppani oder dieser andere arme Kerl, Cacici. Und wenn du noch länger zögerst, werden wir auch sie verlieren«, mahnte Donna Alfonsina und rauschte hinaus.
Bonanno schloss verärgert die Badezimmertür und stieg unter die Dusche. Dabei fluchte er auf den Himmel, seine Mutter, das Leben und jeden Wanderzirkus auf dieser Welt.

Zehn

Bonanno schlief miserabel. Beim Gedanken, wie klein der Mensch angesichts der Geheimnisse des Lebens und des Todes doch war, wälzte er sich ruhelos in seinem Bett hin und her. Schließlich fiel er in eine Art Dämmerschlaf, in dem er vom Jäger zum Gejagten wurde und vom Opfer zum Folterknecht. Er zwang der Tochter mit Gewalt seine Erziehung auf, aber dann wurde sie plötzlich zu einer hoch gewachsenen Frau mit üppigen Formen, und er lag am Boden.

Vanessa verwandelte sich in seine Exfrau, unverkennbar in ihrer wilden Schönheit. Mit ihrem spitzen Absatz stocherte sie in seiner Brust und durchbohrte sie, bis sie fühlte, dass sein Herz zersprang. Sie kicherte. Während sie ihn mit dem gebrochenen Herzen liegen ließ, ging sie, hoch gewachsen und sinnlich, wie sie war, auf einen hell erleuchteten Ausgang zu und führte ein Seil mit sich, das sich glitzernd vor ihr schlängelte. Man hörte ein Kind weinen. Der Kleine war er selbst, seine Mutter hatte ihn geschlagen. Sein Vater winkte ihm mit einem weißen Taschentuch aus dem Fenster eines Zuges zu. Auf dem Taschentuch erschienen plötzlich viele Totenschädel, und das Weiß verwandelte sich in Schwarz, während ein Pfiff ertönte, der immer schriller wurde.

Bonanno fuhr schweißgebadet hoch, setzte sich mitten

auf das Bett und versuchte, seine Gedanken zu ordnen. Er schaffte es nicht. Es war nicht einfach, nachts um drei wirklich hellwach und konzentriert zu sein. Bonanno stand auf, trank hastig zwei große Gläser Wasser und zündete sich eine Zigarette an. In seiner Kehle stieg ein Brechreiz auf, der sich in heftigem Husten auflöste.
»Verdammte Zigaretten, ich muss mich endlich dazu durchringen, mit dem Rauchen aufzuhören«, murmelte er. Bonanno dachte an die Diät, die er begonnen hatte, und fügte hinzu: »Ein Mann kann nicht mehrere Kämpfe zugleich ausfechten, wenn er den Krieg gewinnen will.«
Er drückte die Zigarette aus und schlich auf Zehenspitzen zu Vanessas Zimmer. Leise öffnete er die angelehnte Tür und blieb einen Moment wie erstarrt stehen. Das Bett war leer.
Er ging die drei Meter weiter, die zwischen Vanessas Zimmer und dem ihrer Großmutter lagen, legte ganz vorsichtig die Hand auf die Klinke und versuchte, die Tür zu öffnen.
»Sei leise, Saverio, sonst wacht sie noch auf«, wisperte Donna Alfonsina.
»Du hast mich gehört?«, fragte Saverio im Flüsterton.
»Noch bin ich nicht taub. Was willst du hier zu dieser nachtschlafenden Zeit?«
»Gar nichts, ich wollte nur überprüfen, ob alles in Ordnung ist.«
Die alte Frau stand auf, legte sich einen leichten Morgenmantel um und ging in die Küche. Bonanno folgte ihr lautlos. Donna Alfonsina setzte Wasser mit Kamillenblüten zum Kochen auf.
»Savè, du fühlst dich schuldig, alles andere wäre gelogen! Vanessa grämt sich und mag dich nicht sehen. In diesem

Haus versteht man nichts mehr. Wir müssen das ändern, und ich weiß auch schon, wie.«
»Na, Gott sei Dank!«, meinte Bonanno erleichtert.
»Hat Vanni Lenticchio immer noch die Stelle im Amt?«
»Und was in aller Welt hat Vanni Lenticchio mit Vanessa zu tun?«
»Savè, du kennst doch den größten Wunsch deiner Tochter, aber bis heute haben wir immer mit irgendeiner Ausrede Nein gesagt. Jetzt ist es an der Zeit. Du gehst morgen zu Vanni Lenticchio und tust, was du tun musst.«
»Verdammt und zugenäht, das fehlte mir gerade noch!«
»Nimm den Kamillentee und leg dich hin, Saverio. Bei Kindern braucht man Nachgiebigkeit und Engelsgeduld. Das sagt dir jemand, der alt ist und das Leben kennt.«
Wenig später ließ Bonanno sich völlig erschöpft auf sein Bett fallen und hing finsteren Gedanken nach. Er träumte von Vanni Lenticchio, und seine Albträume verschlangen ihn.

Bonannos Frühstück bestand aus einer Tasse Espresso mit einem halben Löffel Süßstoff. Kaum hatte Vanessa die Silhouette des gelben Schulbusses gesichtet, schlüpfte sie aus dem Haus. Sie gab ihrer Großmutter einen dicken Kuss, warf Bonanno ein eiskaltes »Ciao« zu und verschwand in den Tag hinein.
Donna Alfonsina maß ihren Sohn mit einem Blick, der alles sagte. Bonanno erwiderte ihn. In diesem Blick lagen ein unausgesprochener Befehl auf der einen Seite und eine ebensolche Kapitulation auf der anderen. Albträume hin oder her, er würde zu Vanni Lenticchio gehen.
Bonanno schaltete den Fernseher an, suchte im Videotext nach seinem Horoskop und las es. Immer noch schlechte

Nachrichten. Konnte es wirklich sein, dass sein Sternzeichen so glücklos vom verfluchten Schicksal gestraft war? Er erinnerte sich daran, dass Saturn in Konjunktion stand, und zuckte mit den Schultern. Sogar der Himmel stellte sich gegen ihn. Als hätte er nicht ohnehin genug Schwierigkeiten!
Resigniert las er sein morgendliches Orakel:

Sie haben sehr viel guten Willen, aber im Beruf und im Privatleben geht es trotz Ihrer Anstrengungen nicht vorwärts. Saturn zwingt Sie zum Abwarten, und Ihr gesunder Menschenverstand hilft Ihnen, Fehler zu vermeiden, die Sie später bereuen könnten.

Das war nicht Fisch und nicht Fleisch, doch immer noch besser als ein unvorhergesehener harter Schlag, überlegte Bonanno. Er vermied es, sich von der Waage verführen zu lassen. Er wollte auf das Gift dieses Morgens nicht noch Galle häufen.
»Denk daran, Savè: weder grau noch braun. Irgendetwas Besonderes, das nicht viel Platz braucht.«
Bonanno gab keine Antwort. Dieses Geschenk lag ihm schwer im Magen, und er hatte nicht vor, einen Gedanken daran zu verschwenden. Wenn er Vanessa diesen Wunsch wirklich erfüllen musste, dann würde er das tun ... aber zu gegebener Zeit, wenn es ihm passte.
»Savè, wenn du heute Mittag nach Hause kommst, dann komm nicht mit leeren Händen. Das Ganze muss spätestens bis heute Abend erledigt sein.«
Bonanno verließ kommentarlos das Haus. Er ließ den Wagen an und fluchte dabei auf Saturn.
Er erreichte frühzeitig die Kaserne. Zuerst ging er zu

Steppanis Büro. Es war abgeschlossen. Seine Eingeweide krampften sich wieder zusammen und gaben ihm Warnsignale. Bonanno ging zur Telefonzentrale. Cacici trat gerade seinen Dienst an.
»Weiß niemand etwas über Steppani?«
»Er ist heute Morgen vor acht Uhr weggefahren, mit dem Alfa 155. Lacomare war mit dabei, ich habe abgelehnt.«
Bonanno fragte ihn lieber nicht nach dem Grund für seine weise Entscheidung. »Hat er hinterlassen, wo er hingefahren ist?«
»Zur Credisud nach Agrigent. Dort wollte er eine Sache überprüfen, die Sie, Maresciallo, ihm gestern aufgetragen haben.«
»Und was zum Teufel hat er gestern gemacht?«, wollte Bonanno gereizt wissen.
»Wir sind in Porto Empedocle gewesen, bei einer anderen Bank. Dort hat der Brigadiere zwei Stunden Zeit verplempert. Er hat sich beklagt, das sei ein Schlag ins Wasser gewesen. Da war alles in Ordnung, aber er hat noch andere Eisen im Feuer, in Cefalù und in Agrigent. Er wollte, dass ich mit ihm fahre, doch das riskiere ich nicht einmal, wenn ich tot bin. Da vertrete ich lieber Lacomare in der Telefonzentrale.«
Bonanno bearbeitete sein Päckchen Zigaretten und das Feuerzeug. Er vermied es, Steppanis Entscheidungen zu kommentieren, aber er fühlte, wie blinde Wut in ihm aufstieg. Seine Truppe war auf ein Minimum beschränkt, der Papierkrieg dauerte so lange, wie er dauerte, mit dem Capitano war nicht zu rechnen, und was ließ dieser Sturkopf Steppani sich einfallen, statt die Kollegen vor Ort um ihr Eingreifen zu bitten? Er nahm den Wagen, raste eigenmächtig los und reduzierte die Mannschaft damit

weiter. Man musste Steppani an seinem Stuhl festbinden, ihm an den Knöcheln Fesseln anlegen, ihn an seinem Schreibtisch anketten, man konnte ihn einfach nicht allein ermitteln lassen. Und dann noch am Steuer eines Wagens …

Bonanno hätte Saturn mit Atomwaffen beschossen, wenn er dazu in der Lage gewesen wäre, nur um diese Konjunktion zu beenden, die ihm so viel Kummer bereitete. Der Maresciallo ging in sein Büro, um seine spärlichen Ideen zu ordnen und die Arbeit zu organisieren, insbesondere die Überwachung des illegalen Spielclubs.

Michelozzi traute er das nicht zu. Bonanno brauchte zwei fähige Männer und dachte dabei an die Neuankömmlinge Torrisi und Brandi. Sie wirkten intelligent, und außerdem waren ihre Gesichter hier noch unbekannt. Das konnte in einem kleinen Ort wie Campolone von Vorteil für sie sein. Wenn sie umsichtig vorgingen und einen getarnten Wagen benutzten, konnten sie auch fotografieren und sich vielleicht sogar in das Umfeld einschmuggeln und vertrauliche Informationen sammeln.

Als Bonanno sein Büro erreichte, überraschte ihn ein für die letzten Tage ungewöhnliches Detail: Die Tür zum Büro des Capitano stand offen. Doch die eigentliche Überraschung bestand darin, dass Basilio Colombo am Schreibtisch saß. Er war in eine Autozeitschrift vertieft.

In seiner Aufregung betrat Bonanno das Zimmer, ohne anzuklopfen.

»Setzen Sie sich bitte, Maresciallo, machen Sie keine Umstände.«

»Entschuldigen Sie«, sagte Bonanno, als er seinen Fehler bemerkte.

»Na los, kommen Sie schon, nur nicht so schüchtern.«

Bonanno musterte seinen Vorgesetzten, um irgendetwas an ihm zu entdecken, das seine Anwesenheit in der Kaserne rechtfertigte. Ihm fiel nichts Besonderes auf.
»Also, Maresciallo, gibt es Neuigkeiten? Wie ist die Lage?«
Bonanno fühlte sich immer unbehaglicher, während er ihn über die Vorkommnisse unterrichtete, ihm von seinen Verdachtsmomenten erzählte, von der Spur, die das Glücksspiel betraf, von der Überprüfung der Banken, der sich Brigadiere Steppani mit pflichtbewusster Opferbereitschaft widmete. Er berichtete außerdem von der Schließung der Müllkippe wegen Umweltverschmutzung und mangelnder Beachtung der Gesetze zur Abfallentsorgung und zu guter Letzt noch von der Anzeige gegen den Bürgermeister Totino Prestoscendo, diese überdimensionale Nervensäge.
»Sehr gut, wirklich sehr gut!«, meinte der Capitano und nahm die dunkle Sonnenbrille ab.
Bonanno lüftete für sich das Geheimnis: Die Augenringe waren von einem dunkelvioletten scharfen Rand umgeben, der aussah, als wäre er mit einem Pinsel gezogen. Die lüsterne Witwe hatte ihn die ganze Nacht auf Trab gehalten. Der arme, erst achtundzwanzig Jahre alte Capitano hatte sich schließlich verdrückt. Er hatte sich in seine Uniform geflüchtet und wer weiß was für angebliche Pflichten vorgeschoben, um die nächste Kontrolle seines Antriebs durch seinen energiegeladenen, persönlichen Mechaniker ein paar Tage aufzuschieben.
Bonanno bekam Lust, diese Frau kennen zu lernen. Um einen jungen Kerl wie den Capitano so zuzurichten, musste sie schon den Teufel im Leib haben.
»Ist es Ihnen recht, wenn wir ein Stück laufen, Capitano? Ich lade Sie zu einem Espresso und einem Vanillecreme-

hörnchen ein. Hier in der Nähe hat gerade eine Bar neu eröffnet. Die gefüllten Hörnchen sind dort ausgezeichnet.«
Bonanno war jede Ausrede recht, um seine Diät zu unterbrechen.

Als Bonanno aus der Bar zurückkam, fühlte er sich schon mehr mit der Welt versöhnt. »Hier ist Maresciallo Bonanno, bitte antworten, Brigadiere Steppani. *Over.*«
»Guten Tag, Maresciallo. Steppani kann unmöglich antworten. Er ist seit zwei Stunden in der Bank und hat sich dort ins Büro des Direktors zurückgezogen. *Over.*«
»Und was machst du, Lacomare?«
»Das Gleiche wie auch in der Zentrale: Ich nehme Telefonanrufe entgegen. *Over.*«
»Sobald Steppani fertig ist, soll er mich anrufen, egal, wie spät es ist. *Over.*«
»Verstanden. *Over* und Ende.«

Die Liste mit den Getreidehändlern lag dort auf seinem Schreibtisch, wo er sie am Vortag liegen gelassen hatte. Bonanno war sich nicht sicher, ob er lieber die Männer in die Kaserne bestellen oder ob er einfach seine Leute zu ihnen nach Hause schicken sollte, um ihnen das Foto von Pietro Cannata zu zeigen. Irgendetwas hielt ihn davon ab, eine Entscheidung zu treffen. Nicht nur, weil er zu wenig Leute zur Verfügung hatte. Bei diesem Mordfall passte einiges nicht zusammen, das witterte er, und der Bulle in ihm täuschte sich selten. Bonanno beschloss, das Ergebnis von Steppanis Ermittlungen abzuwarten. Jetzt kam es auf eine Stunde mehr oder weniger auch nicht mehr an.

Er rief die Carabinieri Brandi und Torrisi zu sich, Männer mit festem Blick und ernster Miene. Sie waren erst vor kurzem ins Montanvalle versetzt worden.

»Ich habe eine Aufgabe für euch beide, Jungs. Ihr müsst vorsichtig vorgehen, dürft nicht aus der Deckung kommen und nicht auffallen. Wir müssen ein Lokal in Campolone überwachen. Dort wird sehr wahrscheinlich hoch gespielt: Poker, Black Jack, Chemin de Fer, Bakkarat … Wir müssen das Kommen und Gehen der Männer, die dort spielen, genau festhalten, ein paar Fotos machen, Überprüfungen vornehmen und so weiter. Für alles, was ihr braucht, könnt ihr euch auf die örtliche Station stützen. Sie steht unter der Leitung von Maresciallo Michelozzi, aber wenn es geht, dann lasst euch auch von denen dort nicht entdecken.«

Brandi und Torrisi lachten kurz miteinander.

»Verstanden, Maresciallo, wir ermitteln verdeckt und benutzen einen unserer Wagen. So etwas Ähnliches haben wir schon in Catania gemacht. Haben wir freie Bahn?«

»In welcher Beziehung?«, hakte Bonanno nach. Er war misstrauisch geworden.

»Dürfen wir versuchen, da unentdeckt reinzukommen?«

»Also, damit hier keine Missverständnisse aufkommen: Wir sind daran interessiert, die Glücksspieler zu identifizieren, es gibt aber keine offizielle Untersuchung. Unsere Ermittlungen hängen mit dem Tod dieses armen Teufels Cannata zusammen. Vielleicht erweist sich das mit dem Glücksspiel als Spur, doch passt auf, dass ihr nicht Rambo spielt und die Sache noch vergeigt.«

»Verstanden!«, antworteten die beiden enttäuscht und verließen das Büro.

Er hatte nun eine Aufgabe zu erledigen, die er nicht länger aufschieben durfte. Wie ein verurteilter Sträfling ging er zu seinem Fiat Punto, startete ihn und fuhr los.
Vanni Lenticchios Arbeitsplatz war ein großes Tierheim mit hundertzwanzig Plätzen. Dort wurden die streunenden Hunde und Katzen eingesperrt, die man in der Gegend gefangen hatte. Nach den neuen Gesetzen durfte man sie nicht mehr töten. Jedes eingefangene Tier musste in behaglicher Umgebung gehalten und gefüttert werden, in der sehr unwahrscheinlichen Hoffnung, dass es dann jemand aufnahm. Für die monatlichen Unterhaltskosten kamen die Gemeinden auf, in denen die Tiere eingefangen wurden. Vanni Lenticchio, dessen Liebe zu Tieren schon seit jeher bekannt war – »Sie sind besser als Menschen«, pflegte er zu sagen –, hatte so die Möglichkeit bekommen, sein Hobby zum Beruf zu machen.
Bonanno wurde von wütendem Kläffen empfangen. Die eingesperrten Hunde bleckten spitze Zähne und liefen aufgeregt hin und her.
Vanni Lenticchio tauchte überraschend hinter ihm auf. »Noch mehr Kontrollen? Reicht es nicht, dass die vom Gesundheitsamt und die vom Veterinäramt kommen? Und wollen sich jetzt außer euch auch noch diese Scheißtierschützer einmischen? Sie gehen einem auf die Eier, Maresciallo, und wenn ich mal meinen Fünf-Minuten-Koller kriege, verdammt, dann …«
»Ganz ruhig, das ist keine Kontrolle oder so was, ich weiß gar nichts von so einem Quatsch. Ich brauche Ihre Hilfe. Ich möchte … einen … kleinen Hund«, meinte Bonanno beinahe im Flüsterton.
»Kein Problem, ich habe alle Farben und Rassen da. Kommen Sie mit, Maresciallo, ich zeige sie Ihnen.«

Bonanno resignierte immer mehr, während er Lenticchio folgte. Sie durchquerten den Raum mit den Käfigen und erreichten einen umzäunten Bereich, in dem mindestens zwanzig oder dreißig Welpen herumtollten und mit den Schwänzen wedelten. Bonanno fühlte plötzlich eine instinktive Abneigung.

»Also, der Hund, den ich suche, darf weder grau noch braun sein.«

»Maresciallo, ich habe einen Hund hier, der hat ein ganz weißes, glänzendes Fell, wirklich eine Pracht. Ein Gottesgeschenk. Ich zeige ihn Ihnen. Kommen Sie mit mir, bitte. Sie können ruhig auch mit reinkommen.«

»Sie bringen ihn mir besser raus, ich möchte mir die Uniform nicht schmutzig machen.«

Lenticchio betrat den kleinen Zwinger. Er bückte sich und hob einen bildschönen Welpen mit einem prächtigen Fell hoch. Auf Bonanno wirkte er dennoch abstoßend.

Vanni Lenticchio legte ihm den Welpen in den Arm. »Ist er nicht bildschön? Schauen Sie mal, wie er Sie ableckt! Er hat Sie sofort ins Herz geschlossen, Maresciallo. Tiere merken sofort, wenn jemand sie mag. Das unterscheidet sie von uns Menschen; sie reagieren instinktiv, ohne Arglist oder Berechnung.«

Bonanno hielt den Hund von sich weg, um nicht weiter abgeleckt zu werden. Das mochte er nicht. Er sah den Köter schon unverhältnismäßig groß werden und alles ablecken, was in Schnauzenhöhe war. Er würde die Sofas anknabbern, Haare verlieren und alles voll sabbern. Bonanno lief es eiskalt den Rücken herunter, und ohne es zu wollen, drückte er den armen Welpen zu fest an sich.

Der Strahl traf ihn mitten auf die Brust. Mehr als die Wärme des Urins ekelte ihn dessen beißender Gestank.

»Widerlich!«, polterte er und befreite sich ungeschickt von dem Tier.

»Das ist ein weiterer Beweis seiner Zuneigung. Tiere sind anders …«

»Das ist mir völlig egal, Lenticchio. Behalte du deine Bestie, und ich behalte meine. Und bei Gott, wenn sie noch ein Mal widerspricht, dann fängt sie sich wieder eine!«

Wütend ging Bonanno zu seinem Wagen. Er suchte die Feuchttücher und nahm eine oberflächliche Reinigung seiner Uniform vor.

Mit einem Formel-1-Start verließ er Vanni Lenticchio und seinen Hunde- und Katzenladen. Er hielt wenig später vor »Noahs Arche«, ging hinein, grüßte höflich, ließ sich beraten und zahlte. Als Bonanno wieder hinauskam, war er sehr zufrieden mit sich.

In einem Punkt hatte er Vanessa zufrieden gestellt: Wasserschildkröten waren weder grau noch braun.

Elf

Im Wagen griff Bonanno wieder nach dem Päckchen Zigaretten, zündete eine an und stieß eine Rauchwolke aus. Die Wasserschildkröten tummelten sich in der kleinen Plastikwanne. In der Mitte des Gefäßes schwamm eine Insel mit ein paar künstlichen Palmen, die man herausnehmen konnte.

»Ihr solltet euch besser an den Rauch gewöhnen, meine Kleinen, oder es wird für alle nur noch schlimmer.«

Auf dem Weg in die Kaserne fuhr Bonanno entspannter. Eigentlich hatte das Horoskop diesmal Recht gehabt: *Ihr gesunder Menschenverstand hilft Ihnen, Fehler zu vermeiden, die Sie später bereuen könnten.* Und dieser Welpe wäre der größte Fehler seines Lebens gewesen. Vielleicht auch nur einer der größten.

Und ganz bestimmt hätte er bereut, auf seine Mutter gehört zu haben. Bonanno verzichtete darauf, sich vorzustellen, wie Vanessa reagieren würde. Er schob dieses Problem lieber weit von sich.

Etwa hundert Meter vor der Kaserne bremste er plötzlich. Er hatte jemanden bemerkt, der ihn dazu veranlasste, schnell in die nächste Querstraße einzubiegen. Selbst aus der Entfernung löste Totino Prestoscendo in ihm ein Gefühl der Abneigung aus. Es verursachte Bonanno wahre Bauchkrämpfe, ihn da so hochmütig und in seine Rolle als

erster Bürger vertieft herumstolzieren zu sehen, immer bereit, die Interessen der Allgemeinheit zu verfolgen. Dabei blieben die Schäden, die Prestoscendo mit seiner Unfähigkeit anrichtete, einzig für seine geblendeten Augen unsichtbar!
Zwar war Totino Prestoscendo bestimmt nicht schlimmer als viele andere, aber Bonanno konnte ihn einfach nicht ertragen. Er verurteilte die Arroganz des Mannes, die genauso schlimm war wie seine Unfähigkeit, die Gemeinde zu verwalten. Während Bonanno nun die kleine abfallende Seitenstraße entlangfuhr, um schnell eine möglichst große Entfernung zwischen sich und Totino Prestoscendo zu legen, musste er an den Capitano denken. Der arme Kerl, ihm stand ein zehnminütiges Gespräch mit dem Bürgermeister bevor! Und das bedeutete, dass er sich auf eine Spuckdusche gefasst machen konnte, denn der Bürgermeister neigte zu feuchter Aussprache, und das umso mehr, wenn er aufgeregt war. Dann sprühte Prestoscendo aus Leibeskräften, und da er gewiss von der Anzeige wusste, war mit Hektolitern Spucke zu rechnen. Wenigstens trug der Capitano eine Brille.

Bonanno hielt vor dem Tabakladen auf der Piazza, füllte seinen Zigarettenvorrat auf und kaufte zwei Päckchen Pfefferminzbonbons für einen frischen Atem. Cusumanos Apotheke lag nur dreihundert Meter entfernt. Die Versuchung, auf die elektronische Waage zu steigen, war stark, aber Bonanno hatte sich unter Kontrolle. Außerdem wollte er seinem Freund Tonio einen Besuch abstatten. Niemand war besser über die Geschehnisse im Ort informiert als er. Die Gerüchte kursierten dort, dass es eine wahre Freude war, oftmals noch angereichert mit gewagten und pikanten Details. Das war aufregender als jede Fernsehsendung. Tonio hatte Bonanno die Augen geöffnet, als dieser noch nichts von dem Interesse Capitano Colombos für die Röcke der Witwe gewusst hatte. Bonanno war aus allen Wolken gefallen. Was war er nur für ein Polizist!

Tonio schaute ihn fragend an, woraufhin Bonanno drohend den Kopf in den Nacken warf. Nein, er brauchte keine Abführmittel oder andere Medikamente zum Abnehmen. Die beste Methode war, eine seriöse und ausgewogene Diät zu befolgen, die vielleicht ein wenig auf ihn zugeschnitten war. Sie sollte nicht allzu streng sein und Cremehörnchen und Cappuccino am Morgen erlauben. Und hin und wieder ein Eis am Nachmittag.

Tonio lachte. »Carmelo, stell dich bitte für zehn Minuten hinter den Tresen. Ich gehe mit dem Maresciallo in die Bar, einen Espresso trinken.«

Fortunato Tarabbas Bar lag genau gegenüber.

»Ich habe gehört, du hängst dich ziemlich in diesen Mordfall rein.«

»Wir versuchen eben, unser Gehalt zu verdienen.«

»Das sage ich auch immer. Jedem das seine. Die Toten für dich und die Lebenden für mich. Wenn du wüsstest, wie viele Leute irgendwelchen Mist kaufen, weil sie davon überzeugt sind, dass er ihnen hilft!«

Bonanno wurde nervös. Tonio lachte und fuhr fort: »Versteh mich nicht falsch, deine Tabletten bestehen aus Pflanzenauszügen und sind unschädlich. Dich werden der Kaffee und das viele Nikotin umbringen. Ich meine die Leute, die ekelhaft schmeckende Aminosäuren in Pulverform einnehmen, Vitaminkomplexe für die Haut, Feuchtigkeitscremes, damit die Haut glänzt, und anderen Quatsch, damit sie straff wird und so weiter, und nachher vielleicht nicht mehr das Geld haben, um die Schulbücher ihrer Kinder zu bezahlen.«

Bonanno spitzte die Ohren. Wenn Tonio so weit ausholte, wollte er auf etwas Bestimmtes hinaus.

»Und auf einmal kauft man dann nicht mehr nur teure Cremes, sondern auch neue Kleider, und man geht zum Friseur, und dann findet man auch noch ein paar Lire, um Schuhe für die armen Kinder zu kaufen, die man ins Klosterinternat abgeschoben hat und die seit langer Zeit nichts Gutes mehr erfahren haben.«

»Und von wem genau sprichst du da?«, fragte Bonanno.

»Sie wird ›A'Capitana‹ genannt. Eigentlich heißt sie Santuzza Pillitteri, aber von einer *Santa*, einer Heiligen, hat sie kaum etwas.«

»Und was tut sie?«

»Sie lebt und schläft mit Turiddu Scimè, Spitzname ›U'Ragunese‹. Die beiden wohnen da unten in einem der Häuser mit den Sozialwohnungen. Sie haben vier Gören, zwei stammen von ihrem Ehemann Pino Brocio, Spitzname ›U'Signaturi‹. Der hat sich vor drei Jahren mit seiner Schwägerin, Santuzzas Schwester, davongemacht, einer wunderbaren Kleinen, die mit fünfzehn schon die Welt aus den Angeln heben konnte.

Pino ›U'Signaturi‹ war bereits hinter seiner Schwägerin her, als man ihr noch die Nase putzen musste. Und als er die Gelegenheit bekam, griff er, ohne nachzudenken, zu. Und sie hatte auch ihren Spaß. Pino Brocio wurde ›U'Signaturi‹ genannt, weil er angeblich bei den Frauen immer einen Treffer landete. Dann kam die Sache raus, und die beiden verdrückten sich bei Nacht und Nebel. Angeblich sind sie jetzt in Deutschland, wo eine Schwester von Pino lebt.

Ein paar Monate lang hat Santuzza laut geheult und ihre Schwester und ihren Mann verflucht. Dann tröstete sie sich mit Turiddu Scimè, einem jungen Kerl, der sein Geld mit Gelegenheitsarbeiten – beim Förster und wo sonst noch gerade etwas anfiel – mehr recht als schlecht verdiente. Also, sie schlugen sich so durch. Aber irgendwann veränderte sich Santuzza. Vielleicht glaubte sie, ihr Ehemann habe sie verlassen, weil sie ihre jugendliche Frische verloren hatte. Deshalb kaufte sie nun Cremes und Wässerchen; ich kann sie dir gar nicht alle aufzählen. Sie ließ sich nicht einmal davon abbringen, wenn sie kein Geld hatte und wir ihr keinen Kredit gaben. Dann ging sie zum Inhaber, Dottor Cusumano. Ich weiß nicht, was sie ihm erzählt hat, aber von da an beauftragte der Dottore mich, ihr alles zu geben, was sie wollte. Und zwar umsonst. Vor einiger Zeit hat sie aber ihre Schulden bezahlt, und sie haben keine Geldsorgen mehr. Was denkst du darüber, Savè?«
»Vielleicht haben sie im Lotto gewonnen. Schlampen und gehörnten Ehemännern hilft der liebe Gott.«

Die beiden Schildkröten zuckten erschrocken zusammen, als er seinen Punto wenig später anließ. Das Wasser in der Wanne schwappte hin und her. Bonanno konzentrierte sich aufs Fahren. Was für ein Gespräch! Das war echt Villabosco, kleinlich und klatschsüchtig.
Bonanno nahm die Straße nach Vallevera, ließ den Ort hinter sich und bog nach Raffello ab. Er war auf dem Weg zur Mülldeponie. Dort wollte er sich noch einmal in Ruhe den Tatort ansehen.
Bonanno fuhr den schmalen, staubigen Pfad hinauf. Nach etwa einem halben Kilometer stand er vor der unförmigen Müllmasse, über der ein paar Rauchwolken aufstiegen.

Nach der Schließung war die Mülldeponie umzäunt und mit einem Holztor verschlossen worden.
Er parkte seinen Kleinwagen und stieg aus. Als Erstes zündete er sich eine Zigarette an. Der Gestank schnürte ihm die Kehle zu. Die Müllkippe lag etwa vierzehn Kilometer von Villabosco entfernt, zehn waren es von Martellotta, fünfzehn von Campolone und zwölf Kilometer von Vallevera.
Bonanno stieg über die Absperrung und ging auf die Böschung zu. Unter ihm lag die Müllkippe. An diesem stinkenden Ort war vor wenigen Tagen eine Leiche gefunden worden.
Um den massigen Körper eines Mannes wie Pietro Cannata da hinunterzuwerfen, eines Riesen, der mehr als hundertzehn Kilo wog – und von Gewicht verstand Bonanno etwas –, brauchte man enorm viel Kraft. Mindestens zwei Männer waren dazu nötig oder ein bärenstarker Kerl. Auf jeden Fall waren sie mit einem Auto oder einem Transporter bis zu dieser Stelle gefahren. Dann hatten sie am Rand der Müllkippe angehalten, den Körper genommen, ihn nach unten geworfen und schließlich alle Spuren beseitigt.
Eins passte einfach nicht ins Bild: Warum hatte man ihn bis zur Böschung getragen und dabei riskiert, sich auf dem Weg dorthin den Hals zu brechen? Der oder die Mörder mussten doch wissen, dass die Müllkippe regelmäßig genutzt und man die Leiche nach spätestens vierundzwanzig Stunden finden würde. Und warum hatte man dann dieses ganze Theater veranstaltet? Wenn sie wirklich wollten, dass der arme Cannata gefunden wurde, warum hatten sie ihn nicht einfach irgendwo liegen lassen, zum Beispiel am Anfang der Zufahrt? Warum hatten sie sich stattdessen auf einen so gefährlichen Weg gewagt?

Bonannos Hirn arbeitete auf Hochtouren. Er half ihm dabei mit einer weiteren Dosis Teer und Nikotin, doch ohne Erfolg.
Wo war der Lancia Kappa geblieben? Konnte er wirklich spurlos verschwunden sein? Bei diesem Fall gab es einfach zu viele Widersprüche. Irgendjemand musste doch etwas über den Wagen wissen, und im gesamten Montanvalle war niemand besser informiert über Autos und Ersatzteile als Loreto Passacquà. Er musste mal bei ihm vorbeischauen.
Bonanno ging zu seinem Wagen und nahm die Straße nach Villabosco. Als er an der Kaserne vorbeifuhr, schaute er nach, ob dort noch die Limousine des Bürgermeisters mit Chauffeur parkte. Keine Gefahr, der spuckende Ortsvorsteher hatte sein Bündel geschnürt. Bonanno entspannte sich, ermahnte die Wasserschildkröten, die durch das Geschaukel völlig durcheinander waren, gut aufzupassen, und ging in die Station. Er war neugierig, wie der Capitano sich im Gespräch mit dem Bürgermeister verhalten hatte: Capitano Colombo war durchaus zuzutrauen, dass er ihn wegen Spuckens auf einen Staatsbeamten verhaftete.
»Maresciallo Marcelli hat nach Ihnen gefragt«, informierte ihn der Wachtposten.
Marcelli war der Kommandant der Station. Er war schlank und hatte ein großes Faible für Fitnessstudios und Krafttraining. Bonanno mied ihn wie die Pest.
Er dankte dem Wachtposten, vergaß sofort dessen Nachricht und ging direkt zum Büro Capitano Colombos. Es war abgeschlossen.
Die schneidende Stimme Marcellis traf ihn wie ein Peitschenhieb:
»Bonanno, das trifft sich gut, wir müssen reden. Das Eine

vorab: Lass dir nächste Weihnachten vom Weihnachtsmann ein Handy schenken. Ich suche dich schon seit zwei Stunden.«

Bonanno bereute bereits heftig, zurückgekommen zu sein.

»Du klopfst ganz umsonst, der Chef ist schon gegangen. Eine Überprüfung der Beläge auf den Vorderbremsen. Der Mechaniker hat angerufen, es sei eilig. Der Wagen könne nicht in diesem Zustand bleiben, er brauchte eine neue Überprüfung. Hör mal, sie will diesen Idioten mit ihrer allzeit bereiten Möse tatsächlich dazu bringen, sie zu heiraten!«

»Mäßigen Sie sich, Marcelli, das ist hier immer noch eine seriöse Kaserne und kein Bordell. Bringt man Ihnen diese Ausdrücke im Fitnessstudio bei? Oder ist das eine natürliche Begabung, die Sie in Ihrer Freizeit noch verfeinern?«

Wollte Bonanno den harten Kerl spielen oder wenigstens so klingen, dann bemühte er sich immer um eine möglichst gewählte Ausdrucksweise, manchmal traf er dabei sogar ins Schwarze.

»Hör mal, Bonanno, falls du es noch nicht weißt: Du und ich, wir haben den gleichen Rang. Du leitest das Kommando, ich die Kaserne, und du bist auch nur Vizekommandant geworden, weil du zwei Monate länger dabei bist. Also sieh zu, dass du mir hier nicht zu sehr auf die Eier gehst, und hör auf, so gestelzt zu reden. Wir haben uns immer geduzt, und jetzt kommst du mir mit ›Mäßigen Sie sich …‹? Setz doch deinen Arsch in ein eiskaltes Bidet! Du und dieser sexbesessene Capitano, der so gut wie nie da ist und der, wenn er mal da ist, einfach mir nichts, dir nichts wieder abhaut – ihr seid schuld daran, dass ich zwei Stunden lang diese verfluchte Nervensäge mit Namen Totino Prestoscendo ertragen musste. Ich habe

überhaupt nicht begriffen, was zum Teufel er sagen wollte. Er hat sich aufgebläht wie ein Frosch und gespuckt wie eine Giraffe oder wie zum Teufel dieses verdammte Tier da aus Peru heißt.« Er fuhr ärgerlich mit der Hand durch die Luft und fügte dann hinzu:
»Darf ich vielleicht erfahren, welcher Teufel dich geritten hat, ihm die Müllkippe zu schließen? Der fährt hier mit schwerem Geschütz vor, faselt von einem politischen Angriff kurz vor den Provinzwahlen: Wir wollten den Kandidaten seiner Partei beschädigen, der ja tatsächlich Leiter der städtischen Müllabfuhr ist, und dann hat er noch gemeint, du wärst ein abgefeimter Faschist. Was sollen wir unternehmen?«
Bonanno zögerte nicht. Marcelli hatte die Anzeige nicht erwähnt, vielleicht hatte der Bürgermeister doch noch nichts davon erfahren. Er zog es vor, nur etwas anzudeuten.
»Also, pass auf und ...«
»Und?«
»... und sag ihm, die Müllkippe sei illegal, und wir hätten ihn wegen Umweltverschmutzung angezeigt.«
»Ach, geht doch beide zum Teufel!«

»Maresciallo, endlich! Wo sind Sie gewesen? Es ist zwei Uhr und ...«
»Was ist passiert, Cacici?«
»Steppani hat Sie gesucht. Er hat gemeint, er würde nur Zeit vergeuden, aber da wäre ein dickes Ding, das er uns gleich erzählen müsste.«
»Hat er angedeutet, worum es geht, Cacici?«
»Ja, das hat er und noch mehr. Ich habe es sogar aufgeschrieben, um es nicht zu vergessen. Soll ich es Ihnen gleich vortragen, Maresciallo?«

»Nein, warte lieber, bis wir eine offizielle Anfrage gestellt haben. Beweg dich, Cacici!«

»Hier ist es. Steppani hat es ganz genauso gesagt: ›Volltreffer, Maresciallo. *Over* und Ende.‹«

Damit er nicht nach seiner Dienstwaffe griff, um Cacici zum Schweigen zu bringen, rauchte Bonanno noch eine Zigarette und hustete grauenvoll dabei.

Zwölf

Teresa ist größer geworden. Sie hat ihre Haare, die jetzt nicht mehr rötlich, sondern honigblond sind, abgeschnitten. An irgendeinem Tag hat ihr die Purpurblume der Pubertät die Schenkel rot gefärbt, während sie in der Schule war. Sie hat Angst. Ganz instinktiv. Blut lockt wilde Tiere an. Die harten Knospen auf der Brust führen ein Eigenleben: Sie runden sich, werden größer. Sie trägt weite Pullover, um die Verwandlung ihres Körpers zu verstecken, der ihr auf einmal fremd geworden ist. Dieser Körper, den sie kaum wiedererkennt. Wenn sie blutet, durchbohren heftige Stiche ihren Unterleib. Ein ungekannter Schmerz begleitet diese gefürchtete Verwandlung, aber das Uhrwerk des Lebens hört nicht auf ihre stummen Gebete, die sie in tränenreichen Nächten zum Himmel geschickt hat. Die Natur nimmt ihren Lauf, sie achtet nicht auf die Ängste eines Kindes.

Die Augen unter den buschigen Augenbrauen werden groß, die Nasenlöcher weiten sich, sie nehmen den Blutgeruch auf, wittern den Geruch der kleinen Frau, der dem unreifen Mädchen entströmt. Die Zunge leckt über die Oberlippe, sie saugt den Genuss der unreifen Frucht in sich auf. Aus der gierigen Mundhöhle breitet sich ein wildes Grinsen aus. Der Blick hat sich gehoben.

Teresa ist im Bad. Eine Freundin hat ihr ein sicheres Mittel gegen die Stiche verraten: Sie soll sich in eine Wanne mit warmem Wasser setzen und langsam ihren Bauch massieren. Vorher hat sie sich immer mit Wärmflaschen geholfen, aber an diesem Abend fühlt sie, wie eine grausame Zange zieht und reißt; sie krümmt sich vor Schmerzen. Die Wärmflasche reicht nicht aus. Teresa öffnet die Wasserhähne und erwartet die feuchte, warme Umarmung. Sie hofft, so die boshaften Krallen aus ihrem Körper zu vertreiben.

Die Augen sind wie erbarmungslose Scheinwerfer. Der Geruch des halb nackten Mädchenkörpers trifft die Bestie mit Macht. Sein Duft lässt sie taumeln, er betäubt sie beinahe, er streichelt verführerisch und überzieht sie mit einem rasenden Verlangen, das wächst und zwischen den behaarten Schenkeln immer größer wird.

Teresa hat die letzten Kleidungsstücke ausgezogen, sie taucht einen Fuß ins Wasser, dann den zweiten. Sie gleitet in die Wanne und lässt sich von dem Meer von Flüssigkeit überspülen. Von ihren rosa Füßchen aus überzieht sie eine Welle des Wohlbehagens, die sie erschauern lässt. Die Knospen sind zu Haselnüssen angeschwollen, sie schmerzen. Ihr Körper jagt Teresa Angst ein, bestürzt bemerkt sie die dunklen Haare, die rund um die Stelle hervorsprießen, die Blut weint.

Die Bestie ist an der Tür, sie bleibt stehen. Sie hört, wie das kleine Mädchen in der Badewanne plantscht. Sie keucht, das Verlangen ist gewachsen, ist zu einer Säule aus Fleisch geworden; der stechende Geruch des heranwachsenden Mädchens, gemischt mit der scharlachroten Flüssigkeit, erregt sie. Sie streckt die haarige Tatze nach der Klinke aus. Die Tür ist verschlossen.

Teresa geht es besser. Die Stiche sind verschwunden, aber sie spürt ein bekanntes Gefühl, Gefahr. Obwohl ihr nicht

kalt ist, zittert sie. Sie hat nicht gesehen, dass sich die Türklinke bewegt hat, doch sie weiß es. Sie macht sich ganz klein und lässt sich vom Wasser völlig zudecken, auch den Kopf, um die Furcht zu ertränken.
Die Bestie kommt nicht zur Ruhe. Sie bewegt sich unruhig hin und her, schüttelt sabbernd den behaarten Kopf. Sie sucht etwas, was sie nicht finden kann. Der Duft ist zu verlockend. Sie geht wieder zur Badezimmertür und beugt sich hinunter, bis sie das Schlüsselloch findet. Sie richtet ihren glühenden Blick auf das unschuldige, kleine Mädchen mit der rosigen Haut und lässt die Pfote am eigenen Turm aus Fleisch auf und ab gleiten, lässt sie dort liegen. Die Bestie stöhnt lustvoll.
Die Laute peinigen Teresa. Die Stiche sind wieder da und krallen sich in ihren Bauch. Sie steigt aus dem angenehmen Wasser und zieht sich rasch den Bademantel an. Ihr Herz schlägt laut, während sie sich an die Tür lehnt und das Schlüsselloch mit ihrem Körper zudeckt. Ihr Atem geht schnell.
Auf der anderen Seite der Tür streckt die Bestie die Tatze aus und schlägt sie in das Holz der Tür.

Bonanno informierte seine Mutter, dass er nicht zum Mittagessen kommen würde. Er behalf sich lieber mit der Kantine der Kaserne. Einerseits wollte er auf Steppani warten, um mehr über die ganze Sache zu erfahren, andererseits wollte er auch die Auseinandersetzung mit Vanessa und Donna Alfonsina hinauszögern.
Er begann seine Mahlzeit mit etwas Leichtem: Nudeln in einer Tunfischsauce, die mit Cognac abgeschmeckt und mit frischem Basilikum gewürzt war, und dazu einen gemischten Salat. Dann konnte er aber nicht widerstehen und machte sich gierig über einen Fruchtsalat aus Erdbee-

ren und Kiwis in einer stark gezuckerten Sauce aus Zitronensaft und Maraschino her.
Der aufheulende Motor einer Limousine und kreischende Bremsen ließen Bonanno alarmiert hochfahren. Steppani war da. Bonanno lief die Treppen hinunter und erreichte den Eingang. Steppani kam herein, er wirkte äußerst gut gelaunt. Lacomare krümmte sich in einer Ecke und kämpfte verzweifelt gegen den Brechreiz an. Die Kurven im Montanvalle waren gnadenlos. Genau wie Steppani.
»Ja und?«
»Volltreffer, Maresciallo, habe ich das nicht toll hingekriegt? Wir haben ins Schwarze getroffen, so viel ist sicher. Im Vergleich zu Ihnen können die aus dem Fernsehen einpacken. Sie sind besser als all diese Kommissare und Inspektoren zusammen.«
»Gehen wir in mein Büro, Steppani, und kommen wir sofort zur Sache. Wachtposten, hol einen heißen Tee für Lacomare.«
»Maresciallo, ich sollte etwas zu mir nehmen. Seit heute Morgen habe ich nichts mehr gegessen«, wandte Steppani ein.
»Das hat Zeit, jetzt erledigen wir erst mal diese Geschichte. Erklär mir nun in allen Einzelheiten, warum du wie ein Formel-1-Pilot mit unseren Wagen durch die Gegend gerast bist.«
»Wenigstens ein Schinkenbrötchen, während ich alles erzähle …«
»Später!«
»Verd…«
Sie erreichten das Büro im oberen Stockwerk. Bonanno verriegelte die Tür, verschloss die Fenster und sog gierig das Gift einer Zigarette ein.

»Wenn Sie mich mit Ihrer Qualmerei um die Ecke bringen wollen, dann können Sie mich auch gleich erschießen, Mariscià.«

»Steppani, du sagst mir jetzt sofort, was du herausgefunden hast, und rechtfertigst damit deine Ausflüge! Oder willst du darauf warten, dass ich erst ernsthaft wütend werde? Ich warne dich allerdings: Heute gehe ich nämlich schon von ganz allein hoch wie eine Rakete zum Saturn«, meinte Bonanno und reichte Steppani eine Packung Kräcker aus seinem ganz persönlichen Vorrat gegen Hungerattacken.

»Warum diese Aufregung? Das sind die Fakten: Ihren Anweisungen genau folgend, habe ich mich in Bewegung gesetzt, zum Zwecke …«, fing Steppani an und biss hungrig in das Salzgebäck.

»Komm endlich zur Sache, Steppani.«

Der Brigadiere verzichtete auf weitere Förmlichkeiten. »Was hatte uns der Steuerberater gesagt, Maresciallo? Dass unser Freund Pietro Cannata Konten bei zwei Banken hatte. Und wie lautete Ihr Befehl? Ich sollte Konten, Rechnungen und alles andere überprüfen. Und das habe ich auch getan. Gestern nahmen wir uns die Genossenschaftsbank S. Lucia in Porto Empedocle vor. Der Direktor, ein Knochengestell mit grünlicher Gesichtsfarbe und zahlreichen nervösen Ticks, wollte auf meine Fragen hin zunächst nicht mit uns zusammenarbeiten. Er berief sich auf das Bankgeheimnis. Da habe ich ihm einen schrägen Blick zugeworfen, und, um ihn einzuschüchtern, habe ich gesagt, dass ich morgen mit einem Gerichtsbeschluss kommen und auch noch meinen Vetter Saverio Bonanno von der Steuerfahndung mitbringen würde, wenn er mir nicht alle Angaben machte, nach denen ich gefragt hatte.

Sie werden mir nicht glauben, Maresciallo, aber kaum hatte ich Ihren Namen genannt, da war er nicht mehr paprikagrün im Gesicht, sondern wachsbleich. Und stand mir zur Verfügung. Cannata besaß in Porto Empedocle ein Girokonto für sich und seine Ehefrau, auf dem waren etwas über zwölf Millionen Lire. Dann etwa fünfzig Millionen Lire in Wertpapieren. Ein Depot auf den Namen seiner Frau mit Schatzanweisungen und Staatsanleihen im Wert von sechzig Millionen, fest angelegt. Und dann gab es noch ein Konto für das Fischgeschäft, das er gemeinsam mit seinen Söhnen besaß. Auch da waren immerhin zwanzig Millionen Lire drauf. Das wars.«

»Das ist doch alles unwichtig, nun rede schon!«

»Jetzt kommt das Schönste: Es war alles zu ordentlich, kein falsches Komma. Da bin ich misstrauisch geworden. Ich habe angefangen, Fragen zu stellen. Das nervöse Zucken des Direktors verstärkte sich. Aber ich bekam nichts aus ihm heraus. Pietro Cannata schien der ideale Kunde gewesen zu sein. Einer von denen, die man sich warm hält. Ich wurde langsam nervös, der ganze Weg umsonst. Und wenn ich nervös werde, sehe ich die Leute mit einem Furcht erregenden Blick an. Der Direktor schwitzte ... und dann, weil er wohl beweisen wollte, dass er zur Zusammenarbeit bereit war, vertraute er mir etwas sehr Interessantes an ...«

Steppani hörte auf zu reden und biss in einen Kräcker. Er war die Ruhe selbst.

Als einzige Antwort nahm Bonanno die Schachtel an sich.

»Verd... Er erzählte mir ein scheinbar unwesentliches Detail, das sich aber ... also, um es kurz zu machen: Der Direktor berichtete, er habe Cannata vor ein paar Monaten beim Betreten einer Bank in Agrigent, der Credisud, gesehen, und das hat ihn beunruhigt. Und als er ihn wieder bei sich in der Bank in Porto Empedocle traf, hat er ihn aus Sorge, einen guten Kunden zu verlieren, gefragt, ob er Grund zur Klage habe oder etwas nicht in Ordnung sei. Mit anderen Worten, er ist ihm in den Arsch gekrochen. Cannata hat geantwortet: ›Nein, nein, es ist alles in bester Ordnung.‹ Und das wars. Aber der Direktor hatte da so seine Zweifel, und das erzählte er mir im Vertrauen. Ich dachte mir, überprüfen kostet nichts. Deshalb sind wir heute früh gleich dorthin gefahren.

Sie werden es nicht glauben, Maresciallo: Cannata hatte in der Bank in Agrigent ein Schließfach gemietet … so wie die im Film. Und da hab ich mich gefragt: Was will einer, der Tintenfische und Calamari verkauft, mit einem Schließfach?«

»Und? Was wollte er damit, Steppà?«

»Wir wissen es nicht. Der Bankdirektor war nicht so wachsweich und entgegenkommend wie der in Porto Empedocle. Er war sehr höflich, aber stur wie ein alter Bock, er wich keinen Zentimeter zurück. Er hat uns nur verraten, wann Cannata das Schließfach gemietet hat – das war vor ein paar Jahren. Dann hat er uns einige technische Informationen gegeben, aber er dachte nicht im Traum daran, das Schließfach für uns zu öffnen. Er wollte mir sogar weismachen, er hätte keinen Ersatzschlüssel, den einzigen Schlüssel hätte der Kunde. Und ohne Genehmigung dürfe er nicht …«

»So ein Hurensohn!«

»Kein Wort gegen seine Mutter. Aber etwas Interessantes habe ich doch herausgefunden. Der Wachmann schwört, er habe Cannata am Tag, bevor wir seine Leiche fanden, in die Bank gehen sehen. Er erinnert sich gut, behauptet, Pietro Cannata sei wie ein Christbaum behängt gewesen. Um den Hals hätte er auffällige Goldketten und dazu eine

Menge Armreifen und drei oder vier dicke Ringe getragen. Also, er sah offenbar richtig schick aus. Es wird gegen zehn Uhr morgens gewesen sein. Der Wachmann hat gesehen, wie Cannata die Bank betrat und zehn Minuten später wieder rauskam. Bestimmt hat er sich an seinem Schließfach zu schaffen gemacht und ist dann gegangen. Neben der Bank befindet sich ein illegaler Parkplatz mit den üblichen Wächtern. Ich wollte sie über Cannatas Wagen ausfragen, doch als ich näher kam, sind sie abgehauen. Das ist alles. Kann ich jetzt zum Essen gehen?«

»Später. Jetzt wollen wir erst mal diesen tollen Bankdirektor kennen lernen. In fünf Minuten will ich zwei Autos haben. Ich fahre mit Cacici, und du nimmst mit, wen du willst. Du fährst voraus, und stell die Sirene an, wenn wir vor der Bank ankommen. Und vergiss das Brecheisen nicht.«

Steppani war so glücklich, dass ihm die Kräcker aus der Hand fielen. »Das Brecheisen?«

»Ja, genau.«

»Sind Sie es, Dottor Panzavecchia? Störe ich? Danke, Sie sind immer so freundlich. Ich möchte im Mordfall Cannata Bericht erstatten. Wir haben eine Spur gefunden, die wir gern weiterverfolgen würden. Dafür brauchen wir allerdings eine schriftliche Anordnung. Am besten sofort. Gut, ich gebe Ihnen noch mal meine Faxnummer. Vielen Dank, Dottore, ich halte Sie auf dem Laufenden.«

Ein paar Minuten später surrte das Fax und spuckte eine vom Untersuchungsrichter unterschriebene Verfügung aus. Bonanno nahm sie und machte sich zufrieden auf den Weg zu dem pingeligen Bankdirektor. Er hatte freie Hand, ihm ordentlich zu Leibe zu rücken.

Steppanis unglücklicher Beifahrer war Vito Cantara. Der Brigadiere hatte sich ihn geschnappt, als Vito gerade nach Hause hatte gehen wollen. Jetzt war für Cantara die Zeit gekommen, Bekanntschaft mit dem tollkühnen Fahrstil seines Vorgesetzten zu machen. Der Alfa 155 schoss mit überdrehtem Motor vorwärts und geriet in jeder Kurve ins Schleudern. Cacici hatte Mühe, den Anschluss nicht zu verlieren.

»Cacici, wir haben es nicht eilig. Fahr langsam.«

»Wir werden sie verlieren, Maresciallo.«

»Wir finden sie schon wieder, Cacici, bestimmt. Jetzt versuch mal, mich so verdauen zu lassen, dass es mir nicht den Magen aushebt.«

Kurz vor Agrigent holten sie Steppani wieder ein. Der arme Vito Cantara war nicht wiederzuerkennen. Als Steppani sie auftauchen sah, startete er wie eine Rakete. Er nahm die Hauptstraße, bog zum Bahnhof ab und fuhr nach rechts. Dabei ließ er seine grelle Sirene aufheulen. Mit kreischenden Bremsen hielt er vor der Credisud – der Wagen vollführte eine halbe Drehung –, bevor er mit perfektem Timing genau einen halben Meter vor dem Haupteingang mit einer scharfen Vollbremsung zum Halten kam.

Cacici versuchte, es ihm nachzumachen, und hätte fast die Panzertür gerammt. Es gehörte schon eine natürliche Begabung dazu, ein Auto wirklich zu beherrschen.

Die Ankunft der beiden Einsatzwagen scheuchte die Bankangestellten auf, die gerade die Kontobewegungen des Tages überprüften. Bonanno meldete sich an der Panzertür. Der Bankdirektor, ein tadellos gekleideter Mann, zitterte vor Aufregung.

»Guten Nachmittag, Herrschaften, ich möchte zum Herrn Direktor«, begann Bonanno.

»Das bin ich. Mit wem habe ich das Vergnügen?«, stammelte Onofrio Carbone und trat vor.
»Maresciallo Bonanno, Kommandant der Einsatztruppe der Carabinieri in Villabosco. Können wir irgendwo ungestört reden?«
»Natürlich, bitte setzen Sie sich doch.«
Das Büro des Bankdirektors glänzte genauso wie dessen Glatze. Bonanno fühlte, wie es in ihm brodelte. Er konnte ein ausgemachter Widerling sein, wenn er wollte. Und der Direktor war ihm unsympathisch. Zwischen ihnen stimmte die Chemie einfach nicht, wie Bonanno es nannte.
»Lassen Sie uns keine Zeit vergeuden, Herr Direktor. Wir ermitteln im Mordfall Pietro Cannata. Eine Spur führt in Ihre Bank und zu dem Schließfach, das er hier gemietet hatte. Wir müssen den Inhalt des Fachs überprüfen.«
Schweißgebadet versuchte der Bankdirektor dagegenzuhalten: »Es tut mir Leid, Maresciallo, das ist völlig unmöglich. Selbst wenn ich wollte, könnte ich Ihnen nicht helfen. Wir haben keinen Schlüssel, und ohne die Erlaubnis der Familie ...«
»Also, jetzt reden wir mal Klartext. Ich habe nicht umsonst diese Kilometer hinter mich gebracht. Und wenn Sie weiter leugnen, einen Universalschlüssel für alle Schließfächer zu haben, dann ist das kein Problem. Ich habe etwas mitgebracht, das alle Türen öffnet. Gib mir das Brecheisen, Steppani.«
»Sofort, Maresciallo«, kam ihm der Brigadiere zu Hilfe und zog das gefährlich aussehende Werkzeug aus der Tasche.
Onofrio Carbone wurde sichtlich blass. »Sie werden doch nicht etwa ... das da ... benutzen?«
»Würden Sie mir bitte den Weg zeigen.«
»Ohne schriftliche Verfügung können Sie nicht ...«

Bonanno hielt ihm die Verfügung mit der Unterschrift des für diesen Fall zuständigen Untersuchungsrichters Dottor Panzavecchia direkt vor die Nase. »Wenn Sie dann so nett wären, Herr Direktor, ich habe es wirklich eilig.«
»Ach, jetzt, wenn ich so darüber nachdenke ... Ich müsste doch irgendwo einen Universalschlüssel haben ...«
»Holen Sie ihn, holen Sie ihn ganz schnell!«

Cannatas Schließfach hatte die Nummer hundertachtundzwanzig. Bonanno und Steppani folgten dem Direktor eine lange Treppe hinunter. Sie betraten einen großen Raum, in dem dutzende Schließfächer warteten. Sie hielten Gegenstände und Papiere, die man besser versteckte, vor der boshaften Neugier der Allgemeinheit verborgen.
Der Direktor kam schnell mit dem Universalschlüssel, steckte ihn ins Schloss, drehte ihn zweimal nach rechts, einmal nach links und dann viermal nach rechts. »Bitte, Maresciallo.«
Bonanno näherte sich der kleinen gepanzerten Tür. Er war aufgeregt und empfand ein unsagbares Gefühl der Freude. Er legte seine Hand auf das dunkle Geheimnis eines Menschen, den er erst nach dessen Tod kennen gelernt hatte. Vielleicht würde er hier, in diesem kleinen Raum, den Anhaltspunkt finden, nach dem er seit Tagen suchte, um den Mordfall aufzuklären – die Spur, die ihm dazu verhelfen würde, die letzten Schritte Pietro Cannatas zu rekonstruieren und sie in einen logischen Zusammenhang zu bringen.
»Dann mal los«, meinte er und zog entschlossen an der Tür. Sie öffnete sich mit einem lauten Knall. Bonanno trat näher, um den Inhalt des Faches genauer zu betrachten. Ihm blieb die Luft weg.

Dreizehn

Nichts. Das Schließfach war vollkommen leer.

»Verdammt, das habe ich nicht erwartet!«

»Ich auch nicht, Maresciallo«, erwiderte Steppani und biss in das erste von vier Reisbällchen, die mit Mozzarella und Hackfleisch gefüllt waren.

Von der Terrasse der Bar und Rosticceria überblickte man das Tal der Tempel.

Die majestätischen Ruinen schimmerten rötlich im goldenen Licht des Sonnenuntergangs. Zu jeder anderen Zeit wäre dies für alle ein wundervolles Schauspiel gewesen, aber sie waren in zu düstere Gedanken vertieft, um den Anblick genießen zu können. Cantara und Cacici versuchten, ihre Enttäuschung mit einer übergroßen Portion Eis zu mildern.

»Irgendwas muss er doch in diesem blöden Schließfach aufbewahrt haben! Warum zur Hölle hätte er es sonst gemietet?«, überlegte Bonanno laut, während er den x-ten Espresso an diesem Tag trank.

»Und wenn doch der Direktor …«

»Schluss damit, Cacì, das ist es nicht!«

»Warum nicht, den Schlüssel hatte er doch, oder …«

»Die Leute aus der Bank sollen nicht wissen, was jemand in seinem Schließfach hat? Wenn nun zufällig ein durchgeknallter Verbrecher eine Bombe legt, was passiert dann?

Fliegt alles in die Luft, und man sagt Ja und Amen? Der Direktor lügt!«, behauptete Steppani.

»Reicht es denn nicht, dass Cacici so einen Mist erzählt? Musst du nun auch noch in dieselbe Kerbe hauen? Wir haben uns schon verstanden: Ihr könnt den Direktor nicht ausstehen. Er war mir auch nicht sehr sympathisch, aber wenn jemand in eine Bank geht und dort ein Schließfach mietet, dann kann er seine zerstückelte Schwiegermutter da hineinlegen oder die verdammten Ringe des Saturns in Briefumschlägen, die so klein wie Milchtüten sind, und keiner ist verpflichtet, sich auch nur einen Deut um diese Angelegenheiten zu kümmern. Der Kunde muss nur immer pünktlich seine Miete zahlen. Allein das ist wichtig für die Bank.«

»Also stehen wir wieder am Anfang«, seufzte Steppani.

»Nein, einen Schritt weiter sind wir schon. Wenn Cannata ein Schließfach gemietet hat, dann wollte er dort auch etwas verstecken. Etwas von einem gewissen Wert.«

»Ja, aber was?«, murmelte Cantara.

»Was weiß ich!«, maulte der Brigadiere.

»Das müssen wir herausfinden.«

»Vielleicht hat er ja dort seine Bumsvideos aufbewahrt?«, meinte Cacici augenzwinkernd.

»Oder vielleicht Präservative mit Loch. Was hast du dir gestern für einen Film reingezogen, Cacì? Du fährst mit Steppani nach Villabosco, dann kannst du ihm deine interessante Theorie erklären«, brummte Bonanno.

»Maresciallo, warum besuchen wir nicht den Steuerberater, wenn wir schon mal hier sind?«, schlug Steppani vor und biss in sein drittes Reisbällchen.

»Das ist Zeitverschwendung. Wir wissen schon, was uns interessiert. Du kannst dein letztes Reisbällchen darauf verwetten, dass wir in seiner Buchhaltung nicht den kleinsten Fehler finden.«

»Wie wäre es mit einem kurzen Ausflug nach Porto Empedocle, auf ein paar Worte mit den Angehörigen?«

»Heute nicht, heute müssen wir etwas anderes suchen«, erklärte Bonanno. »Diese verdammte Karre, die wir nicht finden, geht mir so langsam auf die Nerven. Ich möchte mich deshalb noch vor heute Abend mit einem Freund treffen. Mal sehen, wie wir das am besten anstellen ... Also, Cantara und ich fahren nach Montacino, um zu hören, was mein alter Bekannter zu berichten hat.«

»Maresciallo, ich fahre nicht mit dem Brigadiere«, protestierte Cacici, und sein Gesicht verfinsterte sich.

»Schluss jetzt, Cacì, du tust, was ich dir sage. Steig in den Wagen und setz dich ans Steuer. Brigadiere Steppani ist müde. Die Reisbällchen liegen ihm schwer im Magen. So kann er sich auf dem Rückweg entspannen.«

Steppani blieb das letzte Reisbällchen im Hals stecken. Jetzt nahm ihm Bonanno auch noch den Spaß, den Alfa zu malträtieren!

»Also, Cantara und ich hören, was der Kerl uns zu erzählen hat. Brandi und Torrisi überprüfen eine Sache in Campolone. Steppani und Cacici, ihr beide fangt an, eure Arbeit für morgen vorzubereiten. Da müsst ihr nämlich vierunddreißig Getreidehändler abklappern, Adressen liegen vor, aber bitte ohne Aufsehen zu erregen! Ihr lauft durch die Dörfer und stellt fest, ob jemand den Ermordeten gekannt hat, natürlich ohne unsere lieben Samenkrämer aus dem Auge zu verlieren. Ich habe da so eine vage Idee, die mich in der Nase kitzelt.

Los, Jungs, zurück zur Kaserne! Du zahlst, Steppani! Du hast schließlich das halbe Lokal leer gefressen.«

Auf dem Rückweg rauchte Bonanno schlimmer als der Ätna, wenn der Feuer spie, und dachte laut nach.
Cantara hatte das Fenster auf der Fahrerseite ganz heruntergelassen und hörte ihm zu. Sein linkes Ohr wurde vom Luftstrom betäubt, das rechte musste sich Bonannos Mutmaßungen anhören.
»Also, dieser Typ, dieser stinkreiche Kerl, hat sich also bei uns umbringen lassen. Er hat eigentlich Familie in Porto Empedocle und dann noch eine junge schöne Geliebte in Cefalù, mit der er sich prächtig amüsiert hat.
Sein Steuerberater sagt uns, Cannata hätte an seinen jeweiligen Wohnorten, Porto Empedocle und Cefalù, mit zwei Banken gearbeitet. Dann taucht da plötzlich diese dritte Bank in Agrigent auf. Dort hat er kein Konto, sondern nur ein Schließfach, das er anscheinend einen Tag, bevor wir ihn mausetot auf der Müllkippe finden, ausräumt.
Ich frage mich: Können wir davon ausgehen, dass er das Schließfach selbst ausgeräumt hat? Was hat er im Schließfach aufbewahrt? Ich bekomme so langsam eine Ahnung davon.«
Bonanno zündete sich noch eine Zigarette an. Wehe, man unterbrach seinen biologischen Kreislauf, wenn er überlegte! »Welche Spuren haben wir? Wir wissen, dass er sich mit jemandem treffen wollte, vielleicht mit einem Getreidehändler, und wir haben einen vagen Hinweis auf illegales Glücksspiel. Vielleicht hängt der Mord ja damit zusammen? Schon möglich, aber da ist immer noch dieses verdammte verschwundene Auto. Deshalb meine Frage: Hat man ihn nicht doch überfallen, um ihm sein Geld abzunehmen? Vielleicht hatte Cannata ja viel Geld oder weiteren tollen Schmuck oder was weiß ich aus dem Schließfach geholt. Jemand könnte das gewittert und ihn

beobachtet haben, vielleicht jemand aus der Bank. Glaubst du etwa, denen kannst du vertrauen? Dann haben sie ihn verfolgt, und als er allein war: aus und Ende! Und danach haben sie auch noch seinen Wagen genommen und sind damit abgehauen, und uns lassen sie den ganzen Ärger.«
Cantara stimmte ihm bewundernd zu: »Das war besser als Sherlo Olm, Maresciallo.«
Bonanno hörte ihm nicht mal zu: »Das passt alles nicht zusammen. Wie kommt die Mülldeponie ins Spiel? Wenn sie ihn wegen des Geldes umgebracht haben, warum sollten sie sich dann die Mühe machen, diesen unbequemen Weg zu fahren und sich dem Gestank auszusetzen? Verdammt noch mal, was für eine vertrackte Geschichte!«

Die Werkstatt von Loreto Passacquà lag in der Nähe von Montacino. Es handelte sich um einen bescheidenen Geschäftsraum, wo man zu äußerst günstigen Preisen Ersatzteile, ja sogar ganze Motoren kaufen konnte. Und wenn der fleißige Mechaniker das Teil zufällig nicht vorrätig hatte, dann löste er dieses Problem in ein paar Tagen. Wie? Über Passacquàs Aktivitäten gab es einige Gerüchte, die er in der Vergangenheit sogar dem Richter mehr als nur einmal hatte erklären müssen. Ganz genau hatte es bis jetzt jedoch niemand herausgefunden. Für die paar Mal, die Loreto Passacquà im Bau gelandet war, gab es andere Gründe.
Einmal hatte er sich mit einem Landsmann in die Wolle gekriegt. Während ihrer Auseinandersetzung fielen acht Pistolenschüsse. Der Mann landete mit einem zerfetzten Bein im Krankenhaus und Passacquà für sieben Jahre im Knast. Ein anderes Mal haute er einem, der immer seinen Transporter vor seiner Werkstatt parkte, einen Sack Zement auf den Kopf. Bei seiner Verteidigung behauptete er,

nichts damit zu tun zu haben; der Sack Zement wäre von allein gefallen, aber die Richter ließen sich nicht überzeugen und verknackten ihn wieder wegen versuchten Mordes.

Doch bisher war niemand in der Lage gewesen zu beweisen, dass Passacquà beim Geschäft mit gestohlenen Autos seine Hände im Spiel hatte. Es gab nur Gerüchte, keine Beweise. Die Polizei behielt ihn im Auge, ohne es jedoch zu übertreiben. Passacquà störte keinen; seine Kunden wussten, dass sie mehrere hunderttausend Lire sparen konnten, wenn sie bei ihm kauften. Alles andere interessierte sie nicht. Sie stellten keine Fragen, und das Leben ging ruhig seinen Gang.

An diesem Nachmittag hatte Bonanno beschlossen, es sei Zeit für ein Schwätzchen mit dem »Meister des Kotflügels«, so stand es auf Passacquàs Leuchtreklame.

»Soll ich die Sirene anstellen, Maresciallo?«

»Was hältst du davon, wenn ich dir ein Knie breche, Cantà?«

Cantara gab ihm keine Antwort und parkte den Wagen unweit von der Werkstatt. Sie war in einem großzügigen Raum von über hundertfünfzig Quadratmetern untergebracht.

»Warte hier auf mich. Ich werde nicht lange brauchen.«

Forsch begrüßte Bonanno wenig später den Mechaniker: »Guten Tag, Passacquà.«

»Maresciallo, welche Ehre!«, antwortet der Mechaniker mit einem flauen Gefühl im Magen.

»Dir fehlt es nie an Höflichkeit, das habe ich schon immer gesagt.«

»Für mich ist es immer ein Vergnügen, Sie zu sehen.«

»Diesen Eindruck hatte ich das letzte Mal nicht.«

»Was hat das damit zu tun? Da kamen Sie ja mit Handschellen.«
»Wenn du weiterhin Leuten Fünfzig-Kilo-Säcke auf den Kopf haust, womit soll ich dann wohl kommen?«
»Das damals war ein Unfall.«
»Ja, und ich bin Marilyn Monroe.«
»Was ist los, Maresciallo?«
»Nichts, Passacquà, es geht nur um einen Gefallen. Wir suchen einen Lancia Kappa, Farbe ockergelb. Er ist seit fünf Tagen verschwunden.«
»Und was habe ich damit zu tun?«
»Nichts. Ich möchte nur mit dir darüber reden. Dieser Wagen gehörte dem Ermordeten, und für uns geht die Rechnung nicht auf, wenn wir ihn nicht genau dort finden, wo er hingehört. Deshalb suchen wir dann immer weiter, und dabei findet man manchmal interessante Dinge … Haben wir uns verstanden?«
»Langsam, Maresciallo, für wen halten Sie mich? Ich habe nicht das Geringste damit zu tun, das wissen Sie genau. Ich bin sauber wie …«
»Gehört das dir?«, fragte Bonanno und richtete seinen Blick auf die Werkstatt.
Loreto Passacquà wurde langsam nervös. Er kannte Bonanno lange genug, um zu wissen, dass das Barometer auf Sturm stand, wenn der Maresciallo so weit ausholte.
»Sicher, meines Vaters Erbe. Die gute Seele hat es mir hinterlassen.«
»Ein schönes Geschäft. Das hast du wirklich gut aufgebaut. Ganz allein?«
»Mit Gottes Hilfe.«
»Das sehe ich. Arbeit hast du genug. Wie viele schöne Wagen warten hier auf ein bisschen Lack, den letzten Pin-

selstrich vom ›Meister des Kotflügels‹? Was ist mit dem da passiert? Totalschaden?«

»Kommen wir zur Sache, Maresciallo.«

»Würdest du mir bitte deine Geschäftsgenehmigung zeigen, Passacquà?«

Der Mechaniker schaute ihn verständnislos an.

»Die Erlaubnis, diesen Raum nutzen und bewohnen zu dürfen, diesen Schein mit dem schönen roten Stempel, den das Ordnungsamt nur erteilt, wenn es vor Ort die Bausubstanz genau überprüft hat, die elektrischen Leitungen sowie die optimale Entsorgung der umweltschädlichen Stoffe, die durch die Lacke entstehen, die du benutzt. Sag bloß, du hast keine Genehmigung, Passacquà!«

»Was zum Teufel denken Sie sich aus, Maresciallo! Sie wollen mich nur durcheinander bringen. Von diesem Scheißschein hat noch niemand etwas gehört ...«

»Wenn du keine Genehmigung hast, passiert ein Unglück, Passacquà. Eine saftige Geldstrafe, eine Anzeige beim Gericht, und dein Geschäft wird geschlossen ...«

»Das auch noch.«

»... bis du dieses Loch nach den gesetzlichen Vorschriften umbaust. Du musst Fachleute für diese Arbeit kommen lassen. Dann musst du einen Antrag an die Gemeindeverwaltung stellen, die, wenn sie gerade Lust hat, ihre Experten zu dir schickt, um zu überprüfen, ob die Arbeiten ordnungsgemäß mit den gesetzlich vorgeschriebenen Materialien ausgeführt wurden. Diese Experten erstellen einen Bericht, und danach, wenn das Amt deinen Vorgang geprüft hat, stellt es dir den Schein aus. Dann zeigst du ihn uns, und wir heben die Schließung wieder auf. Bis dahin darfst du den Raum hier nicht mehr betreten.«

»Und wie soll ich meine Kinder ernähren, Maresciallo?«

»Das ist dein Bier.«
»Du großes Stück Sch...«
»Wenn du das wagst, dann bekommst du auch noch eine Anzeige wegen Beamtenbeleidigung. Also, wie soll es weitergehen mit uns, Passacquà?«

Als er die Kaserne verließ, um nach Hause zu fahren, war es nach zehn. Eins war zum anderen gekommen, und er hatte nicht gemerkt, dass die Nacht hereingebrochen war. Als er den Wagen startete, schauten ihn die Schildkröten vorwurfsvoll an. Bonanno rieb sich erstaunt die Stirn, er hatte sie beinahe vergessen. Oder er glaubte es wenigstens, als ihn eine innere Stimme daran erinnerte, aus welchem heimlichen Grund er sich darauf versteift hatte, so lange im Büro zu bleiben, obwohl keine dringenden Fälle vorlagen.
Die Vorstellung, Vanessa zu Hause begegnen zu müssen, löste ein unbestimmtes, mulmiges Gefühl in seiner Magengegend aus. Außerdem hatte er überhaupt keine Lust, mit seiner Mutter noch einmal über das Thema »Hund« zu sprechen. Dieser Kampf war von vornherein verloren. Bonanno hatte lieber mit hartgesottenen Verbrechern zu tun, als sich mit seinen beiden Frauen zu streiten. Er wusste nie, wie er sich bei Tränen, langen Gesichtern und vorwurfsvollen Blicken aus der Affäre ziehen sollte. Und etwas in dieser Art würde ihm blühen, da er nun mit zwei Wasserschildkröten zu Hause ankam, statt mit einem Hund.
Vorsichtig steckte er den Schlüssel ins Schloss und betrat die Wohnung auf Zehenspitzen, ohne Licht zu machen. Bonanno ging zum Tisch und setzte das Gefäß mit den Schildkröten dort behutsam ab.
»Bist du es, Savè?«

»Ja, Mama, schlaf weiter.«
»Hast du ihn mitgebracht?«
»Der Tag war anstrengend, wir sprechen morgen darüber.«

Bonanno hatte keine Lust, etwas zu essen. Er ging unter die Dusche und drehte den Wasserhahn auf. Danach rasierte er sich, zündete sich in der Küche eine Zigarette an, schüttete ein eiskaltes Bier hinunter und raffte sich endlich auf. Er betrat Vanessas Zimmer. Das kleine Mädchen schlief friedlich. Durch das Fenster sah man den Mond, er stand hoch über den nahen Hügeln. Bonanno stellte das Gefäß auf dem Nachttisch seiner Tochter ab. Dann bückte er sich zu ihr hinunter, streifte ihr Gesicht mit seinen Lippen und sagte ihr leise ins Ohr: »Ich habe dir etwas mitgebracht, Liebes.«
Das Mädchen antwortete nicht, lag reglos mit halb geöffnetem Mund da und reiste über das Meer der Träume. Bonanno bemerkte, dass Vanessa ihrer Mutter jeden Tag ähnlicher sah. Ein dumpfes Gefühl der Verzweiflung löste bei ihm einen neuen Anfall von Sodbrennen aus.
Bonanno ging in sein Zimmer, warf sich auf sein Bett und schlief ein. Er träumte schwer und düster.
Ein paar Stunden später wachte er plötzlich auf. Er fühlte etwas Feuchtes auf seinem Kissen, das ihn biss. Bonanno öffnete die Augen und fluchte laut: Die beiden Schildkröten liefen über sein Kissen. Aus der umgedrehten Plastikwanne tropfte langsam Wasser auf den Boden.
Wütend sprang er auf, packte die Tiere an ihren Panzern und stürzte ins Bad. Er hob den Toilettendeckel und legte die Hand auf die Spültaste, entschlossen, diese Sache mit seiner Tochter ein für alle Mal auf die mieseste Art zu beenden.

Einen Augenblick, bevor er die Taste herunterdrückte, hielt er inne. Er setzte die Schildkröten behutsam in ihre Wanne zurück, füllte diese mit Wasser und stellte sie auf seinen eigenen Nachttisch. Dann warf er das Kissen auf einen Stuhl und legte sich hin. Kurz darauf stand er wieder auf. Er schloss die Tür einmal ab und holte sich das Kissen. Dann legte er sich wieder hin und überließ sich seiner Müdigkeit. Dabei verfluchte er Gottes gesamte Tierwelt.

Vierzehn

Bonanno schlief miserabel. Im Traum sah er behaarte Bestien, die ihren Kot überall verteilten und denen durchsichtiger Schleim aus jeder Körperöffnung lief. In seinem Traum kämpfte er gegen sie, aber die Monster, die er aus dem Fenster warf, kamen über das Dach immer wieder herein. Sie rutschten durch den Kamin oder krochen unter der Tür durch. Bonanno führte einen aussichtslosen Kampf gegen einen Berg von Fell, der ihn zudeckte. Er flehte Vanessa und seine Mutter laut um Hilfe an, doch sie schienen ihn nicht zu hören. Schließlich erkannte er, dass er allein war. Er war besiegt und gedemütigt. Von glitschigem, stinkendem Kot bedeckt, hatte er keinen Mut mehr zu kämpfen. In der dunklen Grube, in die er gefallen war, hörte er von fern die Stimme seiner Mutter, die ihn rief, dazu ein gleich bleibendes rhythmisches Geräusch.

»Savè, Savè, Savè. Bum, bum, bum.«

Der Traum schien auch noch wahr zu sein. Er wachte plötzlich auf.

Seine Mutter klopfte ununterbrochen an die Tür.

»Savè, hast du heute frei? Warum hast du abgeschlossen? Savè, geht es dir gut? Jag mir nicht solche Angst ein, Savè, antworte mir.«

Völlig verwirrt und verschlafen öffnete er ihr. »Was ist?«

»Es ist halb neun, Savè!«

»Aha.«
»Du sagst mir nicht die Wahrheit, Savè. So kann es nicht weitergehen. Das ist doch kein Leben. Wir müssen reden.«
»Nein.«
»Savè, hör mir zu …«
»Nein und nochmals nein. In dieses Haus kommen keine Hunde, die sabbern, Haare verlieren und irgendwo hinpinkeln.«
»Savè, hörst du mir bitte mal zu?«
»Nein.«
Er verschwand ins Bad und schloss die Tür ab. Donna Alfonsina gab nicht auf. Bonanno öffnete den Wasserhahn, so weit es ging, und sang ganz laut ein Lied. Nun gab Donna Alfonsina auf. Sie stellte eine kleine Tasse auf den Tisch und setzte die Espressomaschine auf den Herd. Dann griff sie nach der Einkaufstasche und verließ das Haus. Dabei richtete sie Beleidigungen an die Adresse ihres idiotischen, sturen Sohnes.
Als Bonanno die Tür knallend zuschlagen hörte, entschloss er sich, aus dem Badezimmer zu kommen. Er zog seine Uniform an und war jetzt bereit für einen neuen Arbeitstag.
Erst beim Verlassen des Hauses merkte er, dass es nachts geregnet hatte.
Bonanno nahm nicht den gewohnten Weg zur Arbeit, sondern bog ins Zentrum von Villabosco ab. Er parkte den Fiat Punto in der Nähe des kleinen Rathauses, stieg aus und nahm das Gefäß mit den Schildkröten mit. Am Rand des großen Brunnens angekommen, in dem Goldfische und Forellen schwammen, leerte er es mit einer entschlossenen Bewegung aus und ging schnell davon. Dabei schaute

er sich mehrfach um, um auch ganz sicher zu sein, dass ihn niemand gesehen hatte.
»Dann habt ihr wenigstens Gesellschaft«, sagte er leise.
In der Kaserne grüßte ihn derselbe Wachtposten wie immer ehrerbietig und vermied es nach dem Anpfiff vom Vortag, Horoskope und Planetenkonstellationen zu erwähnen.
Bonanno ging die Stufen hinauf und bemerkte, dass die Tür zum Büro seines Kollegen Cino Musicchia offen stand. Ohne zu überlegen, ging er hinein. »Bist du also endlich zurück, du alter Faulpelz?«
»Grüß dich, Bonanno, wie geht es dir denn so?«
»Großartig. Und dir? Ist dein Arthroseanfall im unteren Rücken vorbei? Haben dir die Schlammbäder in Sciacca gut getan?«
»Lass mich in Ruhe, Bonanno, fang du nicht auch noch an. Mich bringt diese verfluchte Arbeit hier um. Aber ich werde es den Carabinieri schon zeigen. Der Grund für meine Dienstunfähigkeit ist diese Arbeit hier, das müssen sie anerkennen. Man kann einen anständigen Familienvater nicht sieben Jahre in diesem Loch Papiere ausfüllen und Berichte schreiben lassen. Mit der Feuchtigkeit hier, der Kälte im Winter und der schweißtreibenden Hitze im Sommer bringen sie mich langsam um. Aber ich werde es ihnen schon zeigen.«
»Ist gut, Musicchia, es freut mich zu hören, dass es dir besser geht. Wir sehen uns später.«
»Ja, lach du nur, Bonà, lach nur! Wenn du in mein Alter kommst, wirst du schon merken, wie sich das anfühlt.«
»Bis später, Musicchia.«

Bonanno hatte am Morgen nicht einmal sein Horoskop befragen müssen, er wusste auch so, dass ihm ein besonderer Tag bevorstand. Und wie der Zufall es wollte, kam zwei Minuten später Steppani herein.
»Guten Morgen, Maresciallo.«
»Hatten wir nicht vereinbart, dass du heute Morgen mit Cacici die Leute auf der Liste befragst?«
»Ja, das hatten wir vereinbart.«
»Ja, und?«
»Cacici hat sich geweigert.«
»Wollen wir jetzt endlich diese blöden Zeugen befragen, oder sollen wir weiter den Fliegen beim Kacken zusehen? Jetzt reiß dich endlich zusammen! Ich habe genug von dir und deinem Kollegen, diesem Trottel. Schick mir Cacici zum Bericht.«
»Was denken Sie denn, Maresciallo? Wer hat Sie denn heute Nacht gebissen? Cacici hat sich geweigert, mit mir zu fahren, und da ich nicht ins Auto steige, wenn der fährt, nicht mal in den Autoskooter, hat er Cantara mitgenommen.«
»Steppà, jetzt, da wir allein sind, musst du mir eine Frage beantworten, die ich dir schon lange stellen will: Klärst du mich bitte auf, wo zum Teufel du fahren gelernt hast?«

Bonanno überlegte, Kontakt zu seinem Kollegen Liborio Spanò in Cefalù aufzunehmen. Er wollte die Spur, die zu den Banken führte, genauer überprüfen.
»Hallo, Libò, ich bin es, Saverio. Kann ich dich um einen Gefallen bitten?«
»Hast du mir die Cannoli besorgt?«
»Gleich morgen früh schicke ich dir zwei Kilo davon, wenn du mich bis heute Abend informierst. Ich brauche die Kon-

tobewegungen des Ermordeten bei der Credito Azzurro. Wenn du auf Widerstand stößt, dann melde dich bei mir, damit ich einen richterlichen Beschluss besorge. Kann ich mit dir rechnen?«

»Drei Kilo Cannoli mit frischer Ricotta, kandierten Früchten und reichlich Schokoladenstückchen.«

»In Ordnung.«

Eineinhalb Stunden später meldete sich Spanò bei ihm.

»Also, spitz die Ohren: Einen Monat nachdem Cannata die intime Bekanntschaft mit unserer hübschen Freundin gemacht hatte, hat er ein Bankkonto eröffnet. Dort hat er alle zwei, drei Monate ein paar Millionen Lire eingezahlt, drei, vier oder manchmal auch sieben oder acht. Wie die Geschäfte eben liefen.

Die Einlagen tätigte er durch Schecks oder Überweisungen von Unternehmen, denen der Kerl Fisch verkaufte, ganz offiziell, mit Rechnung.

Also, Savè, alles ganz legal, kein Komma tanzt aus der Reihe. Er hat sogar Steuern darauf gezahlt, alles ist verbucht. Ach, falls es dich interessiert: Er hat unserer heißblütigen Rosina eine Vollmacht gegeben, mit der sie sich immer so viel holen konnte, wie sie gerade brauchte. Und unsere liebe Rosina hat das Konto natürlich ganz schön geplündert. Der arme Trottel konnte noch so viel Fisch verkaufen und einzahlen, das Geld hat nie gereicht.

Zunächst hat sich Rosina ein Auto gekauft, dann ihren Laden renoviert, und schließlich hat sie sogar überlegt, eine neue Wohnung zu nehmen. Die sollte die Kleinigkeit von hundertachtzig Millionen Lire kosten, aber auf dem Konto waren nur achtundzwanzig Millionen. Mit seinem Tod hat sie ihre Zukunftssicherung verloren. Reicht das, oder brauchst du noch etwas?«

»Ich schicke dir die Cannoli mit dem Bus. Morgen früh um zehn an der Haltestelle. Frag nach Peppino, dem Fahrer.«
»Ich helfe dir immer gern, Savè.«
»Lass es dir gut gehen, Libò.«

Bonanno stand auf, ging zur Espressomaschine und goss sich einen Kaffee ein. Er nahm keinen Zucker. Es war ihm der Gedanke gekommen, dass Rosina vielleicht irgendwie in den Mord verwickelt war. Aber jetzt strich er sie von der Liste der Verdächtigen und konzentrierte sich stärker auf die Spur, die zu dem Getreidehändler führte. Wenn er den fand, bekam er vielleicht den Faden zu fassen, der zur Lösung dieses komplizierten Falles führte.
Als er ins Büro zurückkehrte, überfiel ihn der Geruch von Rauch und Nebel. Er öffnete das Fenster und stellte den Ventilator an.
»Ich sollte wirklich aufhören zu rauchen«, sagte sich Bonanno und zündete sich eine Zigarette an. Er griff nach dem Hörer. »Hallo, Zentrale, hier spricht Bonanno. Verbinde mich bitte mit den Carabinieri in Porto Empedocle. Mit Maresciallo Lucio Saporito.«
Es rauschte einen Moment leicht in der Leitung, dann vernahm Bonanno eine dunkle Stimme.
»Spreche ich mit Maresciallo Saporito? Guten Tag, mein Name ist Bonanno, ich bin Ihr Kollege aus Villabosco. Tun Sie mir bitte einen Gefallen? Es geht um den Mordfall Cannata. Ich muss dringend mit der Familie des Toten sprechen. Geht es morgen um elf? Vielen Dank, Kollege, ich verlasse mich auf Sie.«
Plötzlich hörte er ein aufgeregtes Stimmengewirr im Flur. Bonanno steckte den Kopf durch die Tür und konnte ihn gerade noch rechtzeitig wieder zurückziehen. Totino Pres-

toscendo hatte den Capitano abgefangen, der eben zu einer seiner unzähligen Inspektionen hatte aufbrechen wollen, und quälte ihn mit seinen Spuckattacken. Der Capitano versuchte, den Ausbruch des ersten Bürgers der Stadt möglichst einzudämmen, aber er wankte unter dem doppelten Angriff durch Nuscheln und Spucken. Bonanno beobachtete die Szene, ohne sich bemerkbar zu machen, und sah besorgt, dass der Capitano mit dem Finger in seine Richtung zeigte.

Totino Prestoscendo schien sich nicht beschwichtigen zu lassen; er stotterte höchst aufgeregt. Seine Augen traten gefährlich aus den Höhlen. Bonanno war sich nun sicher, dass der Bürgermeister von der Anzeige gehört hatte und ihn in der Luft zerfetzen würde.

Bonanno schloss die Tür und drehte den Schlüssel zweimal um. Er fläzte sich auf seinem Stuhl, streckte die Beine unter dem Schreibtisch aus und steckte sich eine Zigarre in den Mund, die er für besondere Gelegenheiten beiseite gelegt hatte. Als er sie anzündete, bearbeitete Totino Prestoscendo die arme Tür mit Faustschlägen.

»Steppani«, flüsterte Bonanno in den Telefonhörer.

»Maresciallo, Sie telefonieren jetzt aus Ihrem Büro? Und warum sprechen Sie so leise?«

»Hör mal, Steppani, vor meiner Tür steht ein sabbernder Verrückter. Könntest du ihn bitte hinausbegleiten, damit er mir verdammt noch mal nicht länger auf die Eier geht?«

»Und warum sagen Sie ihm das nicht selbst?«

»Himmel noch mal, Steppani! Tust du mir jetzt den Gefallen oder nicht?«

Eine halbe Minute später hörte Bonanno, wie der Brigadiere die blödsinnigsten Ausreden aneinander reihte, die er in seinem Leben je gehört hatte, nur um den Bürgermeister davon zu überzeugen, dass der Maresciallo wegen einer äußerst wichtigen Ermittlung ganz schnell die Kaserne hatte verlassen müssen – um Schafdiebe auf frischer Tat zu ertappen, die einen durch Brucellose impotent gewordenen Widder gestohlen hatten.

Bonanno genoss die Ruhe in seinem Büro und wartete ab. Als das Telefon klingelte, meldete er sich nur widerwillig.

»Maresciallo, da will Sie jemand sprechen.«

»Wer?«

»Seinen Namen hat er nicht genannt.«

»Gib ihn mir.«

»Maresciallo Bonanno?«

»Höchstpersönlich. Mit wem spreche ich?«

»Das ist unwichtig. Sagen wir, ich bin ein Freund.«

Bonanno spitzte die Ohren. Er hatte diesen Anruf erwartet, allerdings nicht so schnell. Offensichtlich hatt sein Auftritt bei Loreto Passacquà sehr überzeugend gewirkt.

Die Stimme klang jugendlich. Der Anrufer sprach mit einem starken sizilianischen Tonfall. «Wir haben etwas für Sie abgestellt, an der Müllkippe. Sie wissen schon …«

Klick.

»Fahr den Jeep vor, Steppani.«

Der Brigadiere traute seinen Ohren nicht. Blitzschnell fuhr er kurz darauf den Geländewagen mit einem riskanten Manöver aus der Garage. Das brachte den Fahrer eines Möbelwagens zum Fluchen.

»Wohin fahren wir?«, wollte Steppani von Bonanno wissen.

»Zur Müllkippe in Raffello.«

»Und was wollen wir dort?«

»Etwas überprüfen. Übrigens, Steppani, ich sage dir nur

eins: Wenn du mehr als fünfzig Stundenkilometer fährst, dann schieße ich dir in deinen Huf.«

»Welchen Huf?«

»Na, in diesen Bleifuß, mit dem du immer das Gaspedal durchtrittst.«

Bonanno schoss nicht, nicht einmal, als Steppani mit siebzig Sachen und quietschenden Reifen die Giseppe-Kurve nahm. Sie hieß so, weil ein gewisser Giseppe Viticchié so oft versucht hatte, dort gegen die Mauer zu fahren, bis er schließlich erst sein Leben und dann seinen Namen an die Kurve verloren hatte. Eigentlich hat er noch Glück gehabt, überlegte Bonanno flüchtig, von den meisten Menschen bleibt nicht mal der erhalten.

Für die paar Kilometer zwischen Villabosco und Raffello brauchten sie knappe zehn Minuten. Seltsamerweise beschwerte sich Bonanno nicht, er fühlte auch nicht den Brechreiz wie einen blitzschnellen Fahrstuhl die Speiseröhre hochfahren. Nein, er rauchte und dachte nach.

Als sie auf der Höhe der Müllkippe angekommen waren, parkte Steppani mit einem so waghalsigen Manöver rechts ein, dass einem Säugling vor Schreck Eckzähne gewachsen wären. Auch diesmal schwieg Bonanno. Er blickte sich suchend um, reckte den Hals, um über die Steigung hinaus sehen zu können, beugte sich ungeduldig vor ... und endlich, hinter dem am Boden liegenden Holztor, dem Metallzaun, der jetzt mit den Maschen nach oben schaute, entdeckte er es. Pietro Cannatas ockergelber Lancia Kappa glänzte in der Sonne, die hinter einer dicken Haufenwolke hervortrat und lebensspendend und geheimnisvoll in allen Farben schillerte.

Die Limousine war am Ende der Zufahrtsstraße zur Müllkippe geparkt. Die Seitentür stand weit offen. Der schwache Windhauch, der vom Tal aufstieg, ließ sie hin und her schwingen. Auf Bonanno wirkte es wie ein makabrer, stiller Totentanz.

»Der steht ja wirklich da!«, murmelte er.

»Was ist los, Maresciallo?«

»Sie haben den Wagen zurückgebracht, *das* ist los. Hattest du nicht darum gebetet, Steppani? Hier ist er also! Bist du nun zufrieden? Du kannst demnächst in deinen Lebenslauf schreiben, dass du dieses hübsche Spielzeug malträtiert hast.«

»Das ist wirklich das Auto?«

»Nein, sein Zwilling.«

»Und wie kam es dahin?«

»Ein richtiges kleines Wunder. Wen rufst du über Funk?«

»Die Spurensicherung. Wir müssen die Fingerabdrücke nehmen. Das ist ein Hammer, aber ich habe immer noch nicht kapiert, wie wir das geschafft haben.«

»Lass das mit dem Funk, Steppà ... Du kannst dein Maigehalt darauf verwetten: Wir werden keine Fingerabdrücke finden, nicht einmal, wenn wir sie mit Gold aufwiegen. Der Wagen wird blitzsauber sein, wie neu, und wenn Blut des Toten dran war, dann hat man auch das abgewaschen, glaube mir. Streng dich gar nicht erst an.«

»Und was machen wir jetzt?«

»Das, wovon du immer träumst. Setz dich ans Steuer, wir sehen uns dann in der Kaserne. Ich folge dir.«

Steppani ließ ihn nicht ausreden. Er hatte nicht gerade viel von dem begriffen, was passiert war, doch im Leben musste man Prioritäten setzen. So drückte sich jedenfalls der Kommissar im Fernsehen aus, wenn er einen großen Wurf landete. Steppani konnte sich nicht an den Namen des Schauspielers erinnern.

Bonanno blieb wie gebannt am Rand der Müllkippe stehen. Er bemerkte nicht einmal den Gestank. Er zündete sich eine Zigarette an und ließ sich den Rauch in die Augen steigen. Dann betrachtete er die Spuren, die der Lancia Kappa auf der regenfeuchten Straße hinterlassen hatte.
Vor seinem Auge lief ein Film ab: Das Auto fuhr nachts hier herauf, es hielt kurz vor der Müllkippe. Ein, vielleicht zwei schemenhafte Gestalten stiegen aus, holten eine Masse menschlichen Fleisches mit zwei Beinen und zwei Armen aus dem Wagen. Die Glieder hingen leblos herunter. Die Masse wurde hinuntergeworfen. Mit einem dumpfen Geräusch prallte sie auf dem Müll auf und blieb dort starr und reglos liegen. Ein Gegenstand unter vielen. Der modrige Geruch des Todes vermischte sich mit dem sauren Gestank des Mülls, während die dunklen Gestalten sich entfernten und das Auto an Ort und Stelle stehen ließen.
Auch wenn der Rauch seine Augen jetzt nicht mehr peinigte, hatte Bonanno dennoch das Gefühl, dass sie brannten, als er in den Jeep stieg. Er wusste nicht genau, ob er schwitzte oder weinte.

Fünfzehn

Die Knospen auf der Brust sind noch größer geworden. Die scharlachrote Flut, die plötzlich ihren Bauch durchströmte und sie matt und voller Schmerzen zurückließ, hat jetzt einen präzisen Rhythmus gefunden. Obwohl der Schmerz immer noch brennt und zu spüren ist, wenn die biologische Uhr die Zeit anzeigt. Teresa hat gelernt, ihn zu erwarten und zu kontrollieren. Der Kreislauf des Lebens führt auch durch ihre schmerzenden Eierstöcke. Das weiß Teresa jetzt. Mit den Brüsten haben sich auch die Hüften gewölbt, ihr Becken hat eine runde Form angenommen, die ihr gefällt. Ihre Haare haben sich durch die hormonellen Veränderungen zu widerspenstigen Locken geformt. Jeden Tag kämpft Teresa einen ungleichen Kampf mit Bürste und Föhn, um die Haare in Ordnung zu bringen.

Sie betrachtet sich im Spiegel. Ein lachendes Mädchengesicht sieht ihr entgegen. Sie ist gerade sechzehn Jahre geworden, liebt Musik, mag Muscheln und das Meer, sie hasst Bücher und ihre Lehrer. Bis auf Dino. Ihren Lehrer Dino. Wenn er sie etwas fragt, wird sie immer rot, sie kann nicht anders. Sie fängt an zu stottern, versucht, seinen durchdringenden Augen auszuweichen, aber sie schafft es nicht. Ihre Freundinnen verspotten sie. Sie sagen ihr, sie sei hoffnungslos in den schönen Lehrer verschossen. Teresa wehrt sich dagegen, aber heimlich träumt sie weiter. Eigentlich

ist Dino gar nicht so alt. Wenn man sich wirklich liebt, sind dreizehn Jahre Altersunterschied nicht so viel.
Das ist nicht das Problem. Das Problem ist Marisa, die Lehrerin. Sie streift ihn und tut, als wäre nichts gewesen. Und er, dumm wie alle Männer, merkt nicht, wie wichtig er für sie geworden ist. Teresa weint, und in ihren langen, einsamen Nächten schreibt sie romantische Gedichte, um die sie lauter kleine Herzen mit Pfeilen zeichnet.
Es trifft sie mitten ins Herz, ihn jeden Tag mit der anderen lachen und scherzen zu sehen. Und aus Rache hat Teresa aufgehört, für seine Fächer und für die, die Marisa unterrichtet, zu lernen.
Nach ein paar Monaten bestellt man ihre Mutter in die Schule. Die Lehrer können sich das Ganze nicht erklären. Nicht dass sie vorher eine Leuchte gewesen wäre, aber sie hatte sich wenigstens bemüht, hatte gelernt, die Ergebnisse sah man, die Klassenbücher zeigten das ganz klar. Nun hatte sie eine unerklärliche Abneigung gegen Bücher entwickelt.
»Gibt es familiäre Probleme, Signora?«
»Nein, Herr Rektor, bestimmt nicht.«
»Und jetzt? Vielleicht die Faulheit eines pubertierenden Mädchens? Kümmern wir uns um sie, unterstützen wir sie und helfen ihr.«

Die Augen unter den buschigen Augenbrauen saugen den salzigen Geruch des Meeres auf. Graue Wellen verfolgen einander und ziehen sich wieder zurück, während das feste Boot auf ihnen reitet. Die Augen unter den buschigen Augenbrauen schauen in die Ferne. Über die glitzernde Oberfläche des Meeres, über den Horizont hinaus. Sie erreichen die Häuser, die an der Küste liegen, öffnen weit die Tür. Sie gehen hinein und gehen geradeaus durch den Flur, nur ein paar Meter und dann nach rechts. Hinter dem dünnen Schutzschild aus Holz kauert Teresa auf dem Bett, vor dem Spiegel. Sie kämmt sich die Haare, die über ihren weichen, weißen und zartrosa Nacken fallen. Sie trägt ein dünnes, hellgrünes Nachthemd. Unter dem beinahe durchsichtigen Stoff zeichnen sich weiche, geschwungene Kurven, vorgewölbte Hügel, Blumenwiesen zwischen den nackten Schenkeln, in denen er seine Tatzen versenken und immer weiter darin wühlen möchte.

Teresa ist unruhig. Diesmal ist es nicht die übliche Antriebslosigkeit, die sie seit einigen Monaten umgibt. Es ist etwas Subtileres, eine Angst, die sie durchdringt, sie nervös und verletzlich werden lässt. Etwas, das sie sich nicht erklären kann, ein Urinstinkt, mit dem sie seit ihrer Kindheit lebt. Man könnte es Angst nennen. Teresa kämpft dagegen an, sie will sich davon nicht überwältigen lassen. Sie schaltet das Radio an und stellt ihren Lieblingssender ein. Die fröhliche Musik lenkt sie ab, sie lässt sich davon mitreißen, tanzt und lacht. Ihr kleiner Bruder kommt schmollend herein. Bei dem Lärm kann er nicht lernen. Sie greift nach seinen Händen und zwingt ihn zu einem Schwindel erregenden Tanz. Sie drehen und drehen sich. Der kleine Bruder lacht, er fühlt sich beinahe wie ein Mann. Teresa ist seine Prinzessin. Auf seinem weißen Pferd wird er davonreiten und mit seinem glänzenden Schwert ihre Feinde in die Flucht schlagen. Wer sie auch sind und wo immer sie sind.
Teresa keucht, ihr kleiner Bruder nimmt ihr den Atem, während er sie fest umarmt. Diesmal, für kurze Zeit, ist ihre Angst weit weg.

Maresciallo Marcelli arbeitete daran, einen neuerlichen Einschüchterungsversuch gegen die Firma zu klären, die den Auftrag für die Überholung des Abwassernetzes von Villabosco erhalten hatte. Irgendjemand hatte in der Nacht Benzin über einen Bagger gegossen und ihn in Brand gesetzt. Ein Schaden von dreißig Millionen Lire. Niemand redete, niemand wusste etwas, niemand hatte irgendwas gesehen. Es gab keine Drohungen, keine Schutzgeldforderung. Vielleicht war es ein Pyromane gewesen oder nur der schlechte Scherz eines Dummkopfs. Oder eines durchgeknallten Betrunkenen. Niemand redete über seine Mitbürger.

Es war zum Haareraufen. Als Marcelli Steppani am Steuer des ockergelben Lancia Kappa Steppani sitzen sah, der mit einem waghalsigen Manöver vor der Kaserne parkte, explodierte er förmlich. Er hielt den Brigadiere auf halbem Weg im Vorraum auf. Das war die Gelegenheit, auf die er schon lange gewartet hatte.

»Was ist los?«, fuhr er Steppani an.

»Wir haben den Wagen des Ermordeten gefunden.«

»Kann ich vielleicht mal erfahren, *wo* ihr den gefunden habt? Jeden Tag habt ihr alle Stationen genervt, damit sie dieses Phantom suchen, und nun kommt heraus, dass ihr es auf einmal selbst gefunden habt.«

Steppani roch Unheil. Marcelli war wütend. Der Brigadiere versuchte, sich aus der Affäre zu ziehen. »Wenn Sie gestatten, Maresciallo, ich bin in Eile.«

»Was glaubst du, wo du jetzt hingehst? Komm in mein Büro, das wird sofort erledigt. Und du da in der Telefonzentrale: Melde das dem Capitano! Hier spielt jemand ein gefährliches Spiel.«

Steppani tat, als hätte er ihn nicht gehört, und ging einfach weiter.

»Ich erwarte dich, Brigadiere, das ist ein Befehl!«
»Maresciallo, wenn ich mich nicht sofort erleichtere, passiert hier im Büro ein Unglück. Wenn mein Magen so auf und ab tanzt, bin ich zu gar nichts zu gebrauchen. Sie gestatten?«
»Idiot!«

Bonanno betrat die Kaserne, als Steppani eben durch den Flur zur Toilette geflüchtet war und sich dort verbarrikadiert hatte. In seinem Zorn bezog Marcelli alle Madonnen, die er kannte, in sein Fluchen ein. Steppanis Loyalität zu Bonanno war Marcelli ein Dorn im Auge. Die Männer der Einsatztruppe hätten sich lieber eine Hand abgehackt, als ihren Kommandanten zu verraten oder Schlechtes über ihn zu sagen, egal, was er für einen Mist verzapfte, und hinter dem plötzlichen Auftauchen des Wagens musste einfach einer seiner genialen Einfälle stecken.
»Marcè, wenn du mich beißen willst, dann nur zu«, meinte Bonanno, nachdem er den Tiraden eine Weile gelauscht hatte. »Aber ich sage dir, wenn du weiter meinen Jungs auf die Eier gehst, poliere ich dir die Fresse. Verstanden?«
»Du bist doch nur ein Scheißkerl, der versucht, den einsamen Helden zu spielen. Dass es hier stinkt, das wissen wir beide genau.«
»Hier stinkt nur einer, und zwar du.«
»Du Schlappschwanz!«
»Du Fitnessfuzzi!«
Bonannos und Marcellis Gebrüll rief die Hilfscarabinieri auf den Plan, die ihren Militärdienst in der Kaserne ableisteten. Sie schauten in den Flur, aber als sie die beiden sahen, traten sie schnell den Rückzug an. Besser, man ging ihnen jetzt aus dem Weg!

»Zwei Dinge, Marcelli: Wenn du weiterhin so schreist, dann nehme ich zurück, was ich gesagt habe, und schlage dir gleich die Nase ein. Zweitens: Das ist mein Büro, vor dem du stehst, und wenn du unbedingt mit mir reden willst, dann geh rein und setz dich gefälligst hin.«
Bonanno zündete sich eine Zigarette an, betrat wütend sein Büro und warf das Päckchen Zigaretten auf seinen Schreibtisch.
»Schlappschwanz!«
»Ich hab schon verstanden!«
Bonanno schloss die Tür. Die Versuchung, seine Drohung wahr zu machen und den anderen zu ohrfeigen, war dermaßen stark, dass er zweimal hektisch an seiner Zigarette zog und den Rauch tief inhalierte. Die Zigarettenasche fiel auf den Boden.
»Marcelli, sag mal, was willst du eigentlich von mir? Warum gehst du uns immer so auf die Eier? Worauf willst du hinaus?«
»Das fragst du mich auch noch? Willst du mich mit dieser Unschuldsmiene verarschen? Du sagst mir nicht die Wahrheit, mein Lieber! Ich habe deine Alleingänge satt, mit denen du hier drinnen angeben willst. Du trägst eine Uniform, und es gibt einen Ehrenkodex, den ein Carabiniere immer respektieren muss, sonst sind wir schlimmer als die, gegen die wir kämpfen. Dir geht alles zum einen Ohr rein und zum anderen raus. Für dich ist das, was du tust, stets das Größte.
Jetzt sag mir endlich, was zum Teufel du dir hast einfallen lassen, um den Wagen dieses Hurensohns zu finden, der die tolle Idee hatte, sich ausgerechnet hier bei uns umbringen zu lassen!«
Bonanno zog zwei Möglichkeiten in Betracht: Die eine

war, den anderen sofort zu erschießen und so das Problem auf der Stelle zu lösen. Dann gab es noch eine subtilere: Marcelli mit Handschellen an den Stuhl zu fesseln, unter seinem Hintern ein schönes Feuer anzuzünden und ihn ganz langsam zu rösten. Bonanno wählte eine dritte Möglichkeit: Er öffnete weit die Tür und zischte dem anderen mit dem breitesten Grinsen zu, das er in dieser Situation aufbrachte: »Leck mich am Arsch!«

Marcelli raste wie ein tollwütiger Hund aus dem Zimmer. »Wir sind noch nicht fertig, ich werds dir schon noch zeigen!«, drohte er Bonanno.

An diesem Tag musste der Capitano auf amouröse Zerstreuungen während der Dienstzeit verzichten. Ein Anruf auf seinem Handy vereitelte seine Fahrt zur Witwe. Ein Anruf, der nichts Gutes verhieß. Wenigstens aus seiner Sicht. Alles, was ihn von seinen Vergnügungen mit der heißblütigsten aller Frauen abhielt, brachte ihn zur Weißglut. Einschließlich Bonanno. Basilio Colombo machte kehrt. Am liebsten hätte er den Verantwortlichen für diesen unvorhergesehenen Zwischenfall zermalmt.

Bonanno hatte damit gerechnet, gerufen zu werden. »Ich komme sofort«, versprach er.

Der Capitano saß hinter seinem Schreibtisch. Er hatte sich nicht umgezogen. Deshalb trug er Jeans und Hemd. Sein Gesichtsausdruck verhieß nichts Gutes. Marcelli hatte getan, was er konnte. Ein wahrer Freund.

»Bitte, Maresciallo.«

»Guten Tag, Capitano.«

»Auch Ihnen einen guten Tag. Ich werde mich bemühen, Ihre Zeit so wenig wie möglich in Anspruch zu nehmen. Sie wissen ja, wie viel ich von Ihnen halte und dass ich

Ihnen blind vertraue, aber es kursieren schwer wiegende Gerüchte über einige Verhaltensweisen, die Sie an den Tag gelegt haben sollen und die sich kaum mit der Uniform, die wir tragen, vereinbaren lassen. Würden Sie mir bitte erklären, was los ist?«
Bonanno schluckte. »Wir haben den Wagen des Mannes entdeckt, der auf der Müllkippe tot aufgefunden wurde.«
»Das weiß ich schon, und ich gratuliere Ihnen dazu. Ich kann aber nicht begreifen, wie es möglich war, ihn ausgerechnet heute Morgen an der Müllkippe zu finden.«
»Ein anonymer Hinweis. Jemand wollte uns informieren. Ich habe nicht die leiseste Ahnung, wer das gewesen sein kann.«
Das war ein Fehler. Eine unverlangte Rechtfertigung setzt immer eine verborgene Schuld voraus. Der Capitano durchbohrte ihn mit seinem Blick.
»Was meinen Sie, warum sich dieser Jemand die Mühe gemacht hat, uns zu benachrichtigen?«, fragte er herausfordernd.
»Vielleicht haben die Täter Angst bekommen. Jeder weiß doch, wenn die Carabinieri ermitteln, dann finden sie immer, was sie suchen. Vielleicht haben sie sich deshalb entschlossen aufzugeben, bevor sie entdeckt werden und dann viel größere Schwierigkeiten bekommen.«
Basilio Colombo hob eine Braue und schaute Bonanno diesmal direkt in die Augen. Er stand auf, ging zur Tür und schloss sie. »Bitte, Maresciallo, setzen Sie sich, machen Sie es sich bequem.«
»Danke, ich stehe lieber.«
»Bonanno, setzen Sie sich!«
Nur ungern gehorchte er.
Der Capitano fing an, hinter ihm auf und ab zu laufen. Bo-

nanno hörte seinen gepressten Atem und merkte die Anspannung, die er noch zu verbergen versuchte.

»Maresciallo, Sie denken, ich bin ein Dummkopf, und vielleicht haben Sie da gar nicht so Unrecht. In letzter Zeit könnte ich diesen Eindruck vermittelt haben. Seit ich Silvana kennen gelernt habe, hat sich mein Einsatz in der Kaserne im selben Maß vermindert, wie mein Interesse am weiblichen Universum zugenommen hat, ebenso ... meine Passion für die ... Technik.

Sie wissen genau, dass der Auspuff und der Motor nichts mit meiner häufigen Abwesenheit zu tun haben. In dieser ›Werkstatt‹ brennen durchaus Kerzen, aber eben keine Zündkerzen. Sehen Sie, Maresciallo, ich stamme nicht von hier, und von Ihnen und der Art der Leute hier verstehe ich nichts, und es interessiert mich auch nicht. Wenn sie sich hier untereinander für irgendeinen Schwachsinn umbringen wollen, na, meinetwegen, und wenn sie sich hier gegenseitig aus Rache für irgendeine Unhöflichkeit die Häuser anzünden, dann ist das ihre Sache. Und wenn sie das biblische Motto ›Auge um Auge, Zahn um Zahn‹ wählen, statt sich an die Behörden zu wenden – was erwarten die Leute dann noch von uns?

Ich will Ihnen etwas im Vertrauen erzählen. Silvana und ich haben uns entschlossen zu heiraten; so beschleunigen wir meine Versetzung in den Norden. Silvana ist zufrieden, sie will auch fort von hier. Ich erzähle Ihnen das alles, mein lieber Maresciallo, damit Sie verstehen, dass ich den Dummkopf spiele, wenn es mir gefällt, aber im Moment will ich nicht. Wenn ich Offizier geworden bin, dann sicher nicht, um mich von irgendjemandem für dumm verkaufen zu lassen. Wollen wir nun versuchen, uns wie vernünftige Menschen zu benehmen?«

Bonanno begriff: Jetzt war nicht der richtige Zeitpunkt, um Märchen zu erzählen. »Stört es Sie, wenn ich rauche, Capitano?«

»Nein, rauchen Sie nur.«

Als Bonanno die dritte Zigarette anzündete, wusste der Capitano alles Wissenswerte bis ins kleinste Detail, einschließlich Bonannos Besuch bei Loreto Passacquà, dem »Meister des Kotflügels«, am Vorabend.

»Donnerwetter!«

Zum ersten Mal an diesem Tag lächelte Bonanno wohlwollend. Der Capitano hingegen war völlig verwirrt.

»Erklären Sie mir das genauer, Maresciallo: Warum haben sich Passacquàs Freunde die Mühe gemacht, den Wagen bis zur Müllkippe zu bringen und den Zaun niederzubügeln, um ihn bis ganz hinauf zu bringen? Irgendetwas passt da nicht zusammen.«

»Nein, da passt alles zu gut zusammen, aber für uns wird die Angelegenheit leider immer schwieriger. Derjenige, der das Auto gestohlen hatte, hat es genau dahin zurückgebracht, wo er es vorgefunden hatte. Für unsere Ermittlungen mussten wir unbedingt wissen, wo wir anfangen sollen.

Die offen stehende Autotür könnte bedeuten, dass sie offen stand, als er oder sie den Wagen nahmen und verschwanden. Verstehen Sie, was ich meine, Capitano?«

»Ich verstehe überhaupt nichts!«

»Das bedeutet, wer den armen Teufel ermordete, brachte ihn bis zur Müllkippe und warf ihn da auf den Müll. Nach getaner Arbeit ließ er den Wagen dort mit offener Tür stehen.«

»Ich verstehe es einfach nicht, Bonanno. Warum hätte das jemand tun sollen?«

»Keine Ahnung, Capitano, wirklich keine Ahnung«, gab Bonanno zurück. Doch langsam begann er, das Ganze zu verstehen. Allerdings musste er jetzt allein sein, um darüber nachzudenken. Der zweite Teil des Films, den er an der Müllkippe gesehen hatte, musste erst noch geschrieben werden.

Immer wenn Bonanno nachdenken wollte, ging er ins Kloster der Franziskaner-Minoriten, das nur ein paar Kilometer von Villabosco entfernt lag.
Es ragte hinter einem Hügel auf und hing über dem Tal. Nur noch wenige Mönche lebten dort, sieben alte Männer in abgetragenen Kutten, die manchmal sogar barfuß liefen, wenn Schnee lag. Bonanno fragte sich dann, wie sie es schafften, nicht zu erfrieren.
Der Schriftzug *Ora et labora*, den er jedes Mal über dem Eingangstor las, hatte für ihn immer dieselbe Bedeutung: Und jetzt arbeite! Bruder Girolamo sagte niemals ein Wort zu ihm. Wenn er ihn kommen sah, schenkte er ihm ein Lächeln, begleitete ihn in die hinterste Zelle und ließ ihn dort allein, so auch an diesem Tag. Ein paar Minuten später riss ein zaghaftes Klopfen an der Tür Bonanno aus seinen Gedanken.
Bruder Angiolo stellte eine dampfende Tasse auf dem kleinen Tisch ab und zog sich so still zurück, wie er gekommen war. Bonanno schluckte den Absud aus Heilkräutern hinunter, die die Mönche in der Umgebung sammelten. Die Kräuter würden bei ihm in ein paar Stunden einen starken Husten verursachen, der ihm aber dabei helfen würde, den festsitzenden Katarr aus seinen Bronchien zu lösen. Das Kloster war der einzige Ort auf der ganzen Welt, an dem Bonanno es schaffte, sogar mehrere Stun-

den lang nicht zu rauchen. Er warf sich auf das Lager und schlief ein.

Als er sich von den Mönchen verabschiedete, war es später Nachmittag, aber seine Gedanken waren so verworren wie vorher. Dafür hatte er gutes Brot aus dem Holzofen gegessen und zwei reichlich gefüllte Schüsseln mit einer Suppe aus Bohnen und Erbsen. Sie war mit zerdrücktem Knoblauch und Minze gewürzt gewesen, die man in Öl und Essig eingelegt hatte. Bonanno fühlte sich besser. Er hatte nicht einmal Lust auf eine Zigarette. Der Absud zeigte allmählich seine wohltuende Wirkung und verursachte in seinem Hals einen leichten Hustenreiz.

Bonanno fuhr ins Dorf. Dort schaute er in der Kaserne vorbei, nur um sich zu informieren, ob es etwas Neues gab. Als er merkte, dass alles in Ordnung war, verschwand er. Er hatte einfach keine Lust, Marcelli zu begegnen.

Sein nächster Halt hieß »Noahs Arche«.

»Mein lieber Maresciallo, gibt es ein Problem mit den Schildkröten?«, fragte die Inhaberin des Ladens eifrig, eine Frau, deren Körperbau an den eines Nilpferdes erinnerte. Offenbar hatte sie beschlossen, den Blauwalen an Gewicht starke Konkurrenz zu machen.

»Sie schwimmen, dass es eine wahre Freude ist.«

»Womit kann ich Ihnen dienen?«

»Haben Sie Wellensittiche?«

Als Donna Alfonsina ihren Sohn mit dem großen Käfig, in dem ein Wellensittich saß, nach Hause kommen sah, verloren die letzten dunklen Haarsträhnen auf ihrem Kopf auch noch ihre Farbe. Sie war nicht nur auf Vanessas Reak-

tion gespannt, sondern vor allem auf die Saverios, sollte sie sich ihm widersetzen.
Es passierte gar nichts. Bonanno wandte sich daraufhin an seine Tochter und fragte sie hoffnungsvoll: »Gefällt er dir, Prinzessin?«
»Huuuuh ...«
»Wir müssen nur noch einen passenden Namen für ihn finden. Die Ladenbesitzerin meinte, wenn wir uns Mühe geben, lernt er vielleicht sogar sprechen. Freust du dich nicht?«
»Huuuuh ...«
Es hatte keinen Zweck, weiter auf sie einzureden. Vanessa wirkte, als hätte sie eine verzauberte Schallplatte verschluckt, die immer nur bis zu diesem Heulen lief. Bonanno bemühte sich, ganz ruhig zu bleiben. Es war einfach nicht sein Tag. Ein schlimmer Hustenanfall, noch heftiger als die vorigen, zwang ihn dazu, das Bad aufzusuchen. Mehrere Minuten lang war er nur damit beschäftigt, gegen seine verstopften Bronchien zu kämpfen, die sich weiteten, sich reinigten und bitter schmeckenden Auswurf hervorbrachten.
Es kam ihm so vor, als würde er gleich auch noch seine Augäpfel in den dunklen Abfluss des Waschbeckens spucken.
Seine Mutter klopfte besorgt an die Tür. »Savè, geht es dir gut?«
»Öch, öch, prächtig.«
»Woher hast du den Husten?«
»Ich habe mich erkältet.«
»Die Zigaretten bringen dich noch um. Ich habe dir doch gesagt, du sollst diesen Schweinkram ins Klo schmeißen.«
»Öch, öch, öch!«

Bonanno wurde in der Nacht von einem seltsamen Geräusch geweckt. Es war nicht laut, aber unangenehm. Er hatte sofort einen Verdacht. Bonanno rannte in die Küche, schaltete das Licht ein und überprüfte das Regal, auf dem er den Käfig abgestellt hatte. Die Tür stand offen, und von dem Wellensittich fehlte jede Spur. Das weit geöffnete Fenster ließ keinen Zweifel darüber aufkommen, welchen Weg der Vogel genommen hatte.
Bonanno sah rot. Heiliger Zorn überkam ihn. Er nahm den leeren Käfig mit der geballten Kraft seines Körpers und schlug ihn heftig gegen die Wand. Als er damit fertig war, rannte er schwer atmend und mit dem Katarr, der sich in seiner Luftröhre staute, zum Zimmer seiner Tochter, packte den Türgriff und drehte ihn mit einem Ruck. Vergeblich. Wie der Vater, so die Tochter. Vanessa hatte die Tür abgeschlossen.

Sechzehn

Teresa hat ein neues Gedicht geschrieben. Sie liest es immer wieder, kaut am Füller herum, nimmt Änderungen vor. Dabei hat sie das Gesicht ihres schönen Dino vor Augen. Ihm schenkt sie ihre Mädchenträume. An den Rändern des Papiers zeichnet sie kleine Blumen und durchbohrte Herzen. Sie beschäftigt sich mit den Blättern, zeichnet sie lanzettförmig und mit vielen Adern, wie im richtigen Leben.

Es ist Nacht. Der Mond spielt mit den Sternen, er leuchtet geheimnisvoll im Dunkeln. Durch das halb geöffnete Fenster dringt die Kühle des herannahenden Morgens. Teresa fröstelt. Sie mag das Prickeln auf der Haut. Ihre Brustwarzen werden hart. Sie trägt wieder das hellgrüne dünne Nachthemd, schließt die Augen und träumt. Ihr Dino jagt die andere Frau weg. Er ist wütend. Teresa tröstet ihn. Sie drückt ihn an sich, zerwühlt ihm mit ihren kleinen Händen die Haare. Sie wickelt seine Locken um ihren Finger und zieht sie liebevoll nach oben, dabei dreht sie sie. Jede Strähne ist eine winzige Locke, jede Locke ein zarter Kuss auf den Nacken, ein Kuss, der nach Sandelholz und Moschus schmeckt.

Es ist eine magische Nacht, eine Nacht, in der alles geschehen kann, auch dass der Mond mit den Sternen Flamenco tanzt und dass Dino sie in einem endlosen Tanz den Strand

entlangführt, wo die Brandung ihre nackten, sandbedeckten Füße benetzt.
Es ist eine Nacht, in der die Zeit stillsteht. Die Wölbung des Himmels scheint sich zusammengezogen zu haben, und sie nimmt sie vollständig ein. Teresa fühlt sich nicht mehr allein in ihrem Winkel. Ihr Traum hüllt sie ein, ihr Traum von dem zärtlichen Männergesicht, mit einem Hauch von Bart, der sie sanft am Hals kitzelt.
Teresa verliert sich in diesen Gefühlen und bemerkt das feindliche Wesen nicht, das es auf sie abgesehen hat.

Die Augen unter den buschigen Augenbrauen sind hinter der offenen Tür. Sie kosten die Vorstellungen von dem jungen Mädchen aus, das sich in Gedichten und unreifen Träumen verliert. Die Nüstern saugen den Duft in sich auf und füllen sich mit der aufgeladenen Luft, die rund um Teresa kleine elektrische Wirbel hervorruft. Eine Atmosphäre voll von entsetzlichem Verlangen, das selbst die Augen fühlen. Sie spüren, wie es über alle Grenzen wächst, unkontrollierbar. Ein verbotenes Verlangen hat sich der Augen bemächtigt, die jetzt nur noch vorwärts drängen.
Erschrocken dreht Teresa sich um. Graue Wolken verdunkeln ihren himmelblauen Traum, die Morgenbrise wird zum Sturm, die Kälte dringt in jede Höhlung ihres unreifen Körpers. Teresa zittert vor Angst. Ein entsetzter Schrei entsteigt ihrer Kehle, als sie ihn sieht. Bevor sie noch versteht, was er vorhat, weiß sie schon, was die Augen von ihr wollen, und ihr Schrei gellt in die Nacht hinaus. Doch der Schrei verstummt hinter der behaarten Pfote, die ihr den üppigen Mund zuhält. Teresa ist verrückt vor Angst. Die Kälte hat sich in Eis verwandelt, die Bewegungen in Schmerz.
Sie schlägt ihre Zähne in die behaarte Pfote. Faulig schme-

ckendes Blut befeuchtet ihre Lippen. Ein Stöhnen dringt hinaus in die Nacht, es klingt nach Schmerz, und die Nacht leuchtet in tausend Farben. Ein Schlag trifft ihre Schläfe, wütend und heftig. Ein grauer Schleier legt sich über ihre Augen, während ein weiterer Prankenhieb sie im Gesicht trifft, ihr den Atem nimmt. Das Atmen fällt ihr schwer; sie schafft es kaum, Luft zu bekommen. Die Augen unter den buschigen Augenbrauen haben ihr ein Kissen aufs Gesicht gelegt und drücken zu, während die zweite gierige Pfote überall an ihr herumgrapscht und ihre Brüste zusammendrückt, sie kratzt. Teresa fühlt nicht einmal mehr, wie ihr Nachthemd zerrissen wird. Wie aus weiter Ferne – sie weiß nicht, ob es ein Albtraum oder die Wirklichkeit ist – merkt sie, dass sie ganz nackt ist, ganz nackt vor den Augen. Darauf reagiert sie mit einer Kraft, von der sie nicht wusste, dass sie sie besitzt. Wütend bewegt sie die Hände und bekommt etwas Weiches, Rundes zu fassen. Es fühlt sich an wie ein warmes Säckchen. Mit Wut und Verzweiflung gräbt sie ihre Nägel dort hinein, bis sie merkt, dass das Fleisch unter ihr nachgibt. Der Griff löst sich, sie kann wieder atmen, das Kissen hebt sich, die frische Luft gibt ihr Kraft. Sie versucht, aufzustehen und zu schreien, aber die Augen sind wieder über ihr. Als die Pfoten wütend zuschlagen, hüllt die Bewusstlosigkeit sie ein wie ein schwarzer Mantel. Sie stürzt in einen Abgrund ohne Boden, in dem die Wände aus ölgetränkter Watte bestehen, und der ölige Gestank löst einen unbezwingbaren Brechreiz in ihr aus.
Sie kommt wieder zu sich, als sie fühlt, wie ihr jemand ein brennendes Holzscheit in den Bauch gepflanzt hat, ein Pfahl, den man in ihre nun verletzte jungfräuliche Weiblichkeit gerammt hat. Eine unvorstellbare Qual, die ihr alle Kraft nimmt, jeden Widerstand erstickt, ein Brennen, das

nach Blut und Vergewaltigung schmeckt. Die Bestie ist über ihr. In ihr.
Teresa nimmt wie aus weiter Ferne wahr, was nach einer Folge von unklaren Bildern geschieht. Der kleine Bruder steht im Zimmer. Er sieht den bösen Drachen, ergreift das Schwert, ein scharfes Messer, das er in der Küche geholt hat, und stößt es dem Drachen in die Brust. Der flieht brüllend. Ihr Bauch brennt wie Feuer. Sie wünscht sich nur, in dieser Nacht aus Tränen und Gewalt noch tausendmal zu sterben.

Bonanno traf eine wichtige Entscheidung: Es war Zeit, mit Vanessa abzurechnen und so die angestammten Rollen in der Familie wieder einzuführen. Seit einer Stunde wiederholte er in seinem Kopf den Monolog, den er seiner Tochter in einem entschiedenen Ton halten wollte. Aber wie er es auch drehte und wendete, er kam immer wieder zum gleichen Ergebnis: Jede Predigt, wie wirkungsvoll auch immer, war nichts im Vergleich zu zwei gut platzierten, schallenden Ohrfeigen. Zum Donnerwetter! Was sein musste, musste sein. Für die grünen Wasserschildkröten und den bunten Wellensittich hatte er schon über dreihunderttausend Lire ausgegeben, und mit welchem Ergebnis? Er dachte besser nicht mehr daran.
Beim Gedanken an die verschwundenen Tiere fühlte Bonanno einen stechenden Schmerz in der Magengegend. Er besänftigte seinen heiligen Zorn mit einer Zigarette, die er in weniger als einer Minute heruntergequalmt hatte.
Aber jetzt war der Moment gekommen, um Vanessa Zügel anzulegen. Er war immer noch ein Offizier der Carabinieri, und zum Donnerwetter, der Kriegszustand bei ihm zu Hause musste ein Ende haben! Es mussten endlich wieder geregelte Verhältnisse bei ihm einkehren!

Bonanno beschloss, in seinem Horoskop im Videotext nach Unterstützung für seinen Schlachtplan zu suchen, und schaltete den Fernseher ein. Das hätte er besser gelassen. Sämtliche Sterne schienen sich verschworen zu haben, um ihm Bauchschmerzen zu bereiten:

Möglicherweise haben Sie schlechte Laune. Die Arbeit ist komplizierter als sonst, und durch die Saturn-Konjunktion fühlen Sie sich vielleicht müde und gestresst. Bleiben Sie gelassen und vermeiden Sie unter allen Umständen direkte Konfrontationen.

Bonanno schaltete den Fernseher wieder aus, warf die Fernbedienung weit weg und stapfte ins Badezimmer. Wenn er dazu in der Lage gewesen wäre, hätte er Saturn und seine aus Fels, Gas und gefrorenem Wasser bestehenden Ringe mit Hammerschlägen in Staub verwandelt. Ja, wenn …

Zum Teufel mit dem Horoskop und mit allen Idioten, die Zeit damit verplemperten, es zu lesen! Und wenn die Welt zusammenbrach, er musste das Problem mit seiner Tochter klären. Und wenn die Welt zusammenbrach, er, Saverio Bonanno, war nicht mehr bereit, diesen Kalten Krieg in seinem Haus zu dulden.

»Savè, Telefon.«

Er schüttelte sich. Jemand hatte ihn gerufen.

»Savè, Telefon. Brigadiere Steppani will mit dir sprechen. Er meint, es sei dringend. Was soll ich ihm sagen?«

»Was sollst du schon sagen …? Ich komme.« Bonanno trat aus dem Bad, sein Gesicht war zur Hälfte eingeseift, und er hielt den Rasierer noch in der Hand. Mit der anderen griff er nach dem Hörer. »Was ist los, Steppà?«

»Maresciallo, Sie sollten besser gleich in die Kaserne kommen.«
»Steppani, spann mich nicht auf die Folter. Was gibt es denn so Eiliges?«
»Torrisi und Brandi.«
»Oh Gott, haben sie sie reingelegt?«
»Schlimmer, Maresciallo, Sie kommen besser sofort.«
Steppanis weitere Erklärungen überzeugten Bonanno davon, dass tatsächlich Eile geboten war. Fluchend lief er zurück ins Bad. Er zog sich das Rasiermesser mit ein paar hastigen Zügen über den eingeschäumten Teil seines Gesichts, spülte die gerötete Haut ab, reizte sie noch mehr mit seinem nach Pfefferminz duftenden Aftershave und verließ wenig später das Haus.
»Was ist passiert, Savè?« Seine Mutter war ihm nachgelaufen.
»Nichts, Mama, reg dich nicht auf. Eine Eselei von zweien meiner Männer, die ich nach Campolone geschickt habe, um dort eine Art illegale Spielhölle zu überwachen.«
»O heilige Madonna!«, murmelte die alte Frau und bekreuzigte sich.
»Ach, Mama, bitte nicht! Es ist doch nichts passiert. Zu ihrem Unglück sind sie nicht tot. Wenigstens *noch* nicht.«
»O Jesus, Maria!«, rief Donna Alfonsina, die das finstere Leuchten in den Augen ihres Sohnes bemerkte. Saverio presste die Lippen aufeinander und bewegte seine Hände nervös wie ein Geiger. Das war ein sehr schlechtes Zeichen.

Bonanno raste in die Zentrale; ihm schien eine stark elektrisch aufgeladene Wolke zu folgen. Kurz darauf brachen Blitz und Donner aus. Sie äußerten sich in so lautem Ge-

brüll, dass Cacici versuchte, es zu dämpfen. Er schloss von außen die Tür zum Büro des Vizekommandanten der Carabinieri-Station, ohne sich bemerkbar zu machen.
Seine Leute sahen Bonanno besorgt an. Sie atmeten erst erleichtert auf, als er seine Hand von der Dienstwaffe nahm und sich mit einem »Verdammte Scheiße!« und einem »Zum Teufel!« seinem Päckchen Zigaretten widmete.
»Steppani, es mag ja sein, dass ich nicht gut höre. Könntest du diese beiden Esel bitten, das Ganze zu wiederholen? Danke!«
Brandi und Torrisi betrachteten tödlich verlegen ihre Schuhspitzen. Sie dachten beide nicht im Traum daran, den Kopf zu heben. Brandi beschloss, sich zu opfern.
Bonannos Gebrüll, das umgehend von neuem einsetzte, rief zahlreiche Männer auf den Plan. Cacici, der noch immer im Flur vor Bonannos Büro stand, konnte sie gleich wieder beruhigen. Kein Grund zur Sorge. Der Maresciallo brachte gerade zwei Neuen bei, wie gefährlich es war, seinen Zorn zu wecken. Und wenn ihn außer Vanessa etwas in Rage versetzen konnte, dann waren es Tölpel wie Torrisi und Brandi. Welch traurige Figuren seine Männer da abgegeben hatten! Eine solche Stümperei duldete er nicht.
»Und als euch der Junge aus der Bar den heißen Espresso auf einem weißen und himmelblauen Tablett ans Auto brachte, was habt ihr vertrottelten Idioten da zu ihm gesagt?«
»Gar nichts, Maresciallo, was hätten wir denn sagen sollen? Wir haben uns bedankt und den Espresso auf sein Wohl getrunken. Dann haben wir die Einladung gesehen. Die vom Club ließen uns ausrichten, wir könnten auch hineinkommen, statt draußen zu bleiben, uns zu erkälten und uns zu ärgern. Drinnen sei es viel lustiger.«

»Raus hier! Los, raus!«, zeterte Bonanno.
»Maresciallo, warum regen Sie sich so auf?«
»Raauuss!!!«
Brandi und Torrisi begriffen: Es war nicht angezeigt, ihn das noch einmal wiederholen zu lassen. Steppani folgte ihnen wortlos. Wenn der Maresciallo sich so die Lunge aus dem Hals brüllte, gab es nur eine Möglichkeit, damit umzugehen: Man ging ihm am besten aus dem Weg.
Bonanno zitterte und hatte Lust, auf die ganze Welt einzudreschen, sie auf einen Amboss zu legen und mit dem Hammer blind draufloszuschlagen, egal, wohin er traf. Er war außer sich vor Zorn und fühlte sich gleichzeitig erschöpft und entmutigt.
»Und ich habe Ihnen noch befohlen, sie sollten sich nicht sehen lassen!«, schimpfte er wütend vor sich hin. »Ist es vielleicht nur im Fernsehen möglich, dass die Polizei jemanden monatelang mit Kameras ausspionieren kann, die so klein sind wie ein Päckchen Zigaretten, und mit hoch auflösenden Fotoapparaten? Hier dagegen … diese Stümper sind kaum vor Ort … Das ist doch einfach nicht zu fassen … Aber wer sollte uns auch schon so kleine Wunderwaffen geben? Wir müssen uns nach der Decke strecken, verflucht noch mal!«
Das Klingeln des Telefons riss Bonanno aus seinen schwarzen Gedanken.
»Hallo«, dröhnte er in den Hörer.
Die Telefonzentrale meldete sich. »Die Signora Annarosa Pilolongo fragt nach Ihnen, Maresciallo. Was soll ich tun? Soll ich sie verbinden, oder soll ich sagen, Sie sind außer Haus?«
Er hatte die honigsüße Pilolongo total vergessen. Noch so eine lästige Angelegenheit! Wie sollte er die Stornierung

seiner Reservierung in Ustica so kurz vor der Abfahrt rechtfertigen? Zurzeit ging aber auch alles schief. Der Schlag sollte Saturn, die Ringe und alle Sternenkonjunktionen der Galaxie treffen! »Stell sie durch, Lacomare!«, brummte er und lauschte auf das leise Klicken in der Leitung.
»Signora Pilolongo, welch ein Vergnügen, Ihre Stimme zu hören, ich wollte Sie gerade anrufen ...«, log Bonanno wenig später, ohne dabei rot zu werden. Es war komisch, aber dieser Frau irgendeinen Unsinn zu erzählen, machte ihm gar nichts aus, im Gegenteil, es fiel ihm richtig leicht. Annarosa Pilolongo sah man ihre fast fünfzig Jahre nicht an. Bonannos männlicher Instinkt hatte bei ihr ein gewisses Interesse an ihm gewittert und riet ihm nun, auf der Hut zu sein.
»Wie geht es Ihnen, lieber Bonanno? Störe ich? Immer auf Verbrecherjagd, immer mit gewaltsamen Todesfällen und Blutvergießen beschäftigt, Sie Armer! Sie sind bestimmt gestresst. Aber Sie können sicher sein, bei uns werden Sie sich erholen. Ich habe schon die beiden Zimmer für Sie und Ihre liebe Tochter Vanessa vorbereitet. Bestimmt ist sie wieder gewachsen. So ein süßes kleines Mädchen! Und natürlich habe ich auch ein Zimmer für die reizende Signora Alfonsina gerichtet. Mit dem Fisch gibt es kein Problem. Ich habe bereits mit Totò ›U'Saraceno‹ gesprochen. Er wird jeden Tag bei uns vorbeikommen, bevor er seinen Fang zum Markt bringt. Und Sie suchen sich dann den Fisch aus, den Sie mögen. Zufrieden, Saverio?«
Die Sache lief langsam schief. Bonanno wusste nicht mehr ein noch aus. »Signora, ich muss leider auflegen, es tut mir sehr Leid, aber es handelt sich um etwas Dringendes. Es tut mir wirklich Leid, ich rufe Sie zurück.«
Steppani betrat das Büro mit einem dampfenden Espresso

und einem Tütchen Süßstoff. Er stellte den Espresso auf den Schreibtisch und wartete.
Bonanno trank ihn, ohne einen Kommentar abzugeben. Der Espresso war eine Wonne, er hatte genau die richtige Temperatur und war stark genug, um seine Lebensgeister wieder zu wecken. »Tu mir einen Gefallen, Steppani. Schreib dir das genau auf: In genau zwei Stunden rufst du diese Nummer an, das ist die Pension ›Balcone fiorito‹ in Ustica. Dort fragst du nach der Signora Annarosa. Wenn sie ans Telefon kommt, erzählst du ihr, ich sei in einer streng geheimen Mission unterwegs und könne deshalb diesen verdammten einwöchigen Urlaub nicht antreten. Du erklärst dann genauer, dass die Reservierung storniert ist und dass ich mich melde, sobald ich wieder zurück bin. Hast du alles verstanden?«
»Entschuldigen Sie, Maresciallo, ich will mich nicht in Ihre Angelegenheiten einmischen, aber gab es gestern vielleicht einen *James-Bond*-Film im Fernsehen?«
»Steppani, tust du mir nun den Gefallen oder nicht?«
»Maresciallo, ist Ihnen klar, dass Sie hier einen Carabiniere zum Geheimagenten umfunktionieren? Wenn ich schon lügen muss, dann sollte es wenigstens glaubwürdig sein.«
»Steppani, für Annarosa Pilolongo reicht es, dass du eine Uniform trägst, und du bist die Macht. Sie ist so. Kann ich auf dich zählen?«
»Na gut, wenn Sie darauf bestehen. Was machen wir mit Torrisi und Brandi?«
Bonanno wirkte wie von einer schizophrenen Schlange gebissen. »Red bloß nicht von diesen beiden Dummköpfen. Versetz sie drei Monate in die Nachtschicht, für eine außerordentliche Erkundung der Gegend, inklusive Sonn- und Feiertage. Das geschieht ihnen recht.«

»Marescià, die beiden sind gute Jungs und fähige Carabinieri. Bestimmt hat jemand sie verraten. Das sind keine Idioten.«
»Hört, hört. Was glaubst du wohl, warum ich sie geschickt habe? Und was haben diese Volltrottel getan? Sie haben nicht nur den Espresso getrunken. Nein! Als hätte das nicht gereicht, haben sie auch noch die Einladung in den Club angenommen. Mehr als peinlich. Du hast gehört, wie sie sich gerechtfertigt haben. Kannst du mir vielleicht verraten, was zum Teufel sie am Spieltisch finden wollten? Ein paar Hurensöhne, die Scopa spielen? Du hast doch gesehen, wie über uns gelacht wird. Und jetzt lache ich, verstanden?«
»Heute Nacht fangen sie mit der ersten Schicht an. Drei Monate verschärfter Dienst, Urlaub ist gestrichen, und eine geladene Pistole ist immer auf ihren Kopf gerichtet. Aber, wenn Sie erlauben, Maresciallo, möchte ich Ihnen diese Notiz zeigen. Die von der Funkstreife sind da gewesen.«
Bonanno war ganz Ohr. Als guter Autofahrer – zumindest hielt sich Steppani für einen solchen – wusste er, wie man Kurven und gefährliche Strecken angehen musste, um nicht im Straßengraben zu landen. Und diese Gefahr bestand beim Maresciallo in diesen Tagen immer. Er legte Bonanno also die Nachricht hin und wartete ab. Seine Augen funkelten spöttisch.
Der Aufschrei seines Vorgesetzten überraschte ihn keineswegs.
»Und das erzählst du mir erst jetzt?«
»Wann hätte ich es Ihnen denn erzählen sollen? Sie haben es erst vor einer halben Stunde durchgegeben.«
»Haben sie mit dem Eigentümer gesprochen?«

»Natürlich. Die gleiche Antwort wie immer: keine Drohungen, keine Auseinandersetzung, keine vernünftige Erklärung. Aber es ist sonnenklar, dass es sich um Brandstiftung handelt. Neben den ausgebrannten Überresten der Ape haben die Feuerwehrleute einen Kanister und daneben vielleicht auch ein Streichholz gefunden. Also, deutlicher geht es nicht … das Gleiche wie immer, stimmts, Maresciallo?«

»Nein!«

Dieses »Nein« kam so heftig, dass Steppani überrascht war. Aber nicht allzu sehr.

»Lass mir den Vorgang da. Die Angelegenheit interessiert mich. Ich will sie selbst weiterverfolgen.«

»Zu Befehl, Maresciallo!«, antwortete Steppani, ohne genau zu verstehen, worauf Bonanno hinauswollte. Er legte die Akte auf den Tisch und ging hinaus.

Bonanno öffnete den Aktendeckel, auf den jemand mit Bleistift in großen Buchstaben geschrieben hatte: *Vastiano Carritteri, Straßenhändler. Vorsätzliches In-Brand-Setzen eines Fahrzeugs.*

Ihm kam der Verdacht, dass Brandis und Torrisis Erlebnisse kein Zufall waren. Die Blauäugigkeit der beiden Männer fiel durch den nächtlichen Brandanschlag auf seinen Informanten zurück, der ihm den Hinweis auf den Club gegeben hatte. Vielleicht schickte ihm jemand eine sehr klare Botschaft. Eine zündende Botschaft.

Bonanno war nicht der Mensch, der feige Provokationen einfach hinnahm, ohne darauf zu reagieren. Der Unbekannte hatte den ungeheuren Fehler begangen, sich mit Vastiano Carritteri anzulegen und dessen einziges Mittel zum Lebensunterhalt abzufackeln. Jetzt war das Spiel nach jeder Seite eröffnet. Bonanno war nicht bereit, noch mehr hinzunehmen.

»Mach, was du denkst, und kümmere dich nicht um fremde Angelegenheiten«, sagte ein sizilianisches Sprichwort.

Als Bonanno die Kaserne verlassen wollte, hatte er ein klares Konzept für seinen ersten Schritt. Der Karren steckte zwar schon im Dreck, aber man konnte wenigstens retten, was zu retten war. Vielleicht würde er noch etwas Interessantes entdecken.

»Nehmen Sie den Wagen, Maresciallo?«

»Vergiss es, Steppani.«

Der Brigadiere war gekränkt. Bonanno lief die Treppe hinunter und dann ins Freie. Er hatte das Tor noch nicht erreicht, als er hörte, wie jemand nach ihm rief.

»Sie werden am Telefon verlangt, Maresciallo. Die Kollegen aus Porto Empedocle.«

»Verdammt!«, schimpfte Bonanno laut und schlug sich mit der Hand an die Stirn. Er hatte vollkommen vergessen, dass er seinen Kollegen dort darum gebeten hatte, die Witwe Cannata, Signora Maria Crocifissa Coticchio, und die beiden Kleiderschränke, ihre Söhne, für heute um elf Uhr in die Kaserne zu bestellen. »Daran ist nur dieses ganze Durcheinander schuld!«

Er hatte keine Ahnung, wie er sich aus dieser Klemme befreien sollte. Abgehetzt kam er ans Telefon, und sein Gehirn war fieberhaft damit beschäftigt, eine gute Entschuldigung für sein unzumutbares Verhalten zu erfinden. Schließlich war er es gewesen, der die drei als gut informierte Zeugen in die Kaserne hatte bestellen lassen.

Bonanno beschloss, nur die reine Wahrheit zu erzählen, und zwar so, wie sie ihm gerade einfiel. »Ich muss mich sehr bei Ihnen entschuldigen, Maresciallo Saporito, hier ist der Teufel los, und ich habe einfach vergessen, dass ich

Sie um diesen Gefallen gebeten hatte. Ich weiß nicht, was ich sagen soll ... Ich bin tief beschämt, und es tut mir sehr Leid.«

»Beruhigen Sie sich, Kollege, das passiert doch jedem mal. Das Problem ist nur, die Personen sind hier und warten schon eine Weile. Soll ich Ihnen sagen, dass sie wiederkommen sollen? Oder kann ich Ihnen helfen und sie befragen?«

Bonanno traute seinen Ohren nicht. Manchmal gab es doch noch hilfsbereite Kollegen. Diesen Maresciallo musste er unbedingt mal zum Essen einladen.

»Ich wollte Ihnen nicht so viele Umstände bereiten, aber wenn Sie es mir schon anbieten, dann nutze ich das aus. Setzen Sie sie etwas unter Druck. Ich möchte herausbekommen, ob sie über ein Schließfach des Verstorbenen in einer Bank in Agrigent Bescheid wussten. Aber ich bitte Sie um Diskretion. Lassen Sie sie nicht merken, dass wir davon wissen. Ich möchte hören, was sie sagen.«

»In Ordnung, Maresciallo. Ein Protokoll?«

»Wie Sie möchten. Ach, Herr Kollege, da sie schon mal in der Kaserne sind – fragen Sie sie bitte, wo sie am Abend des Mordes waren, man weiß ja nie ...«

»Ich kümmere mich darum.«

Siebzehn

Der Mond trägt ein rotes Kleid. Die Nacht leuchtet in so intensiven Farben, dass sie die Sinne betäuben. Teresa weint nicht mehr. Der Schmerz ist immer noch da, stechend, er durchbohrt jede Faser ihres erschöpften Körpers. Jeder Schritt kostet sie Mühe, jede Bewegung ist ein Stich mehr. Der kleine Bruder sitzt schluchzend in einer Ecke, seine Faust schließt sich immer noch um das Fleischmesser. Ein winziger Zeuge des Wahnsinns, der sein Haus überfallen hat. Teresa kann ihn nicht so dasitzen lassen. Sie muss die entsetzlichen Bilder verscheuchen, die vor seinen Augen wie grinsende Ungeheuer auf und ab tanzen. Das ahnt Teresa durch die Hülle aus Schmerz hindurch, die über ihr liegt. Sie geht zu ihm, lässt hinter sich eine Spur einer klebrigen, warmen Flüssigkeit, die ihr aus dem Leib über die Schenkel läuft. Das Blut der verlorenen Unschuld durchnässt ihre Kleidungsstücke, die sie sich eilig übergeworfen hat, um die Nacktheit ihres missbrauchten Körpers zu bedecken.

Sie kauert sich neben den Bruder. Streichelt ihn und flüstert ihm zärtliche Worte voller Magie zu. Sie erzählt ihm ein Märchen, von Träumen, die wahr geworden sind – Träume, die man nur verjagen kann, wenn man schläft. Mit einer Hand streicht sie über seine Haare, legt seinen kleinen Kopf an ihre Brust und wiegt ihn, so wie sie es viele Male bei der

Mutter gesehen hat. Heute Nacht ist die Mutter weit weg, sie bringt noch ein Kind zur Welt.
Der kleine Bruder hat aufgehört zu schluchzen, sein Atem wird regelmäßig. Ein Seufzen ist noch zu hören. Der kleine Bruder schläft zitternd ein. Mit der wenigen Kraft, die ihr geblieben ist, hebt Teresa ihn hoch, bringt ihn in sein Zimmer. Sie legt ihn ins Bett und deckt ihn zu. Der kleine große Held ihres sinnlos gewordenen Lebens.

Teresa ist im Bad. Das Erbrechen füllt ihre Kehle mit Säure und Tränen. Sie speit Schmerz und Demütigung aus, übergibt dem Becken das Wenige, was von ihr geblieben ist. Frisches Wasser, um die Schande abzuwaschen, Wasser, um den Schleim wegzubekommen. Wasser, um wieder zum Leben zu erwecken, was verwelkt ist. Wasser! Draußen regnet es. Die Augen unter den buschigen Augenbrauen sind blutüberströmt mit einem Schmerzensschrei geflohen. Teresa weiß, dass sie wiederkommen werden, sie hat es immer gewusst.
Sie wird nie wieder zulassen, dass er ihr wehtut, nie wieder. Sie wird weit weggehen, für immer, weit weg von dem Ekel und dem Schmerz. Hin zu ihrer Rettung.
Sie hat eine Nummer neben das Telefon gelegt. Der kleine Bruder wird es irgendjemandem sagen, wenn er wach wird. Später wird er hoffentlich alles vergessen.
Wo Gott heute Nacht wohl gewesen ist!
Der Bahnhof liegt nicht weit entfernt, aber erst muss sie die Blutung stillen, die sie jeden Augenblick weiter schwächt. Teresa verstopft die Knospe, die blutigen Tau ausschwitzt. Sie packt einen Koffer, küsst zum letzten Mal den kleinen Bruder und taucht in die Nacht ein. Die Morgenkälte lässt sie schaudern.

Auf der Straße empfängt sie der Regen, er überflutet ihre Haare. Sie merkt es nicht einmal. Weg, nur weg, bevor die Augen unter den buschigen Augenbrauen zurückkommen. Nur weg, weit weg fliehen. Dahin, wo das Leben noch nach frischer Minze schmeckt, wo man die Erinnerungen ertränken und die verlorene Würde wiederfinden kann.
Der Bahnhof ist menschenleer, der Fahrkartenschalter geschlossen. Der erste Zug fährt erst in zwei Stunden. Noch zwei Stunden. Sie lässt sich auf die Bank fallen. Es regnet weiter, der Regen fällt in dünnen Fäden.
In der Nacht sieht Teresa aus wie eine Statue, reglos unter der entsetzlichen Last, die sie niederdrückt. Ihre Gedanken haben ihre Gestalt verloren, sie sind wie lahme Flügel, können nicht fliegen, sterben noch, bevor sie fliegen können. Die Leere erfüllt sie. Sie ist nur eine seelenlose Hülle, sie fühlt sich so erschöpft, so schwach, so unglücklich, so schmutzig und so allein. Unendlich allein. Vollkommen allein, wie vorhin, als die Bestie ihr die Träume geraubt und die Zukunft genommen hat.
Dino, ihr Dino, schläft bestimmt zu dieser Zeit. Sie ist sicher, ihr Dino wird auf einem Schimmel kommen. Er wird gegen die geifernde Bestie kämpfen, wird sie mit einer langen Lanze durchbohren, und dann wird er sie, Teresa, weit wegbringen, weg von hier, nur weg.
Den aufsteigenden Schrei bemerkt sie nicht einmal, nimmt ihn nicht wahr, und als sie in die Nacht hinausschreit, hört er sich für sie wie der Schrei einer unbekannten Frau an. Ein unendlicher Schmerz, der in die unermessliche Dunkelheit hinausgeschleudert wird, um die ganze Schöpfung einzuhüllen. Der Schrei einer Frau, der man ihr Selbst geraubt hat.
Teresa ist von der Bank aufgestanden und auf den Bahnsteig

gegangen. Jetzt rennt sie. Sie läuft den menschenleeren Bahnsteig entlang, sie rennt und weint dabei, und mit den Tränen möchte sie auch den dumpfen Schmerz wegspülen, der sie peinigt, die Qual, die sich ihrer bemächtigt hat, die Pein, die von jetzt an immer ihr Begleiter sein wird. Die Qual, die jeden Tag irgendwo auf dieser Welt eine Bestie für ein unschuldiges Wesen bereithält.

Wie süß ist es, vom Schmerz des anderen zu kosten! Das weiß Teresa inzwischen. Erschöpft bleibt sie stehen. Am Himmel über ihr funkeln nun zahlreiche Sterne. Der Mond hat seine Farbe wieder angenommen, das Rot ist verschwunden.

Der Pfiff des nahenden Zuges lenkt sie ab, durchbohrt, aber erleichtert sie auch. Endlich ist das rettende Schiff angekommen, mit dem sie von dieser Insel flüchten kann.

Bonannos rasantem Fahrstil und seinem Zigarettenkonsum konnte man unschwer anmerken, dass er ein bedeutendes Wild zur Strecke bringen wollte. Er bog in die Ortsausfahrt von Villabosco ein und fuhr auf die Staatsstraße in Richtung Villapetra, einem kleinen Dorf mit dreitausend Seelen, Schafe und Hühner schon mitgezählt. Es klammerte sich an den Felsen, nach dem es benannt war. Villen gab es hier nicht zu sehen, abgesehen von der Ruine am Ortseingang, die früher von der hiesigen Adelsfamilie bewohnt wurde.

Die Straße krümmte sich, genauso wie die anderen in dieser unwegsamen Gegend, eine Schlangenlinie aus Kurven und unfallträchtigen Schlaglöchern.

An den Seitenrändern der Straße bildete Dornengestrüpp die deutlich sichtbare Grenze zwischen dem Asphalt und dem Ackerland: weite Flächen, die für Getreide und

Heu genutzt wurden, kleine Gartengrundstücke, die mit der Hacke bearbeitet wurden. Sie waren mit Eukalyptusbäumen, Pinien und wilden Pflaumenbäumen wie ein Flickenteppich durchsetzt. Weiter oben eine geschlossene Gruppe von Olivenbäumen, die sich zwischen den üppige Früchte tragenden Weinbergen verliefen, ein Symbol für das tragische und komplizierte Wesen der Sizilianer. Zwischen den jahrhundertealten Mandelbäumen sahen sie wie ein grünlich schimmernder Rosenkranz aus. Ein alter Mann – er trug eine dieser typischen sizilianischen Mützen – kam auf dem Rücken eines Maultiers gerade von seinen Feldern zurück. Müde hob er die verschrumpelte Hand zum Gruß.

Der sieht schlimmer aus als ich, dachte Bonanno. Er fuhr wie eine gesengte Sau. Das sagte ihm vor dem Kreischen der Räder schon sein Magen, der sich mit Warnsignalen und Brechreiz meldete. Bonanno achtete nicht darauf und trat noch fester aufs Gaspedal.

Villapetra zeigte sich in den blassen Farben seiner Elendshütten aus einem anderen Jahrhundert, die sich an den Granitfelsen klammerten. Sie waren fast alle verlassen. Bonanno fuhr in die Ortschaft und dann geradeaus die Hauptstraße entlang, ein schmales Gässchen, das von den parkenden Autos in Beschlag genommen wurde.

Als Bonanno einen Zeitungsladen sah, hielt er an. Er wollte etwas überprüfen. »Guten Tag.«

»Guten Tag, mein Herr, was möchten Sie? *La voce provinciale*?«, erkundigte sich eine gebrechliche alte Frau mit einem faltigen Gesicht.

»Nein, keine Tageszeitung heute, danke. Haben Sie den *Zodiaco illuminato*?«

»Was ist denn das?«

»Was mit Horoskopen.«
»Sehen Sie bitte dort nach«, meinte die alte Frau ein wenig erstaunt. Sie hatte noch nie einen großen, dicken Kerl wie ihn nach so etwas Komischem fragen hören.
Bonanno suchte in der Ecke mit den Zeitschriften. Unter einem Haufen anderer Blätter fand er den *Zodiaco illuminato*. »Na also«, murmelte er zufrieden, zahlte und ging. Er war gespannt darauf, im Auto in dieser »Fachzeitschrift« zu lesen und zu überprüfen, ob die miserablen Voraussagen im Videotext für ihn eine solide Grundlage hatten oder ob es sich nur um die Erfindungen irgendeines spinnerten Fernsehfritzen handelte.
Acht dicht beschriebene Seiten behandelten sein Sternzeichen. Die Saturn-Konjunktion machte die Geborenen der ersten Dekade reizbar, die der zweiten waren vom Pech verfolgt und die der dritten depressiv. Er verbrachte einige Zeit damit, im Text nach einem aufmunternden oder hoffnungsvollen Wort zu suchen. Da war nichts, gar nichts. Die nächsten zwei Wochen sah es düster aus, nur am Monatsende würde es vielleicht ein wenig besser werden, aber bis dahin musste man vorsichtig sein. Er warf die Zeitschrift auf den Rücksitz seines Wagens und fuhr wieder los.
Die nächsten siebenhundert Meter Straße dachte Bonanno nur daran, wie er sich von den schlechten Vorzeichen Saturns befreien konnte. Der hatte beschlossen, ihm das Leben zur Hölle zu machen. Zuerst überlegte er, ein kombiniertes Bombardement mit Atomraketen und alles zu Staub zermahlenden Laserstrahlen loszulassen, die auf den Kern des Planeten gerichtet waren.
Als er in die Nähe einer Querstraße kam, bremste er jedoch und sah sich vorsichtig um.

Wenn die Information zutraf, die ihm sein Kollege Maresciallo Musicchia unter ständigem Jammern über seinen kaputten Rücken und die kranke Leber gegeben hatte, dann musste der Laden, den er suchte, am Ende des Corso in der dritten Querstraße rechts sein. Bonanno sah das protzige, schief hängende Ladenschild und begriff, dass er seinen Mann gefunden hatte. Er parkte den Punto schräg ein und legte die wenigen Meter zu Fuß zurück. Allmählich wurde es warm im Montanvalle. Bonanno trug Zivil und stellte fest, dass sein Hemd am Rücken durchgeschwitzt war. Er sollte besser kurzärmelige Hemden tragen.

An den Tischen einer heruntergekommenen Bar saßen zwei junge Typen und schauten ihn neugierig an. Einen Fremden sah man hier im Mai nicht alle Tage. Sie flüsterten leise miteinander und lachten, offenbar machten sie sich über ihn lustig. Bonanno starrte sie finster an: Bei der nächsten Gelegenheit ...

Biagio Bruccoleri stand in Hemdsärmeln hinter seinem Ladentisch und bediente eine Kundin.

»Für Sie, meine schöne Signora, Schinkenscheiben, die so groß sind wie Bettlaken, und eine Salami zum Dahinschmelzen. Wieviel soll ich Ihnen aufschneiden? Und schauen Sie, die Oliven, schauen Sie nur! Sie sehen aus wie in Öl ertränkte Riesenpflaumen, duftendes Öl aus unseren eigenen Oliven.«

Die Signora musste schon an die Prahlerei des Ladenbesitzers gewöhnt sein, denn sie sagte kein Sterbenswörtchen. Sie kaufte trotzdem fünfhundert Gramm jungen Pecorino, dreihundert Gramm Ricotta und einen Laib Brot mit Sesamkörnern. Dann verließ sie den Laden genauso unbeirrbar und schweigsam, wie sie ihn gewiss betreten hatte. Sie war eben eine ernsthafte Frau.

Bonanno hatte mit einer Engelsgeduld darauf gewartet, dass der Ladenbesitzer sie abfertigte, ehe er vortrat.

»Ich grüße Sie, Sie sind sicher neu hier in der Gegend? Sind Sie Ersatzlehrer? Oder Pharmavertreter? Besuchen Sie unsere Ärzte? Wenn Sie Hunger haben, ich verkaufe belegte Brötchen, die sind einfach sagenhaft, Sandwiches mit den leckersten Wurst- und Käsesorten. Sehen Sie, was für schöne Mozzarella? So groß wie Kanonenkugeln, nicht so mickrig wie Mozzarella von sonst woher. Das ist das Blut echter sizilianischer Kühe, deren Euter so groß sind wie Häuser und die eine ganz besondere Milch geben, ach, was sage ich? Ganz, ganz, ganz außergewöhnliche Milch! Diese Büffelmozzarella lässt einem einen Bart wachsen.«

Bonanno gab auf. Saturn schien es wirklich auf ihn abgesehen zu haben. »Sie sind Biagio Bruccoleri, vierundvierzig Jahre alt, verheiratet mit Filomena Michelozzi, Alter einundvierzig Jahre?«

Der Ladenbesitzer wurde blass. »Verdammt, sind Sie etwa von der Steuerfahndung? Sehen Sie, meine Kasse ist kaputt, deshalb habe ich der Signora keinen Bon gedruckt. Aber sie ist eine Stammkundin, und ich war gerade dabei, es aufzuschreiben … Sehen Sie, hier, in dieses Buch, das ich extra dafür angeschafft habe. Ich zeige es Ihnen. Sehen Sie, hier schreibe ich den Namen hin und daneben den Betrag. Ich bin ein ehrlicher Mann, ein gewissenhafter Familienvater, ich zahle meine Steuern bis zum letzten Lirastück, auch wenn die in Rom uns zum Hohn dann alles auffressen. Möchten Sie ein Stück jungen Pecorino? Erstklassige, feine Ware, ich habe einen Freund, der ist Schafhirte, er hat gesegnete Hände, hat goldene Hände, die sind wirklich aus purem Gold. Fühlen Sie mal, wie gut der ist, kosten Sie doch bitte.«

Bonanno seufzte. »Hören Sie, Bruccoleri, ich habe keinen Hunger, und Ihr Schäferfreund kann mich mal. Ich bin Maresciallo Bonanno von der Einsatztruppe in Villabosco.«

»Ja, dann … Was habe ich für eine verdammte Angst gehabt! Warum haben Sie das nicht gleich gesagt? Sie sind ein Kollege meines Schwagers. Sie kennen ihn, nicht wahr? Angelo Michelozzi, Kommandant der Station in Campolone. Ein anständiger Mann, eine Seele von Mensch. Sind Sie auf dem Weg zu ihm und haben Hunger bekommen? Ich belege Ihnen ein Brötchen, so dick, da ist ein amerikanischer Panzer nichts dagegen.«

Bonanno fing an, so nervös seine Hände zu bewegen, als spielte er eine unsichtbare Geige.

»Haben Sie ein nervöses Zucken, Maresciallo? Wenn Sie möchten, bringe ich Sie zu meinem Freund, Dottor Paolo Pungivacca, ein ganz prächtiger Kerl, Spezialist für Geschlechtskrankheiten.«

Bonanno bewegte seine Hände noch schneller. Er hatte gute Lust, den anderen zu verhaften, ihn zu knebeln und ihn für zwei Monate bei Wasser und Brot ins Gefängnis zu werfen. Verdammt noch mal, was der bloß dauernd quatschte! »Bruccoleri, kann ich Sie etwas fragen?«

»Natürlich, ich stehe Ihnen zur Verfügung.«

»Sagen Sie mal, reden Sie auch so viel, wenn Sie im ›Club dei Tesserati‹ sind, oder setzen Sie sich dann ganz still und leise hin und beten zu allen Heiligen im Paradies, während Sie Ihren Verdienst am Bakkarat-Tisch verspielen?«

Für Bruccoleri wäre es weniger schmerzhaft gewesen, wenn der andere ihm einen Eisenknüppel über den Kopf gezogen hätte. Dreißig Sekunden lang sagte der Ladeninhaber kein Wort, er war halb betäubt. Auf einen so direkten Angriff war er nicht gefasst gewesen. Für Bonanno war das wie der Himmel auf Erden. Bruccoleri runzelte die Stirn und starrte den Maresciallo mit festem Blick an.

»Das, bei aller Achtung, mein hochverehrter Maresciallo, mit Verlaub und ohne den hier Anwesenden beleidigen zu wollen, geht Sie einen Scheißdreck an.«

»Ich komme als Freund, Bruccoleri, aus Respekt für meinen Kollegen Michelozzi. Aber wenn Sie diesen Ton anschlagen, kann ich die Sache auch anders angehen. Damit wir uns recht verstehen: Ich ermittle im Mordfall Cannata, der, soweit mir bekannt ist, die gleiche Leidenschaft hatte wie du und denselben Club besuchte, in dem du ein und aus gehst. Hast du bis hierher alles kapiert?« Er war wie selbstverständlich zum Du übergegangen.

»Und was soll das für mich heißen?«

Verdammt, es stimmte also, Cannata war ein leidenschaftlicher Glücksspieler gewesen, Vastiano Carritteri hatte ins Schwarze getroffen!

Voller Stolz auf die indirekte Bestätigung redete Bonanno weiter: »Wenn du ihn gekannt hast, bist du ein Zeuge, und ich kann dich in die Kaserne bestellen, wann und so oft ich will. Und wenn du nicht erscheinst, schicke ich meine Männer, um dich festzunehmen, ganz zu schweigen von den Ermittlungen wegen der Kassenbons und den anderen Untersuchungen, von denen du noch gar nichts weißt. Und betrachten wir mal die Hygiene in diesem so genannten Laden. Ich schicke dir die vom Gesundheitsamt zu einer Inspektion. Dein Schwager, der liebe Maresciallo Michelozzi, wird ganz schön fluchen. Du bist erledigt, musst deinen Laden für ein halbes Jahr schließen und bekommst eine saftige Geldstrafe. Wie hoch die sein wird, kannst du dir nicht einmal in deinen kühnsten Träumen vorstellen. Dann hast du wirklich Lust zu spielen.«

Biagio Bruccoleri bekam es langsam mit der Angst zu tun. Er kam hinter dem Tresen hervor, schloss die Ladentür ab und ließ die Jalousien herunter. »Maresciallo, darf ich erfahren, welcher unglückliche Zufall Sie heute hierher geführt hat? Was wollen Sie denn von mir?«

»Jetzt reden wir endlich vernünftig. Was weißt du über Pietro Cannata?«

»Was soll ich sagen …? Das, was jeder weiß. Ab und zu habe ich ihn im Club gesehen, aber nie mit ihm gespielt. Für die haben wir armseligen Figuren nicht gezählt. Sie haben sich in einem separaten Raum eingeschlossen, zu dem wir keinen Zutritt hatten. Wir anderen ohne das nötige Kleingeld nannten ihn ›Putia dei deci‹.«

»›Laden der Zehn‹, so, so. Und was soll das heißen?«

»Da drin lag der Mindesteinsatz bei zehn Millionen Lire.«

»Donnerwetter!«

»Ja, die spielten um hohe Einsätze, das war etwas anderes als bei uns armen Schluckern. An meinem Tisch ging es höchstens um hunderttausend Lire. Also, ich habe einen Freund, Ciccio Cacciavoli, er hat einmal …«

»Bitte, Bruccoleri, halten wir uns nicht mit Geschwätz auf. Lass uns weitermachen.«

»Was soll ich Ihnen noch sagen, mein lieber Maresciallo …? Das ist alles, was ich weiß. In den Raum durfte man nicht hinein, und, ich schwöre, es hätte mich nicht mal interessiert. Die sind ja alle nicht richtig im Kopf. Sie spielen um Millionen wie andere Leute um Bohnen, und dann geschieht das, was geschehen muss.«

Bonanno spitzte die Ohren. »Erklär mir das näher.«

»Ach, nichts, Maresciallo, was soll ich Ihnen da erklären?

Wenn man Cannata umgebracht hat, dann wird es auch einen Grund dafür geben. Entweder hat er seine Schulden nicht bezahlt, oder sie haben ihm das Geld abgeknöpft, weil er zu viel gewonnen hat, möglicherweise mit nicht ganz sauberen Mitteln. In der ›Putia‹ lässt man nicht mit sich spaßen.«

»Bruccolè, sag mal, hast du Kinder?«

»Zwei Jungen und drei Mädchen, aber was hat das damit zu tun?«

»Ach, nur so, ich frage mich, wie es jemandem, der Familie hat, ganz egal ist, was ihm passieren kann, wenn er in bestimmten Kreisen verkehrt.«

»Wenn dich dieses verdammte Laster packt, ziehst du dich da nicht raus.«

»Na ja, vielleicht zieht man dich dann aus dem Verkehr.«

»Worauf wollen Sie hinaus?«

»Das erkläre ich dir gleich, Bruccoleri, aber kratz dir den Dreck aus den Ohren: An einem der nächsten Abende, wenn ihr Idioten überhaupt nicht damit rechnet, komme ich aus heiterem Himmel und sacke euch ein, alle wie ihr da seid. Ich nehme auf niemanden Rücksicht …«

Bruccoleri wurde kalkweiß.

»Ich nehme alles mit, was ich finde, Karten, Geld, Chips, einfach alles. Dann sperre ich euch allesamt ein und zeige euch wegen fortwährenden illegalen Glücksspiels an …«

Bruccoleris Handgelenke wurden eiskalt, als fühlte er dort schon Bonannos Handschellen klicken.

»Denk dran, dass du ein Geschäft hast. Haben wir uns verstanden? Und nun reiz mich nicht weiter, Saturn ist schon anstrengend genug. Wer waren Cannatas Mitspieler? Namen und Vornamen bitte!«

»Muss ich es Ihnen vielleicht noch schriftlich geben? In

diesen verdammten Raum kommt nur rein, wer das nötige Kleingeld hat. Ich kenne niemanden von denen.«

»Wie lange willst du diese Komödie noch spielen, Bruccoleri? Kannst du mir vielleicht erklären, wie zum Teufel jemand, der zwischen Porto Empedocle und Cefalù lebt, erfährt, dass hier illegal gespielt wird? Lass mich raten: Das hat ihm ein Engelchen ins Ohr geflüstert, oder vielleicht hat es ihm eine verlorene Seele aus dem Fegefeuer vorgesungen.«

»Also, *einen* Freund hatte er schon.«

»Würde es dir etwas ausmachen, mir den Namen zu nennen? Darauf warte ich schon eine halbe Stunde.«

»Er heißt Vanni Monachino.«

Bonanno war der Name nicht vollkommen unbekannt, aber er kam nicht darauf, wo er ihn schon gehört hatte. »Bruccolè, warum ist dir denn auf einmal die ganze Lust vergangen, zu prahlen und zu schwätzen? Warum denn, zuerst waren die Brötchen Panzer, als wäre der Fünfte Weltkrieg ausgebrochen, und jetzt kommt nur noch heiße Luft? Vanni Monachino, und weiter? Wovon lebt er, wo wohnt er?

»Verdammt, Maresciallo, Sie wollen mich ins Unglück stürzen.«

»Da landest du bestimmt, wenn du weiter Karten spielst, das garantiere ich dir, so wahr ich Saverio Bonanno heiße.«

»Er heißt Vanni Monachino, handelt mit Getreide und Saatgut, lebt in Vallevera, ist etwa fünfzig Jahre alt. Ein angesehener Mann. Er hat Cannata vor einigen Jahren in den Club eingeführt. Er sagte, der gehöre zu ihm. Mehr weiß ich nicht.«

Daher kannte er also den Namen Monachino! Er hatte ihn auf der Liste der Getreidehändler gelesen.

»Hast du beide am Abend des Mordes im Club gesehen?«

»Nur Monachino und die anderen aus der Clique, Leute von auswärts. Es ging das Gerücht, an diesem Abend würde in der ›Putia‹ eine große Sache laufen. Aber Cannata habe ich nicht gesehen. Seit der eine Freundin hatte, kam er nicht mehr regelmäßig, nur noch hin und wieder. Aber wenn er da war, dann ging die Post ab, und wie …
Ich erinnere mich noch, einmal, aber das war vor langer Zeit, war jemand da, der flennte wie ein kleines Kind. Ich hätte es nicht geglaubt, wenn man mir das erzählt hätte. Der war doch ein richtiger Kerl! Aber an diesem Abend floss er über wie ein kaputter Springbrunnen. Man sagte, er hätte seinen ganzen Besitz verloren. Von da an ließ er sich nicht mehr sehen.«
Da war Vastiano Carritteris Restaurant also geblieben.

Bevor er ging, jagte Bonanno dem Ladenbesitzer einen Todesschrecken ein. Er brachte ihn so zum Zittern, dass Bruccoleri es sich fortan zweihundertmal überlegen würde, bevor er wieder Karten anfasste. Bonanno ertrug es einfach nicht, dass ein armer Teufel sich am Spieltisch ausnehmen ließ.
Zufrieden ging er zu seinem Punto. Jetzt war ihm sogar Saturn egal. Er hatte eine Spur, und die war auch noch viel versprechend. Vanni Monachino war mit an Sicherheit grenzender Wahrscheinlichkeit der Händler, von dem die schöne Rosina gesprochen hatte. Der Mann, mit dem sich Pietro Cannata an jenem Tag hatte treffen wollen. Jetzt musste er noch feststellen, ob das Treffen stattgefunden hatte. Was hatte Cannata getan, bevor ihm jemand den Kopf zertrümmert hatte?
Auf diese Frage musste er eine Antwort finden.
Bonanno merkte, dass er endlich auf dem richtigen Wege

war, und beschloss, das zu feiern. Er hielt an der Bar, die er vorher gesehen hatte, nahm feierlich Platz und bestellte einen Riesenbecher mit sechs verschiedenen Eissorten.
Die beiden jungen Burschen saßen noch am Tisch. Sie beobachteten ihn wieder und lachten. Bonanno, der ein feines Gehör hatte, verstand, dass sich die zwei Herumtreiber über seine Statur amüsierten. Er war eben nicht gerade ein Fliegengewicht. In Bonanno wuchs der Zorn.
Die beiden schmissen sich fast weg vor Lachen, als sie sahen, wie der Kellner diesem Elefanten einen Berg Eis mit Sahne und Schokoladenkeksen servierte, die in der bunten Masse steckten.
Bonanno streckte seine steif gewordenen Muskeln, drückte mit dem Rücken gegen den Stuhl, blähte seinen mächtigen Brustkorb auf und stieß einen kolossalen Seufzer aus. Dann zog er wie nebenbei seine große Parabellum Kaliber 9 aus dem Halfter und legte sie auf den Tisch. Der Lauf zeigte auf die beiden. Die Kerle wurden so weiß wie Straßenstaub und verschwanden schneller, als sein Eis schmolz. Bonanno war zufrieden und stürzte sich auf den weichen, cremigen Eisberg.

Achtzehn

Teresas Herz ist so klein wie der Kopf einer Stecknadel. Sie fährt in den nebligen Morgen hinein, der die Hügel umarmt und ihre Konturen verwischt. Sie sitzt im Zug, der sie weit weg, weg von den Augen unter den buschigen Augenbrauen, bringen wird. Mit der Entfernung wächst auch ihre Angst. Was wird sie in der Großstadt finden? Wovon wird sie leben?

Flucht ist keine Lösung, wenn man das Gefängnis in sich trägt, aber das weiß Teresa noch nicht.

Sie hat schnell ein paar Kleidungsstücke in die Reisetasche geworfen, etwas Geld, so viel, wie sie finden konnte.

Zu ihrer Erschöpfung kommt die Angst vor der unmittelbaren Zukunft. Noch eine Stunde, dann ist sie in der großen Stadt, die sie, Teresa, in ihren gewaltigen Leib saugen wird, bis sie verschwunden ist. Die Stadt wird ihr vergangenes Leben auslöschen und ihr eine andere Zukunft sichern.

Teresa ist noch nicht einmal siebzehn Jahre alt. Sie ist also minderjährig. Man wird ihr Verschwinden melden; die Polizei wird nach ihr suchen, und wenn man sie findet, wird man sie auch gegen ihren Willen nach Hause zurückbringen. Niemand wird ihr glauben, niemand wird es verstehen. Nein, sie wird nie mehr ihr Herz öffnen, das auf die Größe eines Stecknadelkopfes zusammengeschrumpft ist. Der kleine Bruder wird ebenfalls schweigen. Die Schande muss verborgen bleiben. Der stinkende Aasgeruch dieser Gewalttat darf niemals ans Tageslicht kommen. Sie werden beide vergessen. Die Zeit wird die Bilder der Bestie auslöschen, die ihr Fleisch zerwühlt, sie zerreißt, drückt, bis sie sie zerschneidet, sie in zwei Hälften trennt. Wie unerträglich heiß die Schande brennt! Hier im Süden ist es so schwer für eine Frau.

Nach dem Gesetz ist sie noch gar keine Frau, aber für die Augen unter den buschigen Augenbrauen war sie es. Oh Gott, welche Schande! Welche Erniedrigung!

Der Schmerz löst sich aus der Eiseskälte, in der er geschlafen hatte. Er verwandelt sich in kleine Rinnsale, die ihre rosigen Wangen überziehen und ihre Hände feucht werden lassen. Ein Kirchenmann nähert sich ihr, er ist auf sie aufmerksam geworden. Teresa möchte nicht reden. Sie hasst alle Männer, hasst, dass sie Feuersäbel tragen, auch wenn sie in Wahrheit nur nackte Würmer sind.

Nein, sie hat die Tränen auf ihrem Gesicht nicht bemerkt; der Kirchenmann zeigt sie ihr, er reicht ihr ein Taschentuch. Teresa nimmt es nicht, sie bedankt sich nicht, sie steht auf und verschwindet in der Toilette. Der Kirchenmann hat Recht. Sie weint wirklich. Ein Teil von ihr denkt und überlegt rational, er versucht, gegen den enormen psychischen Druck zu bestehen, gegen die vielen Fragen, gegen die fehlenden Antworten, und er findet die Kraft weiterzumachen. Trotz allem.

Aber in ihr lebt noch eine andere Teresa, verletzt und verzweifelt. Diese Teresa weint und fühlt sich unendlich schmutzig. Die eine Teresa begreift, dass sie die andere nicht trösten darf. Sie kann sie nicht allein herumlaufen lassen, sie muss sie bei der Hand nehmen, sie auf den Weg der Vernunft zurückführen, sie von der weit geöffneten

Wagontür, vor der sie nun steht, wegbringen. Was empfindet man wohl dabei, wenn man aus der Nähe abschätzt, wie glänzend und kalt die Gleise sein können, auf denen der Zug in den Morgen hinausfährt und seine Wagenladung aus stummem Leid trägt?
Sie muss mit der anderen Teresa Verbindung aufnehmen, die in ihren zerbrochenen Träumen gefangen ist. Die auf der Erde verstreuten Scherben schneiden in ihr Fleisch, ihre Fersen bluten. Sie muss ihr jetzt entgegentreten, bevor die Verzweiflung den Sieg davonträgt. Wenn es nötig ist, muss sie sie auch ohrfeigen, sie auf ihre Seite ziehen, sie zur Vernunft bringen.
Was ist denn Vernunft? Welchen Sinn soll es haben?
Teresa weiß es nicht, aber sie begreift, dass sie etwas unternehmen muss. Instinktiv bleibt sie stehen, keinen Augenblick zu früh, sonst hätte sie der Wind gepackt und in den beginnenden Tag auf die glänzenden Gleise geworfen. Dort, wo Leben und Tod aufeinander treffen. In diesem kaum wahrnehmbaren Augenblick, der zwei Welten trennt, die durch einen unsichtbaren Faden vereint sind, Leben und Tod. Dazwischen bleibt ihre Verzweiflung.
Schweißnasse Hände halten sie zurück. Teresa fährt zusammen. Sie bemerkt, dass ein Mann sie an den Hüften festhält. Sie erbricht beißend riechenden, säuerlichen Schleim über den Kirchenmann, der überrascht zurückweicht.
Nun lacht Teresa, sie lacht und weint zugleich, während sie sich erschöpft auf den Boden setzt. In ihre Tränen und den erbrochenen Schleim. Sie ist schmutzig und doch sehr schön. Ihre Haare sind zerzaust, die halb geöffnete Bluse lässt noch unreife, feste Brüste sehen, die Jeans schmiegen sich eng an die runden Hüften, ihre Lippen sind geschwollen, so oft hat sie sich darauf gebissen.

Der Kirchenmann kniet sich hin, um ihr zu helfen. Teresa weicht zurück, möchte nicht berührt werden. Sie steht auf und schließt sich wieder in der Toilette ein. Mit Wasser und Toilettenpapier entfernt sie die säuerlich riechenden Flecken aus der Jeans. Sie arbeitet lange, sorgfältig, peinlich genau. Die Tätigkeit beruhigt sie, sie mindert den Drang herauszufinden, wie lange es dauert, bis man von den Rädern eines Zuges zermalmt wird und stirbt. Das bleibt eine Verabredung, zu der man immer pünktlich kommt, wenn man will. Die plötzliche Entdeckung erfüllt sie mit einem neuen Bewusstsein: Sie kann über ihr Leben entscheiden! Die Welt, zu der sie gehört, hat keinen großen Wert für sie; sie wird immer bereit sein, sie zu verlassen. Es tröstet sie, dass sie über dieses Stück Leben, das ihr geblieben ist, selbst bestimmen kann.

Teresa hat neuen Mut gefasst. Sie verlässt die Toilette wieder.

Der Kirchenmann nähert sich ihr. Dieses Mädchen, das so allein und traurig ist, beunruhigt ihn. Sein Protest überzeugt ihn nicht. Er hat genau gesehen, dass die Kleine sich unter den Zug werfen wollte. Das arme Mädchen, was es wohl quält? Warum sprichst du nicht darüber? Lass deinem Schmerz freien Lauf, beichte, meine Tochter.

Mein Gott, wie schön sie ist! Welche üppigen Früchte sich unter der aufreizenden Kleidung verbergen. Halt die Versuchung von mir fern, Heiliger Vater!

Teresa hat sich auf einen anderen Platz gesetzt, sie erträgt den eindringlichen Blick des Kirchenmannes nicht, seine fortwährenden Annäherungen. Sie setzt sich weiter vorn hin, aber auch dort hält sie es nicht lange aus. Die beiden Männer scheinen nur daran interessiert zu sein, sie anzugaffen, leise Bemerkungen über sie auszutauschen, die sie

unglaublich zu amüsieren scheinen, während sie sich mit nassen Zungen über die Lippen lecken. Sie fühlt erneut Brechreiz aufsteigen.
Teresa läuft weg, noch weiter nach vorn. Dort schläft eine alte Frau. Teresa setzt sich neben sie. Ihr Herz schlägt heftig. Sie schließt die Augen und lässt sich von der Erschöpfung einfangen, einer zärtlichen Betäubung, die ihre Gedanken zudeckt.
In einer Stunde wird sie an ihrem Bestimmungsort sein, in einer Stunde wird sie unbekannte Straßen betreten und neue Menschen kennen lernen. In einer Stunde wird sie frei sein. Sie wird später an die Probleme denken. Wie sie Arbeit findet, wie sie vor der Angst flieht, die irgendwo noch in ihr lauert. Und selbst jetzt, mit geschlossenen Augen, weint sie lautlos in den Garten ihrer verlorenen Jugend, um stumm ihr Leid in die ganze Welt hinauszuschreien. Um dem tauben Erdball ihre Unfähigkeit, um Hilfe zu bitten, zuzuschreien.
Wie viel Leid kann sich im Herzen eines Menschen verbergen!
Teresa streichelt in Gedanken ihren kleinen Bruder. Sie weiß, der kleine große Mann wird seine Pflicht tun. Er wird mit niemandem über das böse Ungeheuer sprechen. Er hat geträumt. Einen schlimmen Traum, den Teresa verjagt hat, als sie ihm das Märchen erzählt hat, bevor ihn der Schlaf ihr genommen hat. Sie hat jede Spur des schmerzhaften Rots aus ihrem verfluchten Zimmer entfernt, sie hat alles wieder in Ordnung gebracht. Niemand wird je etwas erfahren.
Leb wohl, geliebter kleiner Bruder, grüß auch das andere kleine Wesen von mir. Ich fahre weg, wohin mich der Zug bringt, wohin mich der Fluss des Lebens bringt, wo der Strom der Scham aufhört, wo mich keiner kennt, wo ich

wieder einen Grund dafür finden kann, in diesem Unrat zu waten, den wir Leben nennen.
Die Stimme aus dem Lautsprecher klingt metallisch. Sie sagt, das Fahrziel sei erreicht. Teresa öffnet die Augen. Um sie herum sind hunderte von Menschen damit beschäftigt auszusteigen. Der Kirchenmann bleibt an ihrer Seite.

Nachdem Bonanno das Eisgebirge verdrückt hatte, fühlte er sich entspannter. Für dieses Mal hat sich Saturn vor dem doppelten Beschuss gerettet, aber wenn er weiter auf dieser unangenehmen Konjunktion beharrt, dann würde es für ihn ernst.
Bonanno fuhr unbeschwerter als vorher. Es war spät geworden, deshalb würde er Vanni Monachino erst am Nachmittag einen Besuch abstatten, um ihn kennen zu lernen. Gegen einen Ausflug nach Vallevera hatte er nichts einzuwenden, das war die Gelegenheit, seinen Kollegen in der Station zu besuchen, ein herzensguter Mensch, devoter Jünger des selig gesprochenen Pater Pio. Er behauptete steif und fest, in übernatürlichem Kontakt mit dem berühmten Mönch aus Pietralcina zu stehen. Jeden Tag versuchte er mit großem Enthusiasmus, unverständliche Botschaften zu entschlüsseln. Er stammelte grimassierend Dreier- und Viererkombinationen, mit denen er beim Lotto noch nie ins Schwarze getroffen hatte, und wenn, dann war es purer Zufall gewesen.
Als Bonanno nach Villabosco kam, war es fast zwölf. Er fuhr in der Station vorbei. Vom Capitano war nichts zu sehen. Wenn Silvana Fontanazza ihn in nur ein paar Monaten intimer Bekanntschaft zu dem Entschluss gebracht hatte, sie zu heiraten, musste sie wohl über ausgezeichnete Argumente verfügt haben.

Argumente, gegen die weder er noch alle Ermordeten dieser Gegend ankommen konnten. Der Unterschied war einfach zu groß. Und bei allen Heiligen im Paradies, was für ein Unterschied! Eines Tages hatte aus Capitano Colombos Brieftasche ein Foto herausgeschaut, auf dem große, dunkle Augen zu sehen waren, die von langen, samtigen Wimpern umrahmt wurden. Mörderische Augen, die ein Gefühlschaos erzeugten, dass es überall prickelte. Augen, die einen bei lebendigem Leibe verschlangen und sich im Gesicht einer Magdalena mit einem spöttischen Lächeln öffneten, das sinnlich und unschuldig zugleich wirkte. Wenn einem vom Schicksal begünstigten Mann das Glück zuteil wurde, die Freuden zu genießen, die jene Schwindel erregenden, sinnlichen Kurven der Lippen verhießen, über denen sich eine kleine Stupsnase erhob, dann konnte Bonanno ihn, den Capitano, gut verstehen, obwohl er nie mehr von der attraktiven Frau gesehen hatte als ihr Gesicht.

Bonanno ertappte sich bei einem Gedanken an seine Exfrau. Und wie immer schmerzte ihn dieser plötzliche Gedanke. Er war wie ein Peitschenhieb, der auf den nackten Körper traf. Die Mutter seiner Tochter, die Frau, für die er alles zum Teufel gejagt hatte, das verachtenswerteste Wesen, das er je kennen gelernt hatte. Zum Teufel, er hatte keine Lust, sich den ganzen Tag zu verderben. Sie sollten ihm den Buckel runterrutschen, sie und ihr mittelmäßiger Zirkuskünstler. Eines Tages würde dieser Supermannverschnitt von seinem Trapez fallen, dann gab es was zu lachen. So würde auch er erfahren, wie es ist, ohne Netz ins Leere zu stürzen.

Rache ist süß und muss kalt wie Eis genossen werden.

Was für ein Trost und was für ein Vergleich! Seit einiger

Zeit nahm jeder Vergleich in Bonannos Gehirn die Form von Essbarem an. Das hatte ihm ein Psychologe erklärt: Sein ständiger Drang, etwas zu essen, sei eine von vielen Möglichkeiten, sich selbst zu bestrafen, weil er sich für etwas verantwortlich fühle. Er wolle sich in ein fettes, unansehnliches Monstrum verwandeln, das die Leute einfach abstoßen *musste*, damit sie alle von seiner Schuld erfuhren.

Zur Hölle mit allen Psychologen und ihren ganzen Erklärungen!

Die Wahrheit war, die Mutter seiner Tochter war nur eine Nymphomanin, die man nicht einmal mit einer Wagonladung Viagra befriedigen könnte.

Dieses verdammte Weib. Man hatte es ihm doch tausendmal gesagt: Frauen und Ochsen nimmt man aus dem eigenen Dorf. Seine Mutter hatte es so oft wiederholt, dass er es nicht mehr hatte hören können, aber nein, er hatte ja seinen Kopf durchsetzen müssen. Er hatte dieser vorgefassten Meinung entgegentreten wollen, und das war nun das Ergebnis.

»Schluss mit den schwarzen Gedanken, jetzt zu etwas anderem«, murmelte Bonanno und riss das Lenkrad herum. Er fuhr ein paar hundert Meter weiter und stand dann direkt vor »Noahs Arche«.

Diesmal war die Ladeninhaberin vor Schreck fast sprachlos.

»Ma...Maresciallo, gibt es irgendein Problem mit Filippo?«

»Wer ist Filippo?«

»Der Wellensittich, Maresciallo. Wir haben ihn so genannt, weil er nur das eine Wort sagen konnte, den Namen meines Sohnes.«

»Also, Filippo hat eigentlich überhaupt kein Problem. Dort, wo er jetzt ist, geht es ihm sicher wie im Himmel.«
»O heiliger Alfonso, lieber Maresciallo, wann ist Filippo denn gestorben?«
»Ach was, gestorben! Der Sohn eines Wiedehopfs hat das erste offene Fenster genommen und – wutsch – ist er davongeflogen, so wie Mutter Natur es ihm beigebracht hat. Haben Sie es nun begriffen, gute Frau?«
»Soll das heißen, er ist *davongeflogen*? War er denn nicht in seinem Käfig?«
»Was wollen Sie, Signora? Durch einen nächtlichen Luftzug öffnen sich manchmal Fenster und Türen, und man weiß nicht genau, wie einem geschieht. Auf jeden Fall ist Filippo verschwunden, und deswegen bin ich hier.«
»Maresciallo, ich kann einfach nicht verstehen, wie es möglich ist, dass …«
»O mein Gott, wollen Sie den Carabinieri etwa den Prozess machen? Filippo ist nicht mehr da, warum auch immer, so ist es nun mal. Also Schluss damit. Haben Sie Goldfische?«

Bonanno verließ zufrieden die Zoohandlung. Das kleine Aquarium war eine wahre Pracht. Um ihn über Filippos Verlust hinwegzutrösten, hatte die Signora ihm als Gesellschaft für die drei Goldfische, die zwischen den Pflanzen und künstlichen Felsen hin und her schwammen, noch drei Fische hineingesetzt, deren bunte Schwänze sich wunderschön nach allen Seiten bewegten und ein Eigenleben zu führen schienen. Eine Wonne. Saverio Bonanno hatte sich selbst übertroffen, fand er.
Als Donna Alfonsina ihn hereinkommen sah, bedachte sie ihn kopfschüttelnd mit einem mitleidigen Blick. Ihr lieber Sohn war doch tatsächlich noch sturer als jeder Maulesel.

Wer weiß, was für ein schlimmes Ende die Fische nehmen würden.

»Hast du gesehen, Mama, wie schön? Sind sie nicht prachtvoll? Schau, wie sie schwimmen! Guck mal, der, ein Slalomspezialist, ein perfekter Schwimmapparat. Diesmal habe ich wirklich ins Schwarze getroffen!«

»Vielleicht war es ein Volltreffer, Savè.«

»Was meinst du, werden sie Vanessa gefallen?«

»Aber natürlich. Deine Tochter ist verrückt nach gebratenem Fisch, ganz zu schweigen von der Katze ihrer Freundin. Da hast du etwas Schönes angerichtet, Savè.«

»Wenn sie es wagt, auch nur einen von den Schätzchen anzurühren, werde ich es ihr schon zeigen.«

»Wie bei den Schildkröten. Übrigens, man hat mir erzählt, sie fühlen sich im Brunnen vor dem Rathaus sehr wohl. Sie schwimmen, dass es eine reine Freude ist. Ich bin gestern vorbeikommen, es war wirklich ein weiser Entschluss.«

Dieses drei Mal verdammte Nest mit seinem Tratsch und Klatsch!

»Vielleicht dankt der Wellensittich Gott, dass er einen so blöden Besitzer gefunden hat. Wo der wohl gestern Abend hingeflogen ist …? Hör mir gut zu, Saverio. Du weißt genau, wo Vanni Lenticchio wohnt, und du weiß auch, was du zu tun hast. Wenn du noch Zeit verschwenden und das Ganze hinauszögern willst, soll das deine Sorge sein. Aber du weißt ja selbst, wie das enden wird.«

»Auf keinen Fall!«

»›Gib mir die Zeit, dass ich dich aushöhle‹, sagte der Wurm zur Nuss. Rate mal, wer in diesem Fall der Wurm und wer die Nuss ist.«

Bonanno verging der Appetit, dafür überkam ihn wieder das übermächtige Verlangen, Saturn zu bombardieren, nur dass sich, warum auch immer, der Planet in ein bekanntes und geliebtes Gesicht verwandelte, in das seiner Tochter. Sie unternahm gerade einen Schulausflug nach Montacino und besichtigte dort über dreitausend Jahre alte Siedlungen und Gräber. Bonanno legte sich auf die Couch und versuchte, ein paar Stunden zu schlafen. Es war nichts zu machen. Keine Chance, etwas vor sich hin zu dösen. Er qualmte pausenlos, betäubte sich mit dem Fernsehprogramm und wurde nur nervös, als das leere Zigarettenpäckchen ihn traurig ansah.

Als Bonanno das Haus verließ und in den Punto stieg, verfolgte ihn der gequälte Blick seiner Mutter. Obwohl ihr Sohn schon über achtunddreißig war, bereitete er ihr reichlich Sorgen. Wer weiß, wann er sich endlich dazu entschloss, erwachsen zu werden! Mit Kindern brauchte man wirklich viel Geduld.

Bonanno erreichte den üblichen Platz auf dem Hügel zwischen Villabosco und Bonanotti. Er stieg aus, setzte sich und beobachtete die Wolken. Was für seltsame Formen diese massigen Luftgebilde in den Augen der Menschen annehmen, wenn diese Zeit finden, ihre Nase zum Himmel zu richten.

Bonannos Laune war bis in den Keller gesunken. Seinen düsteren Gemütszustand hatte der Zigarettenautomat noch verschlimmert. Ausgerechnet an diesem Nachmittag hatte er beschlossen zu streiken und auch noch Bonannos fünftausend Lire einbehalten.

Bonanno blieb sitzen und dachte nach. Er beobachtete die Zirruswolken und die unendlichen Weiten. Wie viel Kleinlichkeit umgab doch das irdische Leben der Menschen.

Er versuchte, die letzten Puzzleteilchen im Mordfall Cannata zu beleuchten, die sie seit Tagen in der Kaserne zusammenzusetzen versuchten. Jetzt erschien ihm das Bild viel klarer. Aber dieses verdammte Auto, das an der Müllkippe wieder aufgetaucht war, brachte einen Misston ins Bild, so wie die eigene Nationalhymne bei der Weltmeisterschaft, wenn Italien verlor und er am liebsten alle millionenschweren Spieler und verblödeten Trainer einbuchten wollte.

Er stand abrupt auf, eine Idee ging ihm plötzlich durch den Kopf. Bevor er nachgedacht hatte, saß er schon im Wagen und hatte den Motor gestartet. Loreto Passacquà, der ›Meister des Kotflügels‹, musste ihm weitere Hinweise geben. Der Kerl wusste genau, wer den Wagen an der Müllkippe gestohlen hatte. Dass sie nach seinem Besuch in der Autowerkstatt den Lancia wieder dort hingestellt hatten, war der Beweis dafür. Genau der richtige Zeitpunkt, um noch einmal das Messer in der Wunde herumzudrehen. Nach dem Fleisch wollte Bonanno jetzt den Knochen freilegen. Wenn er den unbekannten Dieb fand, dann setzte sich das Bild von selbst zusammen. Aber Loreto Passacquà war eine Bestie, die nicht leicht zu zähmen war.

Der Mechaniker arbeitete in seiner Werkstatt. Als er Bonanno sah, versuchte er nicht einmal zu verbergen, dass er sich gestört fühlte. Bonanno sah darüber hinweg. Mit einer Frechheit, die ihn in solchen Situationen überkam, grüßte er Loreto Passacquà mit einem breiten Lächeln.

Passacquà antwortete ihm mit einem Brummen.

»Ich kam gerade vorbei, und weil ich keine Zigaretten mehr habe, dachte ich mir, warum frage ich nicht meinen Freund Passacquà, ob er zufällig eine für mich übrig hat?«

»Ich rauche seit drei Jahren nicht mehr.«

»Wie schade! Na, gut, das heißt einfach, heute ist nicht mein Tag. Also, dann warte ich eben, bis der Tabakladen wieder öffnet. Was machst du denn gerade Schönes?«

»Ich spiele ein bisschen mit dieser Tür.«

»Na ja, eine schöne Bescherung.«

»Hm.«

Ihre Unterhaltung war mehr als dürftig. Ein Gespräch wird schwierig, wenn zwei Menschen in der Deckung bleiben und einander nur feindselig belauern.

Bonanno fing wieder an: »Ich kam auch vorbei, weil ich dir erzählen wollte, dass wir das ... äh ... Paket gefunden haben, du weißt schon. Die Übergabe erfolgte vielleicht zu pünktlich.«

»Davon weiß ich nichts, und ich will auch nichts davon wissen, aber etwas hat mich meine Erfahrung gelehrt. Wenn jemand auf eine solche Sache Wert legt, schafft man sie sich besser vom Hals, besonders wenn es um Sie und Ihresgleichen geht, Maresciallo.«

Der Mechaniker klang hart und verächtlich. Bonanno gefiel das nicht.

»Hör gut zu, Passacquà, seien wir ganz offen zueinander. Du bist schuld, dass ich mir eine Standpauke eingefangen habe, die mir die Haare zu Berge stehen ließ, und dass ich einiges durchmachen musste, deshalb keine langen Worte. Wenn ich nicht rauche, dann geht mein Biorhythmus in den Keller, und ich bekomme meine wilden fünf Minuten, verstanden?«

»Maresciallo, ich habe Ihnen einen Gefallen getan, der auch mich etwas gekostet hat. Wir sind quitt. Soll ich etwa vergessen, dass mir ein gewisser Jemand den Laden schließen wollte? Ich habe getan, was ich tun sollte. Deshalb, hochverehrter Herr Kommandant, wenn Sie keine kaputten

Autos haben und nicht nach Lack riechen wollen, dann sollten Sie besser sich und Ihren Bauch von hier wegbewegen.«

»Passacquà, du musst mir sagen, wer das Auto genommen hat.«

»Sie verwechseln mich.«

»Passacquà, willst du vielleicht endlich begreifen? Hier geht es um Mord. Wer hat dir diesen verdammten Wagen gebracht, oder wer hat damit zu tun oder hat irgendetwas gesehen? Habe ich mich klar genug ausgedrückt?«

»Mir hat niemand irgendetwas gebracht, und ich weiß nichts von der Sache. Ein Toter ist schon zu viel. Was Sie gesucht haben, habe ich für Sie gefunden. Jetzt sollten Sie besser gehen und jemand anderem auf die Eier gehen, denn hier wird gearbeitet.«

»Mir genügt ein Name. Er bleibt unter uns, niemand wird davon erfahren.«

»Davon bin ich ganz überzeugt, wie bei dem Wagen. Ihr Kollege Marcelli hat noch eine Rechnung offen, er will Rache und hat geschworen, dass ich Schwierigkeiten bekommen werde. Maresciallo, je weniger ich von euch Carabinieri sehe, desto besser geht es mir.«

»Nutz meine Gutmütigkeit lieber nicht aus, Passacquà.«

»Und stellen Sie mir keine so gefährlichen Fragen. Reicht Ihnen Carritteris Schaden nicht? Wer möchte seine Werkstatt gern in Flammen aufgehen sehen? Ich habe Familie, Maresciallo. Sie bekommen am Monatsende Ihr Gehalt in klingender Münze ausbezahlt, ganz gleich, ob Sie anständige Leute belästigen oder ob Sie einfach nur an Ihrem bequemen Schreibtisch herumhängen. Wenn ich mir nicht ein paar Zehner verdiene, dann habe ich nichts zu beißen.«

»Was soll mir diese Standpauke sagen?«

»Gar nichts, Maresciallo. Wer Ohren hat, der höre. Sie kennen das Sprichwort besser als ich: ›Kümmere dich um deinen eigenen Kram, dann wirst du hundert Jahre alt.‹«
»Passacquà, hier hat jemand vor kurzem ganz einfach einen armen Kerl umgebracht. Ist es deiner Ansicht nach zu viel verlangt, wenn ich die Mörder fassen und ins Gefängnis bringen will?«
»Sehr verehrter Maresciallo, mein Gewissen lasse ich beim Aufstehen im Bett liegen. Und wenn es Ihnen so wichtig ist, die Mörder beim Schopf zu packen – nur zu, niemand verbietet es Ihnen. Wenn Sie jetzt mit Ihrer Predigt fertig sind … ich habe zu arbeiten. Und schließen Sie bitte die Tür, wenn Sie gehen.«

Das war ein Schlag ins Wasser. Bonanno hatte es geahnt, aber er hatte es trotzdem versuchen wollen. Eigentlich war sein spontaner Besuch nicht ganz vergeblich gewesen. Er hatte nun die Bestätigung, dass Vastiano Carritteri für den Tipp bestraft worden war, den er ihm gegeben hatte. Jetzt schuldete er dem Mann etwas. Auch den Brandstiftern. Bonanno hielt am ersten Tabakladen, den er fand, und kaufte zwei Stangen Zigaretten – für seine Nerven.
Er fuhr in der Station vorbei. Bevor er nach Vallevera zu Vanni Monachino fuhr, wollte er mit seinen Leuten reden. Vielleicht hatten Cacici und Cantara etwas herausgefunden. Und dann war er gespannt, wie Steppani das Problem mit Annarosa Pilolongo in Ustica gelöst hatte. Sollte er erfolgreich gewesen sein, hielt Bonanno eine Belohnung für ihn bereit, die ihn für viele Tage glücklich und dankbar machen könnte …

Neunzehn

Die Stadt wirkt wie ein Untier mit tausend lebendigen Fangarmen.
Teresa hat den Bahnhof verlassen. Verängstigt geht sie zurück. Der Lärm ist unerträglich, er betäubt sie. Die Autos rasen vorbei, eine Sirene schneidet in ihre Ohren, überfüllte Autobusse mit Menschenmassen ergießen sich in das tägliche Chaos. Die Luft ist stickig. Teresa ist an den salzigen Geruch des Meeres gewöhnt, an den Geruch des Windes, der zwischen den Zweigen von Pfirsich- und Kirschbäumen umherstreift. Deshalb erträgt sie die schmutzige Luft nicht, die sie einatmet, sie reizt ihre Kehle. Teresa hustet.
Der Kirchenmann spricht mit seiner schmeichelnden Stimme zu ihr, er bietet ihr Hilfe an. Teresa möchte ablehnen, aber sie kennt ihre Schwäche: Sie ist allein in einer fremden Stadt, hat kaum Geld. Es ist auch nicht immer leicht, vor sich selbst davonzulaufen.
Sie sagt nichts, sie läuft nicht davon, sie bleibt einfach stehen. Der Kirchenmann lädt sie in die Bar des Bahnhofs ein. Ein kräftiges Frühstück wird beide wieder zu Kräften bringen.
Wortlos folgt sie ihm. Der Kirchenmann bestellt Cappuccino und warme Hörnchen; sie setzen sich an einen Tisch. Teresa weiß, dass sie jetzt etwas sagen muss, aber nicht die

Wahrheit. Ihr stecknadelkopfgroßes Herz ist gut verschlossen und niemand wird es öffnen.
Sie sucht Arbeit in der Stadt, genau, das ist es. Sie sucht eine Stelle, um ihre Mutter zu unterstützen. Die arme Frau ist Witwe und sehr krank. Das Geld reicht nicht, Teresa braucht jetzt eine Arbeit, um ihrer Familie zu helfen, die in beengten, armseligen Verhältnissen lebt.
Der Kirchenmann nickt verständnisvoll. Ich habe schon viele wie dich gesehen! Das Problem Arbeit betrifft so viele Familien. Ich sehe zu, was ich tun kann. Aber wo wirst du inzwischen wohnen? Kennst du hier jemanden?
In der Stadt sind die Mieten sehr hoch. Für verschimmelte Löcher nehmen sie Wahnsinnssummen. Wo schlafen, wenn man keine Arbeit hat? Alles wird dann schwierig, auch die Arbeitssuche. Wo wirst du essen?
Teresa zuckt die Schultern. Was soll sie antworten? Sie hatte beschlossen, später darüber nachzudenken. Jetzt ist später.
Der Kirchenmann kann ihr helfen. Er hat ein paar freie Zimmer, die hat er schon früher an Menschen in Not vergeben. Warum sollte er sie jetzt nicht nutzen?
Teresa nimmt an. Sie ist zu müde, zu erschöpft, um weiter zu kämpfen. Sie überzeugt sich, dass sie jemandem vertrauen muss. Sie kann nicht alle Männer in einen Käfig sperren, und das hier ist schließlich ein Mann der Kirche, er trägt das Priestergewand. Er wird ihr nichts antun.
Sie folgt ihm. Die Kirche steht in einem alten Viertel, zwischen baufälligen Häusern und schmutzigen Mauern. Schreiende Kinder rennen einem Ball hinterher und versuchen, ihn zu treffen. Ringeltauben laufen auf den Simsen eines heruntergekommenen Wohnhauses herum.
Der Kirchenmann zeigt ihr das Zimmer. Er holt Bett-

wäsche und Decken. Das Bett steht an der Wand, da sind noch zwei Nachtschränkchen, ein Schrank, ein Tisch und Stühle. Das Bad. Er zeigt ihr die Küche. Teresa kann sie benutzen, sooft sie möchte. Er ist Lehrer. Morgens nach der ersten Messe geht er in die Schule, dann kommt er zurück und erfüllt seine eigentlichen Pflichten in dem Viertel, das der liebe Gott ihm anvertraut hat. Ein schwieriges Viertel. Wie hart ist das Leben eines Kirchenmannes zwischen ungeschliffenen Männern und durch Geburten und häusliche Gewalt zerstörten Frauen! Und diese Jungen sind furchtbar, mit acht Jahren rauchen und fluchen sie schon. Mit neun Jahren dealen sie, und mit zehn gehen sie zu Frauen.

Teresa schlägt die Augen nieder.

Der Kirchenmann entschuldigt sich bei ihr. Beschämt zieht er sich in sein Zimmer zurück und verschließt die Tür. Er wirft sich auf sein Bett und hält das Kruzifix fest in der Hand. Er hält es so fest, dass es ihn schmerzt. Vor Anstrengung werden die Fingerknöchel ganz weiß, er schwitzt, in ihm wächst das Verlangen. Dieses Mädchen ist so zart, eine duftende Knospe, er ist verwirrt. Er kämpft gegen das bohrende Gefühl an, versucht, es zu verjagen, aber es ist ein vergeblicher Kampf. Er fühlt, wie das Verlangen ihm den Unterleib ausbeult, und er fühlt es pochen, pochen und immer wieder pochen.

Als der Kirchenmann aufsteht, liegt das Kruzifix auf der Erde. Es ist mit Sperma bespritzt.

Teresa hat ihre paar Habseligkeiten untergebracht. Ihr Herz schlägt ihr bis in die Schläfen, sie will nicht nachdenken, sie will nur wieder an etwas glauben können, an jemanden glauben können. Wie gern hätte sie jetzt ihren Dino an ihrer Seite. Wie gern würde sie ihm die Qual anvertrauen, die sie zerreißt, ein Skorpion, der sie mit seinem giftigen Stachel sticht und sie ermattet zurücklässt! Sie muss etwas unternehmen, sie darf der Mutlosigkeit nicht nachgeben. Die Augen unter den buschigen Brauen lauern in ihr, das weiß sie, aber sie wird ihnen nie wieder erlauben, an die Oberfläche zu kommen. Morgen wird sie mit der Suche nach Arbeit beginnen, sie wird ein Zimmer für sich allein finden, vielleicht ein Appartement, das sie mit anderen Mädchen gemeinsam bewohnt. Sie hat gehört, dass sich viele Studentinnen Wohnungen teilen. Sie wird sich an den Kosten beteiligen und mit Mädchen, die so sind wie sie, zusammenwohnen. Vielleicht könnte sie auch wieder in die Schule gehen.

Hämmern an die Tür. Es hat geklopft. Sie hat geschlafen und nicht gemerkt, wie viel Uhr es ist. Es ist schon spät. Der Kirchenmann lädt sie ein, vor dem Schlafengehen noch etwas mit ihm zu essen. Sie erfindet eine Ausrede, um nicht öffnen zu müssen. Der Kirchenmann beharrt darauf. Teresa sagt, dass es ihr nicht gut geht. Der Kirchenmann ist enttäuscht und zieht sich zurück.

Teresa bleibt auf dem Bett liegen. Sie hat keinen Hunger. Keinen Durst. Sie möchte nur träumen, von Dino träumen. So viele Schmetterlinge! Und die duftenden Blumen in dem grünen Tal. Die Margeriten sind aufgeblüht, die Vögel ziehen über den blauen Himmel. Der Fluss benetzt die Wiese. Sie spielt Seilspringen. Ihr kleiner Bruder ist bei ihr, er lacht und hat seinen Spaß. Er drückt ihre Hand. Plötzlich streicheln Finger sie auf eine andere Weise. Der kleine Bruder ist gewachsen, er ist ein Mann, ist ihr Dino. Er spricht mit ihr und sieht sie verliebt an. Er sagt zärtliche Worte zu ihr und kitzelt sie am Ohr. Sie lacht, lacht glücklich und sorglos.

Ein Stöhnen lässt sie aus dem Traum hochfahren. Sie hört, wie jemand auf der anderen Seite der Tür hantiert. Der Schlüssel, den sie hat stecken lassen, dreht sich im Schloss. Er dreht sich wie das Zimmer, wie die Stadt, wie die Angst, die sie wieder überwältigt. Die Tür öffnet sich. Der Kirchenmann hat die gleichen Augen unter den buschigen Brauen wie die Bestie. Sie schreit auf, ihre Hand findet den Stuhl, hebt ihn instinktiv, und er trifft die Stirn des Kirchenmannes. Teresa läuft auf die Straße. Sie ist wieder auf der Flucht hinaus in die Nacht, sie flieht vor dem Leben.

Stundenlang läuft sie umher. Alle Straßen sehen gleich aus, matte Lichter, wilde Hunde, die im Unrat wühlen. Sie flieht, ohne zu wissen, wohin. Plötzlich ist sie am Bahnhof. Wieder muss sie einen Zug nehmen, aber diesmal hat sie kein Geld, nicht einmal die paar Münzen. Sie hat alles bei dem Kirchenmann gelassen.

Der Bahnhof ist ein Unterschlupf für verkrachte Existenzen. Immigranten aus der Dritten Welt liegen auf den Bänken, stinkende Besoffene, Prostituierte, die sich zur Schau stellen, vulgäre Zuhälter und gleichgültige Polizisten.

Ein junger Mann kommt zu ihr, er hat gegelte Haare und vom Kiffen winzige Pupillen. Er möchte wissen, was sie für einen Quickie nimmt. Streckt die Hand aus, um die Ware zu prüfen. Teresa ist verrückt vor Angst, sie rennt weg, ist wieder allein draußen in der Nacht.

Rosolino Vilardo hat ihr Erschrecken bemerkt. Er hat seinen Anschluss verpasst und verflucht gerade sein Schicksal. Wegen der unvorhergesehenen Verspätung muss er jetzt auf den nächsten Zug warten. Nun weiß er, dass dieses Missgeschick vielleicht kein Zufall war. Er läuft hinter dem erschrockenen Mädchen her. Teresa ist außer Atem. Rosolino erreicht sie. Sie starrt ihn mit erloschenen Augen an,

hat keine Lust mehr zu kämpfen. Die andere Teresa hat sie fest im Griff. Es ist Zeit zu gehen.
Als Rosolino mit ihr spricht und die Hand ausstreckt, um ihr zu helfen, verliert sie die Nerven. Teresa verdreht die Augen, ein Speichelfaden läuft ihr aus dem Mundwinkel, und sie bricht in Rosolinos starken Armen zusammen.

In der Kaserne schrieb Steppani schon den x-ten Bericht an diesem Tag. Jeder, der sich davor drücken konnte, die Arbeit der Carabinieri schwarz auf weiß festzuhalten, überließ diese undankbare Aufgabe gern dem jungen Brigadiere.
Mit gerunzelter Stirn betrat Bonanno den Raum. Steppani merkte, dass irgendetwas ihn in Aufruhr versetzt hatte. Er war beunruhigt. Wenn der Maresciallo so grimmig blickte, machte man besser drei Kreuze.
»Neuigkeiten?«, fragte Bonanno.
»Nichts Besonderes: ein Unfall mit zwei Verletzten, drei Hauseinbrüche, eine Schlägerei unter Betrunkenen. Alles Routine.«
»Das wars?«
»Ja, das wars.«
Bonanno wollte ihm nicht den Gefallen tun und fragen, wie es mit Annarosa Pilolongo gelaufen war. Er vermied dieses Thema und wartete darauf, dass sein Untergebener davon anfing. Aber Steppani spielte nicht mit. Er beschrieb ihm stattdessen weiter Anzeigen und erledigte Formalitäten. Schlafende Hunde sollte man nicht wecken. Aber dieser Hund war hellwach.
»Also, Steppani, kann ich jetzt vielleicht erfahren, was zum Donnerwetter du dir für die Pilolongo hast einfallen lassen?«, bellte Bonanno schließlich ungeduldig.

Es war ein Wunder, dass Steppani nicht von seinem Stuhl fiel, aber er hatte sich doch erschrocken. »Ach die, der habe ich die Wahrheit gesagt.«
»Und zwar?«
»Dass der Maresciallo höchstpersönlich an der Aufklärung eines komplizierten Falles mit all seinen möglichen Folgen arbeitet und dass ihm vom Kommandanten der Truppe ganz ausdrücklich befohlen wurde, sich unter gar keinen Umständen zu entfernen.«
Bonanno streckte sich zufrieden auf seinem Stuhl aus. Wenn Steppani wollte, dann konnte er reden wie die im Fernsehen. »Das hast du gut gemacht.«
»Ich hatte auch einen sehr guten Lehrer.«
»Wen meinst du damit?«
»Gestern Abend wurde die letzte Folge von *Inspektor Jò Tamburini* gesendet. Sein Assistent erzählte Lügen, als wäre es nichts weiter, manchmal sogar, wenn er die Wahrheit sagte. Eben wie im Film.« Er warf Bonanno einen ironischen Blick zu.
»Das reicht jetzt, Steppani. Ich möchte dir einen Vorschlag machen. Du wirst sicher verstehen, das Ganze ist etwas heikel, und du redest besser nicht darüber, das geht wirklich nicht.«
»Maresciallo, wenn ich wieder für Sie lügen soll, dann suchen Sie sich besser jemand anderen dafür. Hier in der Kaserne versucht Maresciallo Marcelli schon, mich mit Blicken in Asche zu verwandeln, wenn er mich trifft. Wenn wir da noch mehr Öl ins Feuer gießen, dann brennt bald die ganze Kaserne.«
»Hör mir gut zu, Steppani: Hast du Interesse an einer Fahrt in dem Lancia Kappa mit den Ledersitzen?«
Steppani schwankte. Im Eifer des Gefechts warf er den

Stifthalter auf den Boden. »Der Lancia Kappa? Donnerwetter, Maresciallo, das wär was! Aber ist der nicht beschlagnahmt?«

»Nicht mehr. Dottor Panzavecchia hat die Erlaubnis erteilt, ihn der Familie zurückzugeben. Und weil sie doch in Porto Empedocle wohnen, habe ich mir gedacht, man sollte den armen Leuten nicht so viele Umstände machen. Wie siehts aus, hast du Lust?«

»Wann soll ich fahren?«

»Gleich.«

»Donnerwetter!«, rief Steppani begeistert.

Der Brigadiere stürmte wie eine Rakete zum Ausgang. Bonanno zündete sich eine Zigarette an. Er wartete. Zwei Minuten und eine drei Viertel Zigarette später war Steppani wieder da. Damit hatte Bonanno gerechnet.

»Entschuldigung, Maresciallo, aber wie komme ich dann zurück?«

»Es gibt da einen sehr schönen Bahnhof und einen gut ausgestatteten Fahrkartenschalter. Du steigst in den Zug, und dann los!«

Der Brigadiere überlegte. »Ja, das ist etwas unbequem, aber es geht.«

»Ach, wenn ich so darüber nachdenke, da gäbe es natürlich noch eine Möglichkeit …«

Steppani horchte auf. »Und zwar?«

»Du fährst zu unseren Kollegen nach Porto Empedocle, überlässt ihnen den Wagen, grüßt Maresciallo Saporito von mir, erklärst ihm die Situation. Dann fragst du ihn, wie die Sache mit Cannatas Verwandten ausgegangen ist, und stellst fest, ob sie die Aussagen protokolliert haben. Also, du sprichst mit ihm und lässt dir seine Feststellungen erklären. Wenn du deine Aufgaben als Polizist auf

Dienstreise erfüllt hast, dann lässt du einfach einfließen, dass du mit dem Zug zurückfahren musst, fragst nach dem Bahnhof und setzt das Gesicht auf, das du immer machst, wenn du Urlaub haben willst. Vielleicht schlägt er dann unvorsichtigerweise vor, dass dich die Kollegen zurückfahren.«

Steppani betrachtete ihn ein wenig verwirrt. Wollte der Maresciallo ihn etwa hochnehmen? Aber die Versuchung, sich am Steuer so richtig auszutoben, war zu stark. »Ja, das geht, Maresciallo, ja, das geht.«

»Steppani, pass auf: Wenn das Auto auch nur einen Kratzer abbekommt, dann zieh ich dir die Haut in so kleinen Stücken ab, das schaffen nicht einmal Ameisen. Ich setze mich über die Vorschriften hinweg.«

»Kein Wort weiter, Maresciallo ... Ich passe auf den Wagen auf wie auf meinen Augapfel.«

»Also ist alles klar?«

»Glasklar. Geben Sie mir jetzt die Schlüssel, oder muss ich die erst schriftlich beantragen?«

Bonanno reichte ihm die Schlüssel der Limousine. Steppani verließ die Kaserne. Er hüpfte dabei wie ein kleiner Junge, der sein erstes Dreirad geschenkt bekommen hatte.

Saverio Bonanno suchte Cantara und Cacici. Sie waren immer noch nicht zurück. Wo die sich wohl gerade ausheulten?

Bonanno gönnte sich einen starken Espresso. Er trank ihn in kleinen Schlucken, wie man es mit einem Espresso tun sollte, der Tote zum Leben erweckte. Er schlüpfte durch die Tür, bevor ihn Musicchia erwischen konnte. Der beklagte sich seit geschlagenen vierundzwanzig Stunden ständig bei jedem, der ihm über den Weg lief, über seine schreckliche Migräne.

Bonanno ging schneller, er stieg in den Punto und nahm die Straße nach Vallevera. Er fuhr an dem wunderschönen Schloss aus dem vierzehnten Jahrhundert vorbei, das in den Felsen gebaut worden war, und bog in die Provinzstraße ein.

Er fuhr mehr als eine halbe Stunde, und zwar schnell. Die kleine Stadt lag zwanzig Kilometer entfernt.

Bonanno erreichte das Haupttor, überquerte den Corso und hielt dann an einer Bar. Dort bestellte er ein Bier und fragte nach Vanni Monachino. Er hatte vergessen, dass er Uniform trug. Natürlich kannte deshalb niemand den Großhändler. Nicht einmal der Besitzer der Bar. Bonanno ließ sich das Telefonbuch geben. Er überflog die Namen und fand schließlich den Gesuchten. Monachino, Giovanni, Getreidegroßhandel und -einzelhandel. Im Viertel Pilusa.

Er bezahlte sein Bier und ging hinaus auf die sonnige Straße. Niemand antwortete auf seinen Gruß. In dieser Gegend war man der Polizei gegenüber sehr schweigsam.

Pilusa lag auf einem ausgedehnten Plateau, wenige Kilometer vom Ortszentrum entfernt. Es war nicht schwer, die großen Lagerhallen zu finden. Bonanno stieg aus seinem Kleinwagen und näherte sich den Gebäuden. Dort roch es nach Staub und Schweiß.

Als der Lagerverwalter den beleibten, uniformierten Polizisten näher kommen sah, lief er zu seinem Chef, um ihn zu benachrichtigen.

Vanni Monachino erschien wenig später in Hemdsärmeln. Er war kräftig gebaut und wich Bonannos Blick aus. »Ich grüße Sie. Suchen Sie jemanden?«

»Guten Tag, ich möchte mit Signor Monachino sprechen. Kennen Sie ihn?«

»Und wer sucht ihn?«
»Maresciallo Bonanno, Kommandant der Einsatztruppe in Villabosco. Reicht Ihnen das, Signor Monachino, oder müssen Sie erst noch meinen Dienstausweis sehen?«
Der Händler fügte sich. Der Kerl war zwar ein dahergelaufener Bulle, aber man behandelte ihn besser höflich, sagte er sich.
»Kommandant, wir haben hier nichts vom Gesetz zu befürchten, bei uns ist alles in Ordnung. Das war nur so eine Floskel von mir.«
»Aha.«
»Bitte, kommen Sie doch herein, Maresciallo! Gehen wir in den Schatten, heute Morgen brennt die Sonne ganz besonders.«
Bonanno folgte ihm. Sie betraten ein komfortables Büro, das von einer starken Klimaanlage gekühlt wurde. Hier ließ es sich wunderbar aushalten. Der Bulle in ihm meldete sich. Der stämmige Kerl gefiel ihm nicht, er wirkte etwas schmierig auf ihn.
»Da wären wir, Maresciallo. Wie kann ich Ihnen helfen?«
Bonanno beschloss, es kurz zu machen. »Pietro Cannata, Fischgroßhändler und leidenschaftlicher Spieler, regelmäßiger Besucher von ... sagen wir mal ... exklusiven Clubs, in denen gespielt wird, getötet durch mehrere Schläge. Kennen Sie ihn?«, begann er das Verhör und hielt Monachino ein Foto unter die Nase.
Vanni Monachino ging in Verteidigungshaltung, sein Blick veränderte sich. Das dauerte nur einen Augenblick, aber Bonanno registrierte es.
»Natürlich kannte ich ihn ... Der Arme, es tut mir sehr Leid, er war so ein anständiger Mensch.«
»Deswegen bin ich ja hier, um diese Mistkerle zu fassen,

die einen so anständigen Menschen ermordet haben. Vielleicht können Sie mir dabei helfen.«
»Wie denn, Maresciallo?«
»Zum Beispiel, indem Sie mir etwas von ihm und von Ihrer ... Freundschaft zu ihm erzählen ... und was Sie an jenem Tag dort gemacht haben.« Während Bonanno sprach, schaute er seinem Gegenüber direkt in die Augen.
Vanni Monachino schien zu der Sorte Mensch zu gehören, die wusste, wann man etwas besser nicht in die Länge zog, wollte man ernsthaften Schwierigkeiten aus dem Weg gehen. Bonannos Miene verhieß nichts Gutes, und wenn der hier vor ihm saß, wusste er bestimmt um die eine oder andere interessante und wichtige Tatsache. Irgendein dreckiger Mistkerl hatte offensichtlich zu viel gequatscht. Leugnen war zwecklos. Es war besser, den Schaden zu begrenzen. Also antwortete er:
»Maresciallo, ich sage Ihnen die reine Wahrheit, so wie sie ist. An diesem verdammten Tag war Petruzzu mit mir zusammen. Wir waren alte Freunde. Am späten Vormittag haben wir uns in Villabosco getroffen. Es war Markttag. Ich musste noch ein paar Dinge erledigen, und deswegen haben wir uns direkt vor dem Markt verabredet. Wir wollten zusammen essen, ein paar Probleme besprechen, und am Abend wollten wir uns dann amüsieren.«
»Frauen?«, warf Bonanno ein, um ihn auf die Probe zu stellen.
»Karten, Maresciallo, Poker. Haben Sie nie gespielt? Das ist eine Krankheit. Wenn sie einen packt, steigt das Fieber. Läuft alles gut, dann will man immer mehr gewinnen. Wenn jemand verliert, will er alles zurückgewinnen und bleibt weiter am Tisch sitzen. Zunächst haben wir uns einmal in der Woche getroffen, aber in letzter Zeit, seit er die hübsche

Kleine aus Cefalù hatte, kam er immer seltener, höchstens ein- oder zweimal im Monat. Manchmal auch gar nicht.«
»Sie waren also am Abend des Mordes zusammen?«
»Moment mal, Maresciallo, lassen Sie mich ausreden. An diesem Tag passierte etwas Sonderbares. Während wir in einer Bar saßen und einen Aperitif tranken, wurde Pietro plötzlich blass. Er sagte kein Wort, doch er wurde so weiß wie die Wand. Dann sprang er auf und ging fort. Ich rief ihn, fragte, was denn los sei, aber er reagierte nicht, schien mich nicht einmal zu hören. Er startete seinen Wagen und raste davon. Ich habe nichts begriffen. So hatte er sich noch nie verhalten. Das passte nicht zu ihm. Pietro hatte Nerven wie Drahtseile; er war ein kaltblütiger und glänzender Spieler. Als er verschwand, wirkte er allerdings völlig verstört auf mich.«
»Und was haben Sie dann getan?«
»Tja, was wohl? Ich habe gezahlt und bin nach Hause gefahren. Ich war überzeugt davon, dass er auf jeden Fall an diesem Abend nicht fehlen würde. Es war ein ganz besonderer Abend.«
»Warum besonders?«
»Es ging um eine offene Rechnung zwischen Spielern, ein richtig dickes Ding, Maresciallo. Sie verstehen schon?«
Bonanno verstand allmählich nur zu gut. Die Teile fügten sich zusammen. Doch plötzlich packte ihn unbezähmbare Wut, und wenn er wütend wurde, handelte er, ohne nachzudenken.
»Nicht einmal im Traum, Monachino, ich verstehe überhaupt nichts, und vor allem verstehe ich nicht, aus welchem verdammten Grund Sie nicht beizeiten zu uns in die Kaserne gekommen sind, um uns das zu erzählen.«
»Maresciallo, ich wusste nichts.«

»Hier weiß keiner etwas, und vielleicht weiß jeder alles über alle, alle außer uns blöden Bullen. Ihr Verhalten ist sträflich, und ich frage mich, was Sie zu verbergen haben, dass Sie nicht ohne Zögern ausgesagt haben.«

»Wissen Sie denn nicht, wo wir leben, Maresciallo? Wissen Sie vielleicht nicht, wie man hier denkt? Ich spiele nicht den Verräter.«

»Und Sie glauben, wenn man etwas über einen Freund erzählt, den jemand umgebracht hat, ist man ein Verräter? Und wenn ich Sie jetzt anzeige?«

»Was habe ich denn verbrochen?«

»Mittäterschaft im Mordfall Cannata.«

Vanni Monachino fing an, auf seinen schwarzen Fingernägeln herumzukauen.

»Aber was habe ich denn mit der Geschichte zu tun? An jenem Abend war ich von neun Uhr bis fünf Uhr morgens mit anderen Leuten zusammen. Alle können das bezeugen«

»Würden Sie mir freundlicherweise die Adresse des Lokals geben und mir Namen und Vornamen der betreffenden Personen nennen?«

»Sie wollen mich fertig machen, Maresciallo. Sie wissen doch, wie es hier heißt: ›Wer tot ist, schweigt, und wer zurückbleibt, beruhigt sich bald.‹«

Bonanno durchbohrte ihn mit Blicken. Wie andere Begriffe war auch das Wort »Freundschaft« im Montanvalle nicht klar definiert und wurde so verstanden, wie es einem gerade in den Kram passte. »Hören Sie, Monachino, darf ich Ihnen zum Schluss noch etwas ganz Persönliches sagen?«

»Nur zu, Maresciallo.«

»Sie sind ein großes Stück Scheiße.«

Bonanno fuhr, ohne die Straße vor sich zu sehen. Er war wütend. Jeder für sich und Gott für uns alle. Liebe Gott und bescheiße deinen Nächsten. Wer seinen Nächsten wie sich selbst liebt, ist ein Idiot. Diese Redensarten waren sehr bezeichnend für eine unbequeme Wahrheit, und das regte ihn schon ziemlich auf.

Mit quietschenden Reifen hielt er vor der Kaserne in Vallevera.

Der Wachtposten kam beunruhigt herausgelaufen, die Hand an der Pistolentasche. Bonanno grüßte ihn mit zusammengepressten Lippen und fragte nach dem Kommandanten der Kaserne.

Maresciallo Totò Amenta kannte ihn schon zu lange, um nicht zu merken, dass Bonannos düstere, nachdenkliche Miene nach dicker Luft roch. Er bot ihm einen Espresso mit leckerem Schaum an. Dazu gab es Anisplätzchen. Bonanno trank seinen Espresso langsam, er rauchte stärker als der Vulkan Mongibello.

»Was war los, Savè?«

»Totò, tust du mir einen persönlichen Gefallen?«

»Muss ich mir Sorgen machen, Savè? Worum geht es?«

»Du musst einen Getreidehändler, einen gewissen Vanni Monachino, im Auge behalten. Aber es darf nicht auffallen. Ich möchte nur wissen, wann er abends den Ort verlässt und die Straße nach Campolone nimmt. Einige Tage lang werden alle sich ruhig verhalten, aber diese Kerle können einfach nicht widerstehen, Millionen zu verzocken. Lass ihn also diskret beschatten, und wenn er gesehen wird, dann ruf mich an. Den Rest übernehme ich.«

»Du kannst auf mich zählen, Savè.«

»Viel Glück, Totò.« Monachino und seine Kumpane waren erledigt.

Bei seiner Heimkehr war Bonanno ruhiger. Er würde diese braven Familienväter schon festnageln. Ja, das würde er schaffen. Er hatte eine Rechnung zu begleichen. Der Brandanschlag auf Vastiano Carritteris Ape schrie nach Rache.

Seine Mutter kam ihm entgegen, Vanessa verschwand in ihrem Zimmer. Bonanno sah sich unauffällig nach dem Aquarium um, aber dort, wo er es hingestellt hatte, stand nur ein Strauß Blumen. Er blieb stehen. Donna Alfonsina erzählte ihm, es sei ein Unfall gewesen, das Aquarium sei hinuntergefallen und in tausend Scherben zersprungen. Um die armen Fische zu retten, hätte sie sie in den Brunnen am Gemeindehaus werfen müssen.

Bonanno sah rot. Außer sich vor Wut warf er sich gegen die verschlossene Tür und bearbeitete sie mit Fausthieben. Sehr kräftigen Hieben. Diesmal konnte ihn niemand aufhalten. Vanessa würde eine Abreibung bekommen, er würde ihr das Fell über die Ohren ziehen.

Bonanno ersetzte die Fausthiebe durch Fußtritte. Donna Alfonsina versuchte, beruhigend auf ihn einzuwirken. Er war inzwischen zu Stößen mit der Schulter übergegangen. Langsam geriet die Tür ins Wanken, und seine Schulter begann zu schmerzen.

Hinter der Zimmertür versteckte sich Vanessa unter ihrem Bett, neben sich das unversehrte Aquarium. Darin schwammen die Fische und wussten nichts von der gewalttätigen Auseinandersetzung außerhalb ihrer kleinen Welt.

Das lang anhaltende, hartnäckige Klingeln des Telefons verhinderte Schlimmeres.

»Bitte, Savè, man fragt nach dir. Eine Frau. Sie sagt, es sei dringend.«

Bonanno trennte sich schweren Herzens von der Tür und

ging zum Telefonapparat. Die Abrechnung war nur verschoben.
»Ist da Maresciallo Bonanno?«, drang eine Stimme an sein Ohr.
»Höchstpersönlich, wer spricht da?«
»Jemand, der sich nur um seinen eigenen Kram kümmert. Und wenn ihr Bullen schlauer wärt, anstatt uns zu nerven, dann ginge es uns allen besser.«
»Mit wem spreche ich bitte?«
»Wenn Sie unbedingt den finden wollen, der ›U'Pisciaru‹ umgebracht hat, dann sollten Sie nicht Ihre Zeit verschwenden, sondern in Martellotta, in der Via Crocifisso Nummer dreiundzwanzig suchen. Dort finden Sie bestimmt etwas sehr Interessantes.«
Klick.

Zwanzig

Im Lebensbuch eines jeden Menschen steht ein Schicksal geschrieben. Oft entziehen sich die feinen Fäden des verwobenen Musters, dem der Mensch folgen muss, seinem Verständnis und wirken so zufällig, dass sie wie ein einfaches Zusammentreffen aussehen. Aber das sind sie nicht! Irgendwo stand geschrieben, dass Teresa gerade in Rosolino Vilardo das rettende Schiff finden sollte, das sie gesucht hatte, um das Meer des Lebens zu unbekannten Küsten zu überqueren und fröhlich zu bereisen. Bis schließlich andere Zufälle wie Felsen im blauen Meer auftauchen und ihre Träume zerstören würden. In jedem Menschen steckt irgendwo ein Eisberg verborgen, der kleine Löcher schlagen kann. Die können sich später als verhängnisvoll erweisen. Das tödlich getroffene Schiff sinkt, zuerst langsam, wie in einem letzten verzweifelten Versuch, dem Unausweichlichen zu entkommen, dann ergibt es sich in sein Schicksal. So geht die Titanic des Lebens mit ihrer Ladung Schmerz unter. Verzweifelte Schiffbrüchige bleiben zurück, die Hilfe erflehen, die immer zu spät kommt. Und nur ein paar Luftbläschen bleiben zurück, die bald vom Nichts verschlungen werden.

Jahre nach ihrer zufälligen Begegnung mit Rosolino ist Teresa zur Frau geworden. Sie hat die Augen unter den buschigen Augenbrauen im letzten Winkel ihres Herzens verborgen, und dort liegen sie gefesselt, mit sehr starken Ketten.

Rosolino ist sanft; er hat gelernt, ihren Schmerz zu verstehen. Er hat ihn in kleine, zarte Blüten verwandelt, die er ganz leicht berührt, und hat Teresa von der Angst, dem Ekel und dem Wunsch, sich treiben zu lassen, erlöst.
Teresa reagiert darauf, aus dem Mädchen wird langsam eine Frau. Allmählich kehrt ihr Vertrauen in andere Menschen zurück. Wird eine Quelle nicht von frischem Wasser gespeist, wird sie faulig und stirbt. Teresas Quelle heißt Rosolino; er stammt aus dem Süden wie sie und ist fähig, positive Gefühle zu empfinden. Er hat nichts von ihr verlangt. Er hat nur eines Nachts irgendwo in Sizilien eine Hand ausgestreckt, um ihr zu helfen, und die hat sie ergriffen. Hat in ihrer verwundeten Seele die Kraft gefunden, wieder zu vertrauen.
Rosolino hat eine Stellenausschreibung bei der Post gewonnen, er geht nach Norden, um dort seinen Dienst anzutreten. Teresa folgt ihm, sie will nicht eine Minute länger in Sizilien bleiben. Rosolino ist ihr Leuchtturm. Sie hat beschlossen, ihm zu folgen, um einen ruhigen Hafen zu finden. Und der Leuchtturm bringt sie weg und öffnet ihr damit ein neues Leben.

An einem Tag im Mai beschließen sie zu heiraten. Teresa ist inzwischen achtzehn Jahre alt geworden. Sie hat ihm nie erzählt, was geschehen ist, und Rosolino hat nie darauf bestanden, es zu erfahren. Er ist ein geduldiger Mensch, er ist daran gewöhnt, viele Monate lang zu warten, bis er seinen Anteil ernten kann. Rosolino kommt vom Land, er weiß, wie viel Liebe und Beharrlichkeit nötig sind, um ein kleines

Pflänzchen in einen kräftigen Baum zu verwandeln. Einen Baum, der dann in der Lage ist, reiche Früchte zu tragen. Teresa lernt die Freuden der Liebe kennen. Ihre Weiblichkeit, die von den Augen unter den buschigen Augenbrauen angegriffen wurde, sucht sich mühsam einen Weg, um das Leid endlich hinter sich zu lassen.
Die Narben auf ihrer Seele bluten, aber sie will genesen. Nach so viel Schmerz wünscht sie sich sehnlichst ein Quäntchen Glück, sie will wieder fliegen können. Rosolino ist ein wunderbarer Mann. In den langen Nächten stiller Tränen lässt Teresa dem Kummer, den sie im Herzen verborgen hat, freien Lauf. Aber ein Knäuel stinkender Würmer kriecht auf ihr herum, sie ist unfähig, den Fels der Scham anzuheben. Teresa findet nicht den Mut, die Würmer zu töten. Sie verschließt ihr Herz, in dem der Felsbrocken liegen bleibt. Sie verschließt den Zugang und lebt – wenigstens glaubt sie zu leben – mit diesem Schmerz, der ihr nicht gestattet, wirklich sie selbst zu sein, sondern nur eine verblasste Kopie der Frau, die sie wirklich ist.
Der Schmerz in ihr findet immer einen Weg, sich neue Schlupflöcher zu öffnen, sich zu tausend anderen Giftpflanzen zu verzweigen, die ihre Gefühle attackieren und ersticken. Sie ersticken ihr Leben.

Sie ist Mutter eines wunderbaren Mädchens mit rosiger Haut geworden. Sie haben beschlossen, dem Kind den Namen Margherita zu geben. Die Margerite ist die Blume des Frühlings. Maler haben sie auf Fresken abgebildet, die die Geburt Jesu darstellen. Sie ist das Sinnbild des Erwachens zu neuem Leben. Das Weiß der Blütenblätter und ihre goldgelbe Mitte erinnern an die Reinheit des Himmels vor der Morgenröte, wenn die Farben intensiver werden

und der Feuerball sich am Horizont erhebt, um die Schöpfung ins rechte Licht zu rücken.
Das Mädchen wächst heran, sein Wimmern verwandelt sich in kleine Töne. Zunächst sind es noch undeutliche Laute, aber dann, an irgendeinem Nachmittag, ergeben sie einen vollkommenen Sinn: Ma...ma.
Die Welt bleibt stehen. Teresa drückt ihr Kind an sich, sie streichelt es und überschüttet es mit Küssen. Glücklich wird man dann, wenn man es nicht erwartet. Teresa strahlt. Und an jenem Abend drückt sie sich in der Vertrautheit ihrer Kissen an ihren Mann und lässt ihn an den Fortschritten der Kleinen teilhaben. Der Wunsch, sich zu öffnen und sich wirklich hinzugeben, sich ihm das erste Mal hinzugeben, kommt so überraschend. Diesmal gibt sie ihm nach und löst das Geheimnis, das sie quält; sie zermalmt die stinkenden Würmer. Rosolino streichelt sie und trocknet ihre Tränen. Blaue Wasserfälle, kleine salzige Seen, in denen die Würmer ertrinken, und der Felsbrocken rollt weg, öffnet den Blick auf blühende Wälder.
Endlich erzählt Teresa und lässt dem Schmerz freien Lauf. Sie weint wieder, aber es ist ein befreiendes Weinen. Rosolino hört ihr zu, er ist wie versteinert. Er hatte sich nicht vorstellen können, wie quälend es sein würde, die Früchte des Wartens zu ernten. Seine Frau zerreißt zum ersten Mal den Schleier über ihrer Seele, einen Schleier aus Furcht und Scham.
Wie viel Liebe würde nötig sein, um sie diese schreckliche Gewalttat vergessen zu lassen?
Wie viel Leid kann ein Mensch über seinen Nächsten bringen?
Könnte nur endlich jemand etwas erfinden, um den Schmerz der menschlichen Seele zu messen!

Rosolino kennt keine Worte, die sie trösten könnten. Die Würmer haben auch ihn gebissen und ihm ihr Gift eingeflößt. Sein Mund ist trocken. Er sucht Teresas Lippen und findet sie. Sie sind geschwollen, furchtbar geschwollen. Wenn sie leidet, beißt sich Teresa heftig in die Lippen. Rosolino küsst sie. Er schluckt Tränen. Er löst den schwer lastenden Schmerz und bietet ihr seinen Männerkörper dafür. Sie überlassen sich dem Liebesspiel wie noch nie zuvor. Teresa klammert sich an ihm fest, und er stürzt sich in sie, und beide segeln davon, aber sie wissen, dass sie jetzt das Meer des Lebens gemeinsam befahren.
Teresa lässt sich ganz fallen, zum ersten Mal. Sie lässt ihrer unterdrückten Leidenschaft freien Lauf; sie presst ihn mit aller Kraft an sich, umschlingt ihn mit ihren nackten Schenkeln, die warm sind vor Lust. Sie flüstert ihm ein paar Worte ins Ohr, die Rosolino überglücklich machen: »Ich möchte noch ein Kind von dir, Liebster, einen Sohn!«

Der Sohn wird geboren. Teresa und Rosolino sind überglücklich. Aber das Geld ist knapp. Kinder brauchen viel. Und dann die Miete, die Heizung, die täglichen Kosten. In der Stadt ist das Leben wirklich teuer.
Eines Abends reden sie darüber. Rosolino könnte die Versetzung in die Nähe seines Heimatortes beantragen. Er ist das einzige Kind, seine Eltern sind alt und gebrechlich, und im Postamt in seinem Heimatort gehen bald zwei Postbeamte in Rente. Man kann es versuchen. In Sizilien gehört ihm auch ein kleines Stück Land, er hat dort Gemüse angebaut. Die Kinder könnten gesunde Lebensmittel essen.
Teresa fühlt, wie eine Hand ihre weiche, durch leichte Dehnungsstreifen gezeichnete Haut zusammendrückt. Für einen Moment verdunkeln die Augen unter den buschigen

Augenbrauen ihre Heiterkeit. Sie jagt sie fort. Heute ist sie eine verheiratete Frau und Mutter. Sie hat nichts mehr zu befürchten. Außerdem ist Sizilien ja so groß …

Sizilien: Sonne. Angenehme Düfte und leuchtende Farben. Teresa hatte sie nicht so leuchtend in Erinnerung, die Früchte des Johannisbrotbaums, die Pflaumen und die Kaktusfeigen, das Blau des Meeres und das helle Gelb des Honigs. Und diese warme Sonne, die so wunderbar scheint, kein Nebel mehr wie im Norden. Rosolino ist im Montanvalle geboren. Sein Heimatdorf liegt am Hang eines grünen Hügels, wo sich vor vielen Jahrhunderten Seefahrer ansiedelten und als Zeichen ihrer zeitweiligen Anwesenheit Dörfer und Gräber hinterließen, die von Grabräubern geplündert wurden. In Rosolinos alten Eltern findet Teresa eine neue Familie. Sie sind anständige Menschen. Sie lieben ihre Enkelkinder Margherita und Salvatore. Der kleine Junge ist jetzt drei Jahre alt. Er heißt nach seinem Großvater, Rosolinos Vater.

Der Duft der Heimat lässt in Teresa den in ihr erstarrten Samen aufgehen. Nach so langer Zeit möchte sie endlich ihre Mutter und den kleinen Bruder wiedersehen. Mit jedem Tag, der vergeht, wird dieser Wunsch mächtiger. Sie hat ihren jüngsten Bruder, der in jener Nacht geboren wurde, nie kennen gelernt. Sie möchte auch ihn umarmen, aber sie fürchtete sich vor den Augen unter den buschigen Augenbrauen. Was soll sie tun?
Tagelang zerbricht sie sich den Kopf. Sie hat Rosolino nicht die ganze Wahrheit gestanden. Er meint, die Augen unter den buschigen Augenbrauen gehören einem Unbekannten. Sie hat ihm nie erzählt, dass sie diese Augen sehr gut kennt; sie sind mit ihr gewachsen, sind ein Teil von ihr.

Ihr kleiner Bruder fehlt ihr einfach zu sehr. Was er wohl für ein junger Mann geworden ist? Und Mama, arme Mama. Teresa kann nicht widerstehen. Sie nimmt den Hörer und ruft an. Ihr Herz scheint ihr aus der Brust zu springen und weit weg zu rollen. Ihr kleiner Bruder klingt wie ein junger Mann. Sie kann beinahe nicht sprechen.

Hallo, hallo!, ruft ihr Bruder ungeduldig ins Telefon.

Endlich findet sie ein wenig ihre Stimme wieder und gibt sich zu erkennen. Zuerst schweigen beide lange, dann fühlt sie, wie sein Erstaunen Form annimmt. Ein Freudenschrei hüllt sie ein und löscht alles andere aus.

Noch am gleichen Abend umarmen sie sich. Der kleine Bruder ist ein Mann wie ein Kleiderschrank geworden. Der jüngste Bruder ist mitgekommen; er sieht seiner Mutter ähnlich, ein stämmiger Junge, der wahrscheinlich seinem Bruder über den Kopf wachsen wird. Sie sind mit dem Motorrad gekommen, hatten zwar keine Mühe, sie zu finden, aber diese vielen Kurven!

Und die Kleinen? Wir sind beide Onkel geworden?

Sie trauen ihren Augen nicht. Wie viel Zeit vergangen ist! Teresa ist Mutter! Nach zehn Jahren finden sie ihre Schwester wieder: Sie ist glücklich verheiratet und Mutter von zwei Kleinen. Manchmal gibt es doch noch einen Gott.

Und Mama?

Teresa und der kleine Bruder schauen einander an. Der jüngste Bruder versteht es nicht, er kann es nicht verstehen. Er spielt mit seinen Nichten und Neffen. Ihr Geheimnis hält stand. Kleiner Bruder wird immer seine Prinzessin verteidigen. So wie in jener Nacht mit dem Schwert aus der Küche. So wie jetzt. Und es wird immer so sein.

Die Jahre vergehen. Margherita ist groß geworden, sie geht jetzt in die dritte Grundschulklasse. Im nächsten Jahr wird auch Salvatore in die Schule kommen. Das Leben verläuft zwischen den sanften Hügeln alltäglicher Zufriedenheit. Teresa hat ihre Wurzeln wiedergefunden, hat selbst neue gefunden. Man kann nicht immer alles haben. Eigentlich genügt es schon, das zu genießen, was einem das Leben bietet. Das weiß sie ganz genau. Sie lebt glücklich in ihrer Wohnung in Martellotta. Heute ist sie auf den Markt ins benachbarte Villabosco gegangen. Sie hat für Salvatore einen Overall in leuchtenden Farben und ein geblümtes Kleidchen für Margherita gekauft. Der Markt ist wirklich praktisch. Man findet dort alles, und es kostet nicht viel.
Am frühen Nachmittag ist sie nach Hause gekommen. Sie hat das Auto, das ihr folgt, nicht gesehen, nicht die Augen, die sie beobachten. Um vier Uhr kommen die Kleinen aus der Schule, sie will sie abholen.
Es ist ein schöner Tag. Der Mai ist ihr Lieblingsmonat. Sie atmet tief ein. Wenn nur der unangenehme Schmerz in der Seite nicht wäre! Scharfe Zangen drücken ihr Fleisch zusammen. Glühende Eisen wühlen darin. Sie muss das von einem Arzt untersuchen lassen. Vielleicht ist es ja eine Blinddarmentzündung oder eine schmerzhafte Gastritis. Solche Symptome ignoriert man besser nicht. Der Schmerz wächst. Teresa fühlt sich ziemlich schlecht. Sie ist unruhig. Deshalb beschließt sie, sich abzulenken. Ein Ausflug im Wagen mit den Kindern. Ein Spaziergang auf dem Land, um sich zu entspannen.
Rosolino arbeitet. Heute Abend wird er spät zurückkommen. Nach der Arbeit muss er sich mit einem Freund treffen. Es geht um etwas Geschäftliches. Er möchte eine

größere Wohnung kaufen. Sie müssen sich noch über den Preis einigen.
Der Schmerz in der Seite wächst wie ihre Unruhe. Ein heißes Bad wäre vielleicht gut. Teresa besucht ihre Schwiegereltern kurz. Ja, natürlich sind sie sehr froh darüber, die Kinder bis zum Abend bei sich zu haben.
Teresa geht nach Hause. Sie lässt Wasser in die Wanne, gibt duftendes Badesalz hinein. Das heiße Bad wird ihr helfen, zu ihrer üblichen Form zurückzufinden.
Das Schrillen der Türklingel lässt sie zusammenzucken. Wer kann das jetzt sein? Zum Glück hat sie noch nicht angefangen, sich auszuziehen. Sie geht zur Tür, streckt die Hand nach der Klinke aus, um zu öffnen. Das Stechen in der Seite wird heftiger. Der Schmerz verzieht ihre Lippen zu einer Grimasse, die Eingangstür öffnet sich weit, und Teresa trifft wieder auf den Eisberg ihrer Titanic, der ihrer Seite schlimme Wunden zufügt.
Die Augen unter den buschigen Augenbrauen aus ihren schlimmsten Albträumen sind wieder da, direkt vor ihr.

Bonanno schlief schlecht. Daran war dieser Anruf schuld. Normalerweise maß er anonymen Hinweisen keine Bedeutung bei, aber diesmal war es anders: Es hatte sich um eine weibliche Stimme gehandelt, sie hatte ihm eine genaue Adresse genannt, und nicht zuletzt hatte diese Frau ihn direkt zu Hause angerufen. Wie war sie an seine Privatnummer gekommen, obwohl sie nicht im Telefonbuch stand?
Bonanno stand früh auf, stellte die Espressomaschine, die Donna Alfonsina vorbereitet hatte, auf den Herd und trank den ersten schwarzen Espresso an diesem Tag. Er hatte keine Lust, Vanessa zu sehen, denn ihr gegenüber hegte er

eine Wagenladung voll Groll. Früher oder später würde sie ihr Ziel schon erreichen, mit oder ohne Goldfische ...
Er zog seine Uniform an und verließ das Haus. Mehr als eine halbe Stunde fuhr er mit seinem Punto ziellos umher, ehe er die Kaserne erreichte. Er fühlte sich, als würde er mit glühenden Nadeln gequält. Die Neugier fraß ihn auf. Wer wohnte in der Via Crocifisso Nummer dreiundzwanzig in Martellotta?
Das musste er überprüfen.
Es war noch früh, in der Zentrale würde er um diese Zeit ohnehin niemanden antreffen.
Bonanno hielt auf der Piazza, kaufte die Lokalzeitung. Sie brachte ausführliche Nachrichten aus der Provinz und sogar zwei große Seiten über das Montanvalle. Das Blatt hatte umfassend über den Mordfall Cannata berichtet. Bonanno erinnerte sich, in der Vergangenheit bissige Artikel gelesen zu haben, die mit den etwas sonderbaren Namen »Klatschmaul« und »Odysseus« unterzeichnet gewesen waren. Bonanno ging zum Punto zurück und blätterte in der Zeitung.
Den Innenteil zierte ein Foto von Totino Prestoscendo. Er forderte die Behörden auf, einzugreifen und die seit einigen Tagen geschlossene Müllkippe von Raffello wieder zu öffnen. Die Schließung zwinge die Stadt in die Knie. Der Müll wachse zusehends an, und um ihn zu beseitigen, müsse der Lastwagen der Müllabfuhr hunderte von Kilometern nach Enna fahren, ein großer finanzieller und personeller Aufwand.
Bonanno blätterte schnell um. Und hielt inne, um sich das Horoskop anzusehen. Hastig las er die Vorschau für sein Sternzeichen. Besser gar nicht darauf achten. Dieser verfluchte Saturn!

»Was für eine gute Figur Sie haben, Maresciallo! Wie ich sehe, wirkt die Diät. Können Sie immer kacken, oder streikt der Darm?«
Er hatte Tonio nicht bemerkt. Sein Freund aus der Apotheke musterte ihn spöttisch.
»Lass mich in Ruhe, Tonio, bitte nicht heute.«
»Also nie ... Hast du fünf Minuten für einen Espresso, oder musst du zu irgendeinem Freund mit Sternen auf der Schulter rennen, um dort strammzustehen?«
»Du zahlst.«
»Zu Befehl, Chef.«
Tonio stieg ein, und sie fuhren zu einer nahe gelegenen Bar. Die frisch gebackenen Hörnchen dufteten verführerisch. Heldenhaft widerstand Bonanno der Versuchung. Er hasste Tonio aus vollem Herzen, als er sah, wie der in den mit dickflüssiger gelber Sahnecreme gefüllten, zarten Teig biss. Wegen seiner Nervosität und um das emsige Treiben seiner Speicheldrüsen zu stoppen, zündete er sich die dritte Zigarette an.
»Savè, ich muss dir etwas sagen ...«, meinte Tonio und zwinkerte ihm anzüglich zu.
»Worum geht es?«
»Bettgeschichten.«
»Frauen? Schon wieder? Du denkst mit dem Schwanz, das habe ich dir schon immer gesagt. In deinem Alter rennst du noch jedem Rock hinterher. Versuch endlich, vernünftig zu werden. Hör auf mich, sonst bringt dich dein kleiner Freund früher oder später in Schwierigkeiten.«
»Was zum Teufel hast du kapiert, Savè? Glaubst du, ich erzähle ausgerechnet dir von meinem Liebesleben?«
»Na, mir schien ... Aber mal sehen, über wen du heute lästerst.«

»Erinnerst du dich an Santuzza Pillitteri? Man nennt sie auch ›A Capitana‹. Man sagt, wenn der Dummkopf Turiddu Scimè im Forstamt ist, bringt ein Freund unserer lieben Santuzza dicke Kürbisse und schwere Auberginen, und sie bezahlt ihn in … äh … in Naturalien, verstehst du mich? Wie es aussieht, hat dieser Jemand Geld. Vor ein paar Tagen hat er ihr ein Paar todschicke Schuhe geschenkt, erste Sahne, und Santuzza, die eine einfühlsame Frau ist, schmolz dahin und wurde noch zarter als diese Sahne. So ist das Leben, für ein paar Schuhe wird eine zur Hure. Aber wenn eine schon so geboren wird …«

Bonanno stellte sich Santuzza ausgestreckt vor und dazu den alten Apotheker, wie er für die Schuhe Maß nahm … »Entschuldige, Tonio, ich habe keine Zeit für diese Geschichten, ich habe zu tun. Und vielleicht wär es besser für dich, wenn du nicht mehr jedem Geschwätz im Ort hinterherhecheln würdest.«

»Volkes Stimme, Gottes Stimme.«

»Hier würde man für jedes Klatschmaul einen eigenen Gott brauchen.«

»Savè, denk daran, wer vögelt, vögelt, und Gott verzeiht allen.«

»Bis bald, Tonio, an einem der nächsten Abende gehen wir einen trinken.«

Ihr Mund ist eine salzige Höhle. Die Augen unter den buschigen Augenbrauen wühlen beharrlich und grinsend in ihr. Pietro Cannata beginnt ganz dreist:

Nach so langer Zeit gibst du deinem Vater keinen Begrüßungskuss? Du bist wirklich ein schlimmes kleines Mädchen, das bist du immer gewesen.

Teresa weicht zurück. Ihre Seite pocht heftig. Der Schmerz

und ihre alte Furcht halten sie in ihren Klauen. Sie sucht verzweifelt nach einer Stimme, die ihr die Kraft gibt, diesem Albtraum zu entkommen. Die Geister der Vergangenheit kommen aus ihren Gräbern. Sie leben noch. Die Augen unter den buschigen Augenbrauen ihres Vaters dringen tief in sie ein, wie damals, Lavabrocken, die verbrennen. Teresa fühlt sich nackt und schutzlos, sie vergeht vor Scham. Diese Augen sagen alles. Sie weiß, was sie sagen. Was sie wollen. Du bist wirklich eine ansehnliche Frau geworden, eine perfekte kleine Mutter. Und dein lieber Ehemann ist nicht da? Wie kann er eine so hübsche kleine Frau nur allein zu Hause lassen? Zum Glück ist dein Papa da. Er wird dich beschützen. Ich habe Glück gehabt, dass ich dich heute Morgen auf dem Markt gesehen habe. Mich hat beinahe der Schlag getroffen. Zu komisch! Kannst du dir das vorstellen? Ich konnte es nicht glauben, nach so vielen Jahren, wer hätte das gedacht! Es war wie ein Traum. Und du warst es wirklich, mein geliebtes Mädchen. Wie groß du geworden bist, mein besonderer Liebling! Komm, lass dich umarmen wie damals. Erinnerst du dich?
Pietro Cannata kommt näher.
Ein Schrei erfüllt die Wohnung.

Punkt acht war er in der Kaserne. Der Wachtposten sah ihn ein wenig beunruhigt an. Irgendetwas Großes bereitete sich vor. Wann war der Maresciallo je so früh erschienen? Man verstand hier gar nichts mehr. Seit einiger Zeit war es besser, nicht aufzumucken und sich nur um seine eigenen Angelegenheiten zu kümmern. Dann kam man besser durch.
Als Erstes holte sich Bonanno das Telefonbuch, blätterte darin und suchte den Ort Martellotta. Er ging dutzende Adressen durch, bis er die Via Crocifisso fand.

»Also gibt es diese verdammte Straße doch!«

Steppani war erstaunt, ihn schon im Büro zu sehen. »Sind Sie aus dem Bett gefallen?«

»Wie ist das mit dem Wagen ausgegangen?«

»Ich habe ihn zu Hause abgeliefert, pünktlich wie eine Schweizer Uhr. Die Kollegen wirkten etwas befremdet, ich denke, sie haben nicht geglaubt, dass wir das Auto ohne Spuren wiedergefunden haben. Maresciallo, was für ein Auto! Eine Wonne, kein Fahrgeräusch, schön, elegant und was für eine Straßenlage! Ein Traum. Was für ein Fahrwerk, diese Linie, was …«

»Warum kauft du dir nicht das Auto, und basta?«

»Leihen Sie mir fünfzig Riesen?«

»Wie war es bei Saporito?«

»Hier ist der Bericht.«

»Steppani, schaffen wir das noch heute Morgen? Ich wette, du kennst den Bericht jetzt auswendig.«

»Nichts Wichtiges. Der Maresciallo meint, die Söhne hätten ihren Vater lieber von hinten gesehen. Die Mutter ist eine traditionelle Frau, Küche, Kinder, Kirche. Von dem Schließfach wusste anscheinend niemand. Dass wir es entdeckt haben, war ziemliches Glück. Aber warum interessiert Sie das so? Wir haben dort doch nichts gefunden.«

»Das erkläre ich dir später. Hast du gefragt, wo die Familie am Abend des Verbrechens war?«

»Die beiden Jungs haben das Fischgeschäft geschlossen und dort bis spätabends geputzt. Haben sie zu Protokoll gegeben. Die Mutter hat es bestätigt. Laut Saporito sagen sie die Wahrheit, aber man kann ja nie wissen. Meiner Meinung nach verschwenden wir unsere Zeit. Wir müssen im Umfeld des illegalen Glücksspiels suchen.«

»Hol den Jeep, wir fahren.«

»Wohin?«, fragte Steppani mit leuchtenden Augen.
»Nach Martellotta. Du fährst.«
»Ich fliege.«
Bonanno erteilte genaue Anweisungen für Cacici und Cantara. Es war nun nicht mehr notwendig, dass sie die anderen Getreidehändler befragten. Sie konnten diese Ermittlungen beenden. Bonanno hatte die Diät satt und hinterließ auf Musicchias Schreibtisch seine Abführmittel und eine Nachricht:

Die wirken einfach fantastisch, sie vertreiben jede Krankheit. Probier sie aus, und du wirst es erleben.

Während sie die Kaserne verließen, sah Bonanno noch aus einem Augenwinkel, wie eine vertrocknete Vogelscheuche wütend aus ihrem Auto stieg, das vor der Kaserne hielt. Es handelte sich um Totino Prestoscendos Frau. Sie ging direkt in die Kaserne.
»Was soll ich tun, Maresciallo?«, fragte Steppani.
»Auf gehts! Nach Martellotta, Steppani, und gib Vollgas!«

Auf dem Rücken, auf der Brust, auf den nackten Armen, überall sind die Augen unter den buschigen Augenbrauen. Der Schrecken ist grenzenlos, er entsteht aus der Urangst ihrer zerstörten Kindheit, während sie schreit und einen Ausweg sucht. Die Bestie gibt keine Ruhe, mit einem Pantersprung ist sie über ihr, wirft sie zu Boden. Teresa fällt, schlägt mit dem Kopf an und bleibt betäubt liegen.
Die Bestie grinst, spricht und geifert.
Dass er als Erster seinen verderbten Pflock in das zarte Fleisch seiner Tochter gerammt hat, hat ihn zur Überzeugung gebracht, dass Teresa sein Eigentum ist, eine Ware, die

er benutzen kann, wann immer es ihm gefällt. Und gerade jetzt gefällt es ihm!
Er zerfetzt ihre Bluse. Diese Brüste hatte er anders in Erinnerung, klein und fest. Jetzt sind sie rund und zart. Wie die einer Frau.
Über Teresas Haut fließt kochendes Öl. Sterne blitzen auf, in ihr explodiert das Universum, die Sonne stürzt herab und wird immer größer, so wie ihre Hand, die sucht und sich ausstreckt. Sie strengt sich verzweifelt an, aber schließlich schafft sie es doch, den Aschenbecher zu fassen. Ein Granitblock, der auf dem kleinen Tisch steht. Ihre Finger krallen sich mit aller Kraft um den Aschenbecher. Er fliegt plötzlich schnell durch die Luft, ein Geschoss trifft auf den Kopf der Bestie, die den Griff lockert und mit dem Röcheln eines Verletzten über ihr zusammensinkt.

Steppani fuhr noch schlimmer als sonst, aber Bonanno schien es nicht zu merken. Er schwamm in einem Meer von Gedanken, das ihn umgab und gleichzeitig an ein Ufer spülte, das er nie erreichen wollte. Er konzentrierte sich auf Satzfetzen, erinnerte sich an einzelne Worte. Warum er ausgerechnet jetzt an den Möchtegerndichter Lillo Coglio denken musste, an die Schnallenschuhe, an seinen Freund Tonio? Der Bulle in ihm kitzelte ihn, er lag ihm im Blut. Bonanno nahm an, seine Tochter und das anonyme Telefongespräch wären der Grund dafür.
»Hast du zufällig jemandem meine Privatnummer gegeben, Steppani?«
»Warum haben Sie denn zu Hause Telefon?«
Bonanno sah ihn schief an. Steppani nahm so rasant Anlauf zu einer Kurve, dass man nur noch beten konnte, und der Maresciallo wurde abgelenkt.

Einundzwanzig

Die Bestie liegt vor Teresas Füßen. Bewegungslos. Der Schlag, der sie kraftvoll über dem Ohr getroffen hat, hat einen dicken Bluterguss hinterlassen. Teresa hält den Aschenbecher noch fest in der Hand. Sie hat nicht einmal die Kraft, zu weinen oder zu schreien. Sie hat überhaupt keine Kraft mehr. Sie sinkt auf dem Sofa zusammen und bleibt dort sitzen. Ihre Finger lösen sich. Der Aschenbecher rollt auf den Boden.

Sie betrachtet alles wie aus weiter Ferne. Ihr Kopf ist leer. Sie fühlt, wie die andere Teresa in ihr wächst. Vor ihren Augen läuft ihr Leben wie ein Film ab. Sie ist wieder ein kleines Mädchen und sieht, wie die Bestie sie aufdringlich streichelt. Die kleine Teresa flieht zum Strand, die Bestie beobachtet sie amüsiert. Sie weiß ja, wo sie sie finden kann, und wartet einfach ab. Eine Frucht schmeckt besser, wenn sie ganz reif ist!

Kleine, hübsche Teresa, wie oft hast du in schreckensvollen Nächten geweint, während dich die schlimmsten Albträume quälten. Das böse Ungeheuer hatte immer dasselbe Gesicht, das deines Vaters, der jetzt vor dir auf dem Boden liegt. Er scheint bewusstlos zu sein, vielleicht ist er tot. Aber das ist unwichtig, alles ist jetzt unwichtig geworden.

Leben und Tod eines Menschen sind eng miteinander ver-

bunden. Teresa ist schon vor langer Zeit gestorben. In der Nacht, in der ihre Mutter ihren jüngsten Bruder Nico zur Welt gebracht hat. Die Bestie kam von der Anlegestelle zurück. Sie wusste, Teresa würde schutzlos sein und sich nicht wehren können. Die Bestie hat das Haus schon mit diesem Säbel aus Fleisch zwischen den Beinen betreten.
Teresa ist nicht wiedergeboren worden. Die Puppe hat keine Flügel bekommen. Die Bestie hat sie verbrannt. Der Geruch nach Blut durchbohrt ihre Nasenlöcher, das Blut ihrer Entjungferung breitet sich auf dem Boden aus. Das Blut, das Teresa mit Kleidungsstücken, die sie gerade zur Hand hatte, aufgewischt hat, um die Wahrheit vor der Mutter zu verbergen. In diesem tiefroten See ist ihre kindliche Unschuld ertrunken, sind die Farben ihrer Fantasie ertrunken. Übrig blieb nur das Grau.

Von fern hört man einen langen Ton. Er dringt in sie ein. Setzt sich gegen die grausamen Bilder durch. Jemand drückt hartnäckig auf die Klingel. Sie hat keine Lust zu öffnen.
Teresa! Teresa!, ruft der kleine Bruder sehr besorgt.
Mit Schritten, die nicht ihre eigenen zu sein scheinen, erreicht sie die Tür. Sie öffnet. Der kleine Bruder ist entsetzt. Teresas Gesicht ist vom Weinen verquollen, ihre Lippen bluten aus heftigen Bissen. Die Bluse ist zerrissen.
Der kleine Bruder versteht es nicht, er kann es nicht begreifen. Er kommt herein, und plötzlich ist alles klar: Seine Prinzessin ist dem Ungeheuer wieder begegnet.
Könnte der Wind sprechen und könnten die Wolken schreien, würde die Welt jetzt für immer von dem unmenschlichen Schrei und der Empörung widerhallen, die sich des kleinen Bruders bemächtigen. Er stürzt sich auf den Vater,

will ihn mit seinen eigenen Händen töten, ihn mit Fußtritten zerstören und damit die Scham und den Schmerz tilgen.
Teresa zittert plötzlich, fällt wortlos zu Boden. Pino packt sie; jetzt muss er sie stützen. Auch vor seinen Augen laufen nun längst begrabene Bilder ab. Bilder von einer vergessenen Nacht: die bleiche Schwester, die ihm eine Geschichte von Drachen und Prinzessinnen erzählt. Er ist mutig gewesen, er hat sich auf das Untier gestürzt, das zwischen den nackten Beinen Teresas spielen wollte. Sein Schwesterchen schrie, das Spiel gefiel ihr nicht, aber sein Vater hörte nicht auf. Da hat er das Küchenmesser genommen, ist vorgestürzt und hat es ihm in die Brust gestoßen, oberhalb des Herzens. Papa ist heulend weggelaufen. Von dem Augenblick an hat er ihn nie wieder so genannt.
Teresa ist auch weggelaufen. Als der kleine Bruder aufgewacht ist, war sie nicht mehr da. Sie hat ihn zu lange allein gelassen. Jetzt ist sie zurückgekommen, und das Ungeheuer will sie wieder missbrauchen.

Pino Cannata bringt seine Schwester ins Bett. Er beruhigt sie: Es ist nichts passiert.
Teresa murmelt: Ich habe ihn getötet, man wird mich wegen Vatermordes verklagen, ich habe meine Familie ruiniert. Arme Kinder, armer Rosolino, mein Liebling, welche Schande! Was hat es denn genützt, die Wahrheit zu verschweigen? So viele Ausreden zu erfinden und tausend Lügen, um die für die Heirat nötigen Papiere zu bekommen? Wem hat es genützt, sich zu verstecken?
Teresas wilder Schmerz quält Pino, und er fasst einen Entschluss: Niemand wird etwas erfahren. Sei ruhig, Teresa. Ich habe einen Plan. Lass mich nur machen. Wir werden

niemandem etwas erzählen. Ganz ruhig. Hier gibt es kein Blut, keine Spur von dieser ekelhaften Angelegenheit. Wir müssen nur dieses Scheusal wegschaffen, es verschwinden lassen. Ich weiß auch schon, wo. Auf dem Weg zu dir habe ich einen Platz gesehen. Dann werden wir vergessen. Daran sind wir doch gewöhnt. Erinnerst du dich noch? Du bist die Prinzessin, und ich bin dein Ritter. Ich werde dich immer verteidigen. Schlaf jetzt, Teresa, schlaf. Ich bin bald wieder hier.

Der Kleinwagen fährt nach Martellotta hinein. Die kleine Stadt sieht genauso aus wie alle anderen Kleinstädte in dieser Gegend. Es riecht nach Landluft. Bonanno weist Steppani an, er möge an der ersten Bar halten. Dort bittet er um einen guten Espresso und eine Information.

»Via Crocifisso? Die können Sie gar nicht verfehlen, Maresciallo. Sie fahren den Corso geradeaus, überqueren zwei Kreuzungen, und an der dritten – dort sehen Sie ein schönes Eisenkreuz – biegen Sie nach links ab. Das ist die Via Crocifisso.« Der Kellner, ein älterer Mann mit rotem Gesicht, schwatzt ihm zwei dünne, wässrige Espressos auf.

»Wenn die Information so schlecht ist wie Ihr Espresso, dann verhafte ich Sie, bei Gott!«, beschwert sich Bonanno.

Sie gehen zum Wagen zurück. Bonanno ist nervöser als zuvor.

»Steppani, hast du kapiert, wo zum Teufel wir hinmüssen?«

»Zur nächsten Bar, die wir sehen, um noch einen Espresso zu trinken.«

Pino Cannata lädt den leblosen Körper des Mannes, den ihm die Natur zum Vater bestimmt hat, in den Lancia

Kappa. Es ist dunkel, kein Mensch auf der Straße. Er rast in Höchstgeschwindigkeit zur Müllkippe, die er auf dem Weg zu Teresa gesehen hat. Es sind nur ein paar Kilometer. Nach etwa fünfzehn Minuten ist er am Ziel. Vielleicht hat er sich das eingebildet, aber es war ihm so vorgekommen, als hätte die Bestie, die er auf dem Sitz neben sich abgelegt und mit dem Sicherheitsgurt festgeschnallt hat, ein Lebenszeichen von sich gegeben. Zum Teufel mit seinem Gefühl! Der Platz der Bestie ist einzig dort unten.

Pino erreicht die Müllkippe. Er biegt in die Zufahrtsstraße ein. Sie ist schmal und holprig. Pino ist ein guter Fahrer. Er fährt bis zum höchsten Punkt. Der Gestank, der aus dem aufgetürmten Müll aufsteigt, ist unerträglich.

Pino hält den Wagen an, er steigt aus und geht zur Beifahrertür, öffnet sie weit. Er nimmt die Bestie mit den Augen unter den buschigen Augenbrauen und wirft sie auf den Müll. Wie einen Sack, den er sich vom Hals schaffen will. Noch mehr Dreck, der die Welt überflutet. Die Autotür bleibt halb offen.

Pino verlässt den Platz zu Fuß. Er wird mindestens eine Stunde zu Teresa brauchen. Pino rennt, der Ritter, der von seiner Dame wieder auf die Probe gestellt wurde. Ein schrecklicher Sturm ist über sein Schiff gekommen. Er rennt, er möchte Teresa trösten und mit ihr einen Plan schmieden, wie sie einen möglichen Verdacht von sich ablenken. Er rennt und flucht, sein Herz flattert bei jedem aufleuchtenden Autoscheinwerfer. Pino duckt sich hinter einen Felsblock, versteckt sich im Schatten eines Baumstammes, in der Vertiefung eines Abhangs. Niemand darf ihn sehen.

Den Schemen, der sich am Rand der kleinen Straße versteckt, bemerkt er nicht. Er hat den ganzen Vorgang äußerst interessiert beobachtet. Und jetzt steigt er schnell zur Müllkippe hinunter.

An dem Espresso, den sie in der »Bar dell' emigrante« trinken, hat Bonanno nichts auszusetzen. Er ist cremig und aromatisch, wie er sein soll, und brennt auf der Zunge, dass es eine wahre Freude ist.
»Der schmeckt aber wirklich gut«, urteilt Steppani.
Bonanno, der damit beschäftigt ist, den Espresso bis zum letzten Schluck zu genießen, antwortet ihm nicht einmal.
»Marescià, ich kann mir immer noch nicht erklären, warum wir so früh am Morgen mit Vollgas hierher gedüst sind?«
Bonanno schweigt und zündet sich eine Zigarette an. Er hat keine Lust zu reden. Das begreift Steppani, als er sieht, dass Bonanno einfach geht.
»Ich wollte Sie doch nicht beleidigen, Maresciallo.«
»Warte hier auf mich. Mach es dir gemütlich und bestell dir noch eine schöne Zitronengranita. Ich möchte etwas überprüfen. Allein.«
Steppani wirft ihm einen wütenden Blick zu. Bonanno merkt es nicht, er liest das Straßenschild vor sich. Der Bulle in ihm sprüht Funken: Das ist die Via Crocifisso.

Teresa hört Pino zu. Sie ist völlig verwirrt. Pino sagt ihr, sie müsse sich keine Sorgen machen, alles sei in Ordnung. Sie darf sich nicht von der Angst überwältigen lassen. Der Drache ist für immer in seine Höhle gejagt, die Bestie ist aus dem Weg geräumt. Das Leben kann wieder seinen gewohnten Gang gehen.
Teresa ist zu verwirrt. In diesem Zustand darf ihr Ehemann sie nicht sehen. Sie muss ihre Schwiegereltern anrufen und sagen, dass sie die Kinder noch behalten sollen, sie

würde erst später kommen. Dann muss sie einen Zettel für den Ehemann schreiben, sie wäre mit einer Freundin weggegangen und würde ihm später alles erklären. Er solle sich um die Kinder kümmern. Pino hilft ihr die Treppen hinunter. Sie müssen fort von hier, für ein paar Stunden allein sein, das Haus verlassen, sich vom Modergeruch des Ungeheuers befreien, endlich wieder zur Ruhe kommen. Teresa gehorcht ihm. Pino weiß, dass er etwas unternehmen muss. Er darf ihr nicht erlauben, sich gehen zu lassen. Er wird nicht aufgeben. Teresa, seine Schwester, ist Opfer eines Schicksals geworden, das sein grausames Spiel mit ihr gespielt hat. Sie muss sich aufraffen, muss tätig werden, sie kann doch nicht alles zum Teufel gehen lassen, nur wegen dieses Scheusals, das sie zum Vater hatten. Er soll in der Hölle braten.

Du hast das Leben noch vor dir, Schwesterchen, du musst es verteidigen, das bist du deiner Familie schuldig. Und außerdem musst du vergessen. Die Polizei wird ermitteln, aber dich kennt niemand, Teresa, niemand kann dich mit ihm in Verbindung bringen. Sie werden glauben, dass es eine Abrechnung unter Spielern war. Er war schon seit einiger Zeit hier in der Gegend, hat hoch gespielt, es ging um Millionen Lire. Die Polizei hat an anderes zu denken. Wir müssen wieder ins normale Leben zurückkehren, brauchen keine Albträume mehr zu haben. Wir können endlich frei sein. Ich werde dir helfen, Teresa. Erinnerst du dich noch an unsere Abmachung? Du bist meine Prinzessin, und ich bin dein Ritter. Komm, Prinzessin, unser weißes Pferd wartet schon.

Bonanno steht vor der Nummer dreiundzwanzig, einem einfachen, aber hübschen Haus mit zwei Stockwerken.

Der Bulle in ihm meldet sich wieder. Bonanno kämpft mit sich, um nicht noch eine Zigarette anzuzünden. Wer wohnt wohl in diesem Haus? Und wie hängt das alles mit dem Mordfall Cannata zusammen?

Er klingelt an der Eingangstür. Eine weibliche Stimme antwortet:

»Ich komme gleich.«

Unschlüssig rückt er seine Dienstmütze gerade.

Beim Öffnen quietscht die Tür leicht. Die junge Frau, die er sieht, scheint von schmerzlichen Ereignissen gequält zu werden. Sie ist gut gekleidet, sieht aber etwas mitgenommen aus. Ihre tiefblauen Augen wirken traurig.

Bonanno gibt sich Mühe, freundlich zu sein. Er lächelt sie beruhigend an, dennoch wird die junge Frau blass und erstarrt. »Erschrecken Sie bitte nicht, Signora, es ist reine Routine. Wir gehen einem Hinweis nach, und deshalb müssen wir alle Bewohner dieser Gegend befragen. Darf ich hereinkommen? Es dauert nicht lange.«

Der Bulle in ihm pfeift wie ein gestresster Schiedsrichter.

Teresa stottert irgendetwas und geht ihm voraus. Sie betreten das gemütliche kleine Wohnzimmer. Hier ist alles sorgfältig aufgeräumt.

Teresa schluckt Speichel und Gedanken hinunter. Eben noch ist sie beinahe wachsbleich gewesen, und nun wird sie feuerrot, als der Maresciallo sie nach ihren Personalien fragt. Der Bulle in ihm wiehert laut auf. Bonanno fragt, ob er rauchen darf. Wenn er nervös ist, hat er immer Lust auf eine Zigarette.

Verwirrt erlaubt Teresa es ihm. Bonanno bemächtigt sich des schweren Aschenbechers aus rotem Granit, der auf dem Tischchen steht. Es dauert nur einen Augenblick. In Teresas Gedanken laufen Bilder ab, die nach Tod schmecken, nach diesem Aschenbecher, der sich wütend auf den Kopf des Ungeheuers gesenkt hat. Dieser Aschenbecher, der wieder an seinem Platz steht, damit Rosolino keinen Verdacht schöpft. Er hat diesen Aschenbecher für sie angefertigt, mit seinen eigenen Händen hat er einen Granitblock behauen.

Es ist nur die Frage eines Augenblicks, und die andere Teresa kommt zum Vorschein. Der Schrei trifft Bonanno überraschend. Er erstarrt, die Zigarette auf halber Höhe zwischen Mund und Aschenbecher. Teresa rennt in die Küche, ergreift ein großes Fleischmesser und bringt sich einen tiefen Schnitt an den Pulsadern bei. Bonanno hat Schwierigkeiten, ihr das Messer abzunehmen. Teresa ist nun eine wütende Furie, sie schreit immer wieder: »Ich wusste es ja, ich wusste es! Jetzt verhaften sie mich, ich wusste es doch.«

Bonanno schlägt nicht gern Frauen, aber nun macht er eine Ausnahme. Die Ohrfeigen sollen Teresa dabei helfen, wieder zu sich zu kommen. Sie ist Opfer eines hysterischen Anfalls. Er verbindet ihr die blutende Wunde am linken Arm mit in dünne Streifen gerissenen Servietten, die er am Unterarm festbindet. Teresa beruhigt sich. Den Schreien folgt ein unterdrücktes, schmerzvolles Weinen. Bonanno bemerkt es mit Unbehagen. Teresa ist wieder zum kleinen Mädchen geworden. Stammelnd und bruchstückhaft erzählt sie von jener grausamen Nacht. Sie erzählt ihren Film, verwirrte Bilder, und Bonanno hat wieder einmal einen Beweis dafür bekommen, wie beschissen diese verdammte Welt ist.

Steppani hört das Funkgerät krächzen. »Hier ist der Erste Brigadiere Steppani. *Over.*«

»Ich bins, Cacici. Maresciallo Bonanno hat angerufen. Du sollst sofort zu ihm in die Via Crocifisso Nummer dreiundzwanzig kommen. Es ist dringend. Er hat auch einen Krankenwagen angefordert. *Over.*«
Die Zitronengranita bleibt Steppani im Hals stecken. »Verdammt. *Over* und Ende.«
Ein paar Sekunden später melden kreischende Bremsen Bonanno, dass der Brigadiere die Nachricht erhalten hat.
»Maresciallo, Maresciallo!«, ruft Steppani besorgt.
»Wir sind hier in der Küche, Steppani.«
Der Brigadiere legt die wenigen Meter, die ihn von Bonanno trennen, in null Komma nichts zurück. Als er sieht, dass der Maresciallo blutbesudelt ist, sieht er rot und greift blitzschnell nach seiner Pistolentasche.
Bonanno beruhigt ihn. «Sie hat versucht, sich die Pulsadern zu öffnen. Sie steht unter Schock. Ich habe sie gerade noch rechtzeitig aufgehalten. Wir müssen sie ins Krankenhaus bringen.«
»Aber wer ist sie?«
»Sie heißt Teresa. Teresa Cannata. Sie hat ein paar Worte gestammelt. Daher weiß ich, dass sie die Tochter des Ermordeten ist. Sie ist irgendwie in das Verbrechen verwickelt.«

Im Krankenhaus informiert sie der Chirurg, dass die junge Frau außer Gefahr sei. Die Wunden am Handgelenk sind genäht worden. Man kann sie jetzt nicht vernehmen. Teresa braucht die Hilfe eines Psychologen. Sobald ihr Zustand es erlaubt, wird man sie in die Psychiatrie bringen, um sie zu behandeln. Sie leidet an einem akuten Anfall von schweren Depressionen. Zu den körperlichen Wunden kommen die seelischen Verletzungen, und die sind viel schwerer zu heilen. Sie hat einen besonders heftigen Schock erlitten und wird viel Zeit brauchen, um sich davon zu erholen, sehr viel Zeit.

Bonanno bekommt von Dottor Panzavecchia einen Ermittlungsbescheid gegen Pino Cannata ausgestellt. Er hat vor, den jungen Mann unter Druck zu setzen. Teresa hat in ihren Fieberträumen oft nach ihm gerufen, hat ihn »kleiner Bruder« genannt. Jetzt muss Pino auspacken.

Aber der verwirrt Bonanno, er sitzt ihm gegenüber, durchbohrt ihn mit seinen Blicken und gesteht, ohne mit der Wimper zu zucken:

»Maresciallo, ich bin es gewesen, doch es war ein Unfall.«

»Und warum haben Sie ihn zur Müllkippe gebracht?«

»Ich habe ihn dort abgeworfen, wo er hingehört: Scheiße muss bei Scheiße liegen.«

»Warum haben Sie nicht sofort gestanden?«

»Alles zu seiner Zeit. Lassen Sie bitte meine Schwester in Ruhe, sie hat mit der Sache nichts zu tun.«

Irgendetwas stimmt da nicht. Der junge Mann ist zu sehr auf seine Heldenrolle fixiert. Der Bulle in Bonanno schlägt einen Salto.

»Also, wo haben Sie Ihren Vater an jenem Abend getroffen?«

»In der Nähe der Müllkippe. Ich war auf dem Weg zu meiner Schwester. Da habe ich ihn gesehen und angehalten, um ihn etwas zu fragen …«

»Was?«

»Ich weiß es nicht mehr. Warum, ist das wichtig?«

»Kommt darauf an.«

»Machen wir es kurz, Maresciallo, ich wiederhole es: Ich habe das Fischgeschäft geschlossen, mein Bruder blieb da, um Ordnung zu schaffen. Ich beschloss, meine Schwester zu besuchen, und als ich … meinen Vater sah, habe ich ihm ein Zeichen gegeben, er solle anhalten. Er hat gehalten und begann, mich zu reizen. Er sagte, ich arbeite zu wenig, ich würde mein Geld nicht verdienen, sondern aus den Einnahmen des Fischgeschäfts etwas für mich abzweigen. Er hätte genug davon, einen Dieb zum Sohn zu haben. Er wollte mich anzeigen. Da habe ich durchgedreht und gesagt, er könne mich mal … Aber er war noch nicht zufrieden und hat mich geohrfeigt. Ich habe ihn gestoßen, er ist nach hinten gefallen und hat sich den Kopf angeschlagen. Er war sofort tot. Dann habe ich ihn zur Müllkippe geschafft, die nur einen Katzensprung entfernt ist, und habe ihn dort runtergeworfen. Das ist alles. Lassen Sie mich meine Aussage unterschreiben. Machen wir ein Ende.«

»Aber vorher haben Sie ihm alles abgenommen, Brieftasche, Uhr, Armreif und das Goldzeug.«

»Maresciallo, wofür halten Sie mich? Ich habe gesagt, was ich zu sagen hatte. Jetzt will ich meinen Anwalt sprechen.«

»Und was erzählen Sie mir über den Wagen? Warum ist er erst verschwunden und dann wieder aufgetaucht?«

»Ein Dieb? Was weiß ich denn, zum Teufel? Kann ich jetzt unterschreiben oder nicht?«

»Erklären Sie mir noch eines: Warum haben Sie sich so viel Mühe gegeben, wenn es doch ein Unfall war? Warum sind Sie bis zur Müllkippe gegangen und haben ihn da hinuntergeworfen? Warum haben Sie ihn nicht dort gelassen, wo er war, oder Hilfe geholt? Oder warum haben Sie ihn nicht ins Krankenhaus gebracht?«

»Lassen Sie mich endlich diese verdammte Aussage unterschreiben!«

»Das überzeugt mich nicht, nein, das überzeugt mich überhaupt nicht.«

Um den erfolgreichen Abschluss des Falles zu feiern, hat Capitano Basilio Colombo eine Flasche moussierenden Rosé mitgebracht, ein wunderbares Getränk, abgefüllt in Vallevera. Er hütet sich jedoch, die Flasche zu öffnen, als er Bonannos finsteres Gesicht sieht.

»Zerbrechen Sie sich nicht den Kopf, Maresciallo, der Fall ist abgeschlossen. Wir haben einen Schuldigen, der gestanden hat, ein Motiv, das sind die Erbschaft, das Fischgeschäft und die Schatzanweisungen, von denen Söhne und Mutter befürchteten, dass die Signorina aus Cefalù sie verschlingen würde. Dazu kommt noch das schlechte Verhältnis zwischen Vater und Söhnen, und das Bild ist komplett. Was wollen Sie denn noch, mein lieber Maresciallo?«

»Ich möchte das Gesicht der Person sehen, die mir den Hinweis gegeben hat.«

»Wovon sprechen Sie?«

Bonanno erklärt dem Leiter der Kompanie die letzten Entwicklungen, wie er auf die Via Crocifisso Nummer dreiundzwanzig gestoßen ist, und schildert seine Verdachtsmomente. Alles dreht sich um Teresa. Er hat Nachforschungen angestellt. Sie ist von zu Hause fortgelaufen, als sie noch minderjährig war. Viele Jahre lang hat man nichts von ihr gehört. Sie hat still und heimlich einen anständigen jungen Mann geheiratet und lebt sehr zurückgezogen in Martellotta. In diesen Ort sind sie zurückgekehrt, nachdem sie lange im Norden gelebt haben. Warum ist sie damals weggelaufen? Und warum hat sie nur mit ihrem Bruder wieder Kontakt aufgenommen?

Außerdem: Wenn Pino Cannata schon den Mord an sei-

nem Vater gestanden hat, warum leugnet er dann, ihn beraubt zu haben, bevor er ihn auf den Müll geworfen hat? Wer hatte das Auto genommen?
Es gibt noch zu viele offene Fragen.
»Was schlagen Sie vor, Maresciallo?«
»Ich will Pino Cannata und die anderen Familienmitglieder ausquetschen. Und ich möchte hören, was Teresas Psychologe sagt. Ich möchte einfach alles verstehen.«
»Sie haben freie Hand.«
»Gut, Capitano. Sonst noch etwas?«
»Ja, Maresciallo. Bürgermeister Prestoscendo hat seine Meute losgelassen. Der Abgeordnete Carnemolla hat das Gericht unter Druck gesetzt, damit die Schließung der Müllkippe aufgehoben wird. Es tut mir Leid.«
Bonannos trifft es wie ein Blitzschlag. «Oh, verdammte Scheiße!«
»Wie bitte?«
»Entschuldigen Sie, Capitano, geben Sie mir bitte die Akte Cannata? Ich möchte etwas nachprüfen, ein Detail, das ich beinahe vergessen hätte.«
Colombo reicht Bonanno die Akte. Der Maresciallo nimmt sich die Fotos der Leiche und betrachtet sie von allen Seiten.
»Donnerwetter, das ist ein Volltreffer ... Das ist der Beweis, dass Pino Cannata Mist erzählt hat. Er behauptet, sein Vater wäre unglücklich auf den Kopf gefallen, aber hier sieht man deutlich, dass die Wunde durch etwas anderes verursacht wurde. Schauen Sie, der Schädel ist zur Hälfte gespalten. Im Auto war nichts, nicht einmal die kleinste Spur von Blut, auch nicht auf der Zufahrtsstraße zur Müllkippe oder in der Umgebung.
Es gibt zwei Möglichkeiten: Entweder schützt Cannata

jemanden, oder er kennt nicht die ganze Wahrheit. Wir können die Ermittlungen nicht einfach abschließen. Es gibt noch zu viele offene Fragen. Ich gehe.«
»Wohin?«, erkundigt sich der Capitano verwirrt.
»Ich muss jemanden besuchen.«

Teresa ist im Krankenhausbett versunken. Neben ihr sitzen ein aufgelöster Ehemann und eine kleine, schwarz gekleidete Frau. Bonanno kennt sie, es ist Maria Crocifissa, Teresas Mutter, Cannatas Witwe.
Er spricht mit ihnen, aber er bekommt keine Informationen. Sie sind am Boden zerstört. Auf Bonanno wirken sie ehrlich. Er fordert sie auf, am nächsten Tag in die Kaserne zu kommen. Außerhalb des Krankensaals spielen zwei alte Leute mit zwei Kindern. Es sind Teresas Kinder und ihre Schwiegereltern.
Bonanno trinkt einen fürchterlichen Espresso aus dem Automaten und schimpft über seine eigene Dummheit, diesem Teufelszeug vertraut zu haben.
Der Psychologe kommt zu ihm. »Maresciallo, ich möchte mit Ihnen reden.«
»Gern.«
»Bitte in meinem Zimmer, wenn es Ihnen nichts ausmacht.«
»Ich folge Ihnen.«
Der Psychologe schließt in seinem Büro die Tür hinter Bonanno. Er kommt gleich zum Thema. Seiner Meinung nach hat Teresa einen sehr schweren Schock erlitten, dessen eigentlicher Grund seit wer weiß wie vielen Jahren in ihrem Unterbewusstsein begraben liegt. Diesen an die Oberfläche zu bringen, wird sehr schwierig sein. Vielleicht könnte man es mit regressiver Hypnose versuchen.

Es handelt sich um ein äußerst schmerzliches Geheimnis, das ein neues Trauma hervorgerufen hat. Daraus resultierten ihre unkontrollierte Reaktion und die unbewusste Verteidigung.

»Die Patientin braucht lange und aufwändige Therapien. Sie können für Ihre Ermittlungen nicht mit ihr rechnen. Es ist unnötig, dass Sie hier im Krankenhaus herumlaufen. Von Teresa werden Sie keinen nützlichen Hinweis bekommen, Maresciallo. Ich bitte Sie, geben Sie mir die Möglichkeit, diesem armen Mädchen zu helfen, ohne dass Sie mir im Weg stehen.«

Klarer hätte man es nicht ausdrücken können.

»Sagen Sie mir ganz ehrlich, Dottore: Was ist Ihrer Meinung nach wirklich passiert?«

»Wer kann das wissen? Das arme Mädchen! Anscheinend hat Teresa ihre schlimmsten Albträume aus dem Dunkel kommen gesehen. Es wird nicht einfach sein, sie zu heilen. Seien Sie aber beruhigt, Maresciallo, ich werde mich persönlich darum kümmern und Sie informieren, wenn es auch nur die kleinste Neuigkeit gibt, die für Sie nützlich sein könnte.«

Der Krankenhausflur: Am schwarzen Brett hängen Plakate und Bekanntmachungen, Ankündigungen für wissenschaftliche Vorträge, Mitteilungen der Gewerkschaft, das Programm für die Festlichkeiten zu Ehren von San Michele. Ein kleineres Plakat für den Lyrikwettbewerb »Lob der Natur«.

Vor Bonannos geistigem Auge materialisiert sich Lillo Coglios Gesicht. Sein Instinkt meldet sich. Er hat keine Ahnung, welchen verdammten Grund es dafür gibt, dass er nun schon zum zweiten Mal in kurzer Zeit an den Möchtegerndichter denken muss, der ihm eigentlich völlig egal ist. Das Gefühl, dass er etwas übersehen haben könnte, ein auf den ersten Blick unwichtiges Detail, das aber für die Klärung des Falles wichtig ist, lässt ihn nicht los. Bonanno beschließt, sich Klarheit zu verschaffen, verlässt das Krankenhaus und geht auf den Wagen zu, in dem Steppani auf ihn gewartet hat.

»Steppani, halte an der Apotheke Cusumano.«

Der Brigadiere fährt hemmungslos, Bonanno raucht friedlich vor sich hin. An der Piazza steigt er aus dem Wagen und geht zur Apotheke, die an diesem Wochentag immer geschlossen ist.

Bonanno denkt an seine letzte Begegnung mit dem Möchtegerndichter. Als er die Tabletten und Abführmittel gekauft hat, hat er Lillo Coglio getroffen. Was hat der ihm so Besonderes erzählt?

Er hat Pietro Cannata in Agrigent gesehen, am Tag, bevor jemand daran dachte, ihn zu den Engeln zu schicken.

Und wo genau hat er ihn gesehen? Vor einem teuren Schuhgeschäft, dort hat er die Auslage bewundert.

Bonanno erinnert sich, dass er Coglio am liebsten umgebracht hätte.

Und hatte ihm nicht Cannatas Geliebte Rosina gesagt, dass ihr Pietro ihr ein Paar hochmodische Schuhe mit einem Schwindel erregenden Absatz und Schnallen hatte schenken wollen?

Und hatte Tonio nicht erzählt ...

Und, wenn er genau darüber nachdachte – hatte er nicht in der Nähe der geheimen Bank in Agrigent ein Schuhgeschäft gesehen?

»Das darf ja wohl nicht wahr sein!« Er fühlt sich wie ein Dummkopf. In seinem Kopf entsteht das Bild von einer

Straße, die nach Kurven und Kehren direkt zum Ausgangspunkt zurückführt.
»Die haben mich angeschmiert, und ich drehe mich im Kreis! Steppani, möchtest du dir drei Tage Urlaub verdienen?«
»Wen soll ich verhaften?«
»Du musst mich in zwanzig Minuten nach Agrigent bringen. Möglichst lebend.«
Bevor Bonanno den Satz beendet hat, heult der Motor schon auf, und Steppani fährt auf die Provinzstraße. Agrigent, die Stadt der Tempel, erwartet sie.

Zweiundzwanzig

Das Schuhgeschäft führt nur Designerlabels. Bonanno erfährt, dass er für eine Brieftasche fast ein Viertel seines Monatsgehalts ausgeben muss, für ein Paar Schuhe sogar die Hälfte.

Er geht mit dem Foto des Ermordeten auf den Geschäftsinhaber zu, einen mageren Kerl mit säuerlich riechendem Atem. Der behauptet, den Mann nicht zu kennen. Dann ruft er die Verkäuferin. Bonanno zeigt ihr ebenfalls das Foto und beschreibt die Schuhe, von denen Cannatas Geliebte geschwärmt hat. Er hat genau vor Augen, wie sich Rosinas Lippen gekräuselt haben, als sie über das nie erhaltene Geschenk sprach. Er hat beobachtet, wie sich dabei ihre kleinen, entzückenden Füße schnell und aufreizend bewegt haben.

Die Verkäuferin stößt einen leisen Schrei aus. Ja, natürlich erinnert sie sich, ein exklusives Modell, schwarz, mit goldenen Schnallen und glänzenden Absätzen. Es gibt immer nur ein Paar pro Größe.

Dies hier ist ein seriöses Geschäft, mit ausgewählter, sehr anspruchsvoller Kundschaft. Deshalb dürfen sie nicht mehrere Paare eines Modells anbieten. Es ist nur noch ein Paar übrig.

»Würden Sie es mir bitte zeigen?«

»Es sind Schuhe aus ganz weichem Leder, Schuhe, die auf-

fallen. Schuhe für Frauen, die beim Einkaufsbummel gern ihre Hüften schwenken.«
Langsam fügen sich die Teile des Mosaiks zusammen.

»Steppani, schnell nach Villabosco.«
Der Brigadiere kann kaum glauben, dass er sich am Steuer austoben darf, und rast wie eine Rakete. Wie schön ist das Leben eines Carabiniere!
»Zur Villa Cusumano, Steppani, Ortsteil Gifarello.«

Der alte Apotheker sitzt im Schatten unter seinen blühenden Platanen. Um ihn herum ein Blütenmeer, der gepflegte Garten ist voller Gemüse.
Cusumano liest Ciceros *Über das Alter*. Er empfängt Bonanno mit einem erstaunten Lächeln. Cusumano steht auf und geht ihm entgegen. »Wem verdanke ich diese Ehre, Maresciallo?«
»Meine Hochachtung, Dottore. Bitte, nur keine Umstände, bleiben Sie doch sitzen. Nein, wenn Sie erlauben, setze ich mich auch. Bei Ihnen ist es wunderbar. Diese Kühle, wie im Paradies!«
»Wenn die Sonne unsere Knochen verlässt, dann muss man sie um sich herum entstehen lassen.«
Der Apotheker ist wirklich ein Philosoph. Er läutet ein Glöckchen. Aus der Villa kommt eine auffallend sinnliche Frau, eine Mulattin mit dunklen Samtaugen und einem schön geformten Mund. Sie bewegt sich wie eine Wildkatze.
»Bitte einen Espresso für den Maresciallo, Kabira.«
Bonannos Blick bleibt länger als gestattet auf der Panterfrau haften.
Der Apotheker freut sich. »Sie ist umwerfend, nicht wahr?

Eine Gazelle aus der Savanne. Mit ihr an meiner Seite fühle ich mich weniger alt und nicht so allein. Cicero wird es mir nicht übel nehmen, wenn ich die Anmut einer Ebenholzstatue der Weisheit der großen Geister vorziehe.«

»Wollen Sie damit etwa andeuten, Sie und die Signorina …«

»Man tut, was man kann, mein lieber Maresciallo. Sicher, das Alter ist nicht gerade hilfreich, aber ab und zu schaffe ich es doch, ein schönes Bad in weiblicher Anmut zu nehmen, ohne zu ertrinken. Können Sie mir sagen, was es Schöneres gibt? Aber mit Kabira ist es anders, sie ist ein so liebes Mädchen, und ich lebe allein. Sie ist vor einigen Jahren nach Italien gekommen, zusammen mit ihrem Bruder, der auf meinen Feldern arbeitet. Dort hat auch sie gearbeitet. Als ich dann eines Tages kam, um die Arbeiten am neuen Bauernhof zu kontrollieren, habe ich sie gesehen. Sie wusch sich gerade an der Quelle. Ich fühlte eine Glut in mir, eine solche Glut, dass …«

»Ich habe schon verstanden, Dottore, was für eine Glut Sie meinen.«

»Wir sind uns einig. Mit ihr ist es anders. Ich bin alt, meine Neffen können es gar nicht abwarten, mich unter die Erde zu bringen, um in den Genuss meines Besitzes zu kommen, aber ich haue sie übers Ohr. Ich bereite eine Überraschung für sie vor, von der sie nicht einmal träumen. Doch jetzt Schluss damit, Sie wollten mich etwas fragen, Maresciallo?«

Und nun? Wie konnte er sich aus der peinlichen Lage befreien? Bonanno hat plötzlich Skrupel. Er und sein sensibler Charakter! Er könnte der afrikanischen Venus unrecht tun mit der Frage, die er dem alten Apotheker stellen will.

»Dottore, ich weiß, dass Sie eine gewisse Santuzza Pillitteri kennen, auch bekannt als ›A Capitana‹.«
»Wer kennt ›A Capitana‹ nicht?«
»Ich weiß außerdem, dass die Signora, um die es hier geht, nach ein paar Besuchen bei Ihnen ihren … sagen wir mal … Lebensstil änderte.«
»Das arme Mädchen, es brauchte so viel Liebe und Zuwendung …«
»Dottor Cusumano, haben Sie ihr außer Liebe und Zuwendung vielleicht noch ein Paar Schuhe geschenkt, die ein Vermögen gekostet haben? Luxusware, mit goldenen Schnallen und glänzenden Absätzen?«
»Maresciallo, ich bin ein müder, alter Mann; mir fällt es schwer auszugehen. Ich liebe ein gutes Buch und gute Gesellschaft. Ich kümmere mich gern um meinen Garten und genieße meinen Lebensabend. Wer will sich schon das Leben komplizieren mit Geschenken, die vielleicht nicht ankommen? Man kann das, was man schätzt, doch mit Bargeld bekommen. Santuzza ist eine liebe Frau, doch ich sehe sie schon seit einiger Zeit nicht mehr. Grüßen Sie sie bitte.«
»Das werde ich. Hm, Sie sehen sie also schon seit einiger Zeit nicht mehr … wie lange ungefähr?«
»Seit Monaten, Maresciallo, seit Monaten. Was denken Sie, mein Körper ist nicht gerade hilfreich. Was ist? Sie wollen schon gehen? Trinken Sie Ihren Espresso nicht?«
Diese offenen Bestätigungen sind wie glühende Splitter in der Wunde, die Gehirnzellen setzen sich in Bewegung. Wenn der Apotheker Santuzza Pillitteri seit Monaten nicht gesehen hat, wer hat ihr dann die Schuhe geschenkt? Die Antwort trifft ihn wie ein harter Schlag.
»Ein anderes Mal, Dottore, und vielen Dank, Sie haben mir sehr geholfen. Passen Sie bitte auf sich auf.«

»Seien Sie beruhigt, Maresciallo: Ich will Petrus so spät wie möglich kennen lernen.«
Wieso hatte er daran nicht gedacht?

Tonio ist in der Apotheke, er sieht ihn und merkt gleich, dass dicke Luft im Anzug ist.
»Geht es dir gut, Savè?«
»Einfach großartig. Können wir reden? Wieso interessierst du dich so für die Capitana und was sie so treibt? Und warum hast du mir hingegen nichts vom alten Cusumano und seinem schwarzen Spielzeug erzählt?«
»Das ist seine Sache, und hier verdiene ich mein Geld. Aber mit der Capitana haben wir uns verstanden, oder? Die ist doch wirklich eine leidenschaftliche Frau ...«
»Also entschuldige bitte, wenn es um die Capitana ging, dann hast du nicht daran gedacht, dass du dein Geld hier verdienst! Du Mistkerl, konntest du mir nicht erzählen, dass du sie ebenfalls triffst und dass du nur daran interessiert bist, mit ihr ins Bett zu gehen? Deinetwegen fahre ich herum wie ein Idiot und verschwende meine Zeit mit senilen Apothekern, die sich für wer weiß was halten, nur weil sie arme Mädchen, die das Geld brauchen, flachlegen?«
»Was zum Teufel fällt dir ein, Savè? Hier brauchen alle Geld ... Sag mir die Wahrheit! Was nagt so an dir, dass dir die Galle hochkommt?«
»Was soll schon an mir nagen? Deinen Worten habe ich entnommen, dass Santuzza mit dem Alten schläft und dass er ihr die teuren Schuhe geschenkt hat. Stattdessen bist *du* blöder Mistkerl derjenige, der dem Dummkopf Turiddu Hörner aufsetzt, und vielleicht hast du Santuzza ja die Schuhe hingestellt, oder du hast sie aus dem Auto des Ermordeten geklaut.«

»Savè, wenn du so ermittelst, wie du weibliche Schluchten erforschst, dann geht es uns schlecht. Aber warum eigentlich nicht …? Ich habe es versucht, doch bei der … keine Chance, daran war gar nicht zu denken. Wenn du keine vollen Taschen hast, lässt sie dich auch nicht ran. Sie hat die Nase voll von diesen Verrückten wie Pino Brocio und jetzt sogar genug von ›U'Ragunese‹. Aber nun erklär mir doch mal den Blödsinn mit den Schuhen und was sie mit dem Mord zu tun haben.«
Die Alarmglocken läuten heftig; der Bulle in ihm meldet sich lautstark. »Wenn du es auch nicht warst, kann ich dann endlich mal erfahren, wer zum Teufel der unbekannte Liebhaber ist?«
»Also, es gibt da Gerüchte, aber das kann meiner Meinung nach nicht wahr sein. Der hat noch weniger Moos als ich. Wie sollte Santuzza ihn da nur in Erwägung ziehen? Vielleicht früher, als er noch das Restaurant am Meer besaß. Aber heute … Nein, nein, da muss er an ganz andere Orte gehen, wenn es ihn nach einer Frau gelüstet.«
»Wer ist denn der arme Schlucker?«
»Du kennst ihn fast zu gut. Es ist dein Freund: Vastiano Carritteri.«

Säuerlicher Geruch nach Armut und verfaultem Gemüse schlägt ihm entgegen. Bevor Bonanno noch andere Dummheiten verzapft, will er lieber spontan einer Idee nachgehen. Der Kreis schließt sich langsam.
Falls Santuzza Pillitteri einmal schön gewesen ist, muss diese Schönheit sehr schnell verwelkt sein. Auf Bonanno wirkt sie hässlich und vulgär, aber er erkennt an, dass sie sich mit natürlicher Sinnlichkeit bewegt. Ihr Geheimnis liegt in ihren wohl proportionierten Hüften und der

schlanken Figur, die aber trotzdem üppig und an den richtigen Stellen gerundet ist.
Die Frau scheint wenig erfreut zu sein, ihn kennen zu lernen. »Ich habe nichts getan, und wenn die das behaupten, dann sind sie allesamt eine verleumderische Bande und neidische Idioten, denen ich die Augen auskratzen sollte, wenn sie reden.«
Bonanno hat nur den einen Wunsch: Sie soll aufhören, sich wie ein Kreisel zu drehen. Der Bulle in ihm meldet sich laut. »Es geht nicht um eine Anzeige, Signora, beruhigen Sie sich doch. Ich möchte eine Information von Ihnen. Soviel ich weiß, haben Sie als ... äh ... Geschenk ein Paar Schuhe erhalten, die besonders und sehr elegant aussehen. Würden Sie sie mir bitte zeigen?«
»Aus welchem Grund?«
»Wenn ich sie nicht im Guten haben kann, komme ich mit einer Genehmigung des Untersuchungsrichters wieder, und dann weiß ich nicht, ob Sie sie überhaupt zurückbekommen. Sie können mir glauben, wenn man erst einmal mit den Papieren und dem Rechtskram anfängt ...«
»Na gut, ich habs kapiert. Ihr habt natürlich immer Recht, ihr seid sofort dazu bereit, arme, unglückliche Menschen zu behelligen.«
Santuzza geht in das winzige Zimmer. Alles ist unordentlich bis zum Dach. Sie holt ein herzförmiges Paket hervor, das mit rotem Samt ausgelegt ist, öffnet es und zeigt ihm die Schuhe.
Bonanno hätte fast der Schlag getroffen. Es sind die Schuhe, die er sucht. Die Schuhe, die Pietro Cannata in dem Laden in Agrigent für die schöne Rosina gekauft hat, lang soll sie leben. Dieselben Schuhe, die jemand aus dem Wagen des Ermordeten genommen hat. Hat Tonio die Wahrheit

gesagt, dann war dieser Jemand Vastiano Carritteri. Jetzt hatte sich der Kreis geschlossen.
»Würden Sie mir erzählen, wie Sie zu den Schuhen gekommen sind?«
»Das Geschenk eines alten Freundes.«
»Hat dieser alte Freund keinen Namen?«
»Den kennen Sie doch … Schluss jetzt, Maresciallo, wenn Turiddu zurückkommt, geht es uns allen schlecht, so eifersüchtig wie der ist.« Ihre Stimme ist rau und tief, die Stimme einer Frau, die in vielen Betten gelegen hat, die weiß, wie das Leben ist und wie man es nehmen muss. Die Schlafzimmerstimme einer Frau, die weiß, dass jeder Kerl zwischen diesen glühenden Hüften zu Wachs wird, bei einer Frau, die seine Einsamkeit und Kraft in sich aufnimmt.
Diese Stimme trifft Bonannos Gehirn wie ein Donnerschlag. Es ist die Stimme der anonymen Anruferin. Bonanno hat das letzte Glied der Kette gefunden. Die Wahrheit trifft ihn wie ein Schlag.
»Sagen Sie mir noch eins: Wie viele anonyme Anrufe bei der Polizei machen Sie so am Tag?«
Santuzza antwortet nicht.
Der Kreis hat sich nicht nur geschlossen, er dreht sich jetzt sogar von allein. Bonanno muss nur seine Hand ausstrecken, um ihn anzuhalten und endlich einmal hineinzusehen, sich in den Unrat zu stürzen, den er von Anfang an gerochen hat.

Bonanno möchte am liebsten allein sein. Zu Hause wirft er sich auf sein Bett. Er muss sich entspannen und das Durcheinander ordnen, das seine Gedanken vergiftet. Er muss schlafen. Aber an Schlaf ist nicht zu denken. Lange

wälzt er sich im Bett hin und her, er grübelt, schimpft sich tausendmal einen Idioten. Am frühen Morgen schläft er endlich ein. Er schläft unruhig.
Keine Spur von Vastiano Carritteri. Nachdem Bonanno Santuzza verlassen hat, hat er ihn stundenlang gesucht. Ohne Erfolg. Wo ist der Mörder geblieben?
Traum oder Wahrheit? Albtraum oder Wirklichkeit. Manchmal gibt es da keinen Unterschied.

Steppani fährt wie ein Irrer. Noch nie hat ihn der Maresciallo ohne ein Wort gewähren lassen. Ja, wenn er jetzt noch die Sirene kurz anstellen dürfte … Aber man soll vom Leben nicht zu viel verlangen.
Seit Stunden fahren sie vergeblich herum, von Vastiano Carritteri keine Spur. Bonanno hat plötzlich eine Idee. Er lässt sich zu dessen letzter Lebensgefährtin fahren. Maruzza Vicilenti ist tatsächlich hochschwanger. Und sie hat gewiss schon über dreißig Kilo zugenommen.
»Vastiano? Der ist vor ein paar Tagen weggefahren. Er musste irgendetwas im Ausland erledigen und sehen, ob er dort einen gebrauchten Kleinbus findet. Er hatte keine Ahnung, wann er zurückkommen würde. Vielleicht wird er eine, zwei oder auch drei Wochen fort sein.«
Jeder Zweifel ist ausgelöscht, die Kette hat ihr Ende gefunden. Der Kreis dreht sich von allein, und wenn Bonanno nicht zugreift, dann entgleitet er seinen Händen wieder. Ohne Vorwarnung wird ihm übel.

»Halte an der ersten Bar unterwegs an. Ich gebe dir ein Frühstück aus, Steppani.«
In der gemütlichen Gaststube serviert ihnen wenig später ein stämmiger Junge mit Eis gefüllte Brioches und Eistee

mit Zitronengeschmack. Der Raum ist nun menschenleer. Ein paar Gäste haben sofort den Rückzug angetreten, als sie die Uniformen bemerkt haben. Bonanno ist das nicht einmal aufgefallen, er hat keinen Appetit. Auf seinen Schultern scheinen Tonnen Steine zu liegen. Endlich hat er das Ganze begriffen. Er hält den Kreis fest in der Hand, und er fühlt sich, als wäre er in eine Jauchegrube gefallen.

»Sie hätten das Eis auch dort lassen können, wo es war, wenn Sie es sowieso schmelzen lassen, Maresciallo.«

»Entschuldige.« Lustlos kostet Bonanno vom Eis, sein Blick verliert sich zwischen Lebenden und ins Ausland geflüchteten Schattengestalten, dem Ekel erregenden Gestank der Müllkippe und dem Geheimnis, das er jetzt kennt.

»Können wir reden? Seit heute Morgen fahren wir in der Gegend herum, und ich hab kaum etwas verstanden ...«

»Manchmal ist es besser, nichts zu verstehen, Steppani, glaub mir.«

»Wir sind Polizisten, Maresciallo, und es ist unsere Aufgabe, zu verstehen oder so zu tun, als verstünden wirs nicht, je nachdem, woher der Wind weht. Doch jetzt scheint der Wind sich gelegt zu haben. Geht es Ihnen immer noch so schlecht?«

»Weißt du, Steppà, manchmal fühlt man sich ganz leer und kraftlos, und man möchte alle zum Teufel jagen. Ist dir das noch nie passiert?«

»Natürlich, besonders wenn ich den Dienst antrete und irgendein anderer Idiot fährt ... Maresciallo, erklären Sie mir bitte, was zum Teufel wir hier machen. Warum verschwenden wir unsere Zeit damit, hinter Schuhen und Apothekern herzujagen und jetzt diesen Hungerleider Carritteri zu suchen? Warum verhaften wir nicht den Vorsitzenden vom ›Club dei Tesserati‹, nehmen ihn richtig hart ran und bringen ihn zum Reden?«

»Steppani, Cannatas Sohn hat sich selbst des Mordes bezichtigt. Er sagt, er hätte seinem Vater den Kopf gespalten, und für ihn liegt schon eine nette Anklage wegen vorsätzlichen Mordes bereit. Aber ich habe nicht lockergelassen, und jetzt weiß ich, der Junge ist unschuldig – alle in dieser Familie sind nur unschuldige Opfer, vor allem diese arme junge Frau. Ich habe die ganze Nacht kaum ein Auge zugetan, ich bin schrecklich müde, doch ich habe endlich verstanden, was sie meinte, als sie von ›Augen unter buschigen Augenbrauen‹ und ›Feuerschwertern‹ sprach. Ihr Vater hat sie missbraucht, Steppà, dieses Riesenstück Scheiße hat Inzest begangen. Das arme Mädchen ist danach weggelaufen, hat den ersten Zug genommen und sich lange Zeit nicht mehr gemeldet.

Erinnerst du dich? Cannata hatte eine Narbe auf der Brust, die hatte ihm der ältere der beiden Brüder als Erinnerung mit dem Messer verpasst. Er hat ihm das Messer zwischen die Rippen gejagt, um seine Schwester zu verteidigen. Und außerdem …«

»Wer hat Ihnen das alles erzählt, Maresciallo?«

»Die arme Kleine, sie sprach von Prinzessinnen und Rittern und wilden Drachen mit Feuerschwertern, und ich Riesenrindvieh habe nichts begriffen … Als ich ihre blutüberströmten Handgelenke sah, war ich ganz durcheinander. Ich habe ihr nicht richtig zugehört, sie sprudelte wie ein Wasserfall und sagte so erschütternde Dinge … Wie hätte ich sie auch verstehen sollen? Aber jetzt … weiß ich alles, endlich ist alles klar.

Erinnerst du dich, wo wir Cannata gefunden haben? Das Auto war nicht da, weil jemand es mitgenommen hatte, und nun weiß ich auch, wer das gewesen ist. Unser lieber Freund Vastiano Carritteri, der sich bestimmt von Loreto Passacquà hat helfen lassen. Ich wette, er hat ihn mitten in der Nacht angerufen, und Passacquà konnte es bestimmt kaum glauben, dass er eine solche Luxuslimousine ohne einen Kratzer in die Hände bekommen sollte. Bestimmt wusste er nichts von dem Ermordeten, sonst hätte er sich nicht in die Angelegenheit verwickeln lassen. Er ist ein Feigling, und als alles zu spät war und er begriff, was für eine Dummheit er begangen hatte, hat er den Wagen sofort dorthin zurückgebracht, wo er ihn gefunden hatte. Er hat sogar die Autotür offen gelassen, so wie er sie vorgefunden hatte, genau wie ich es ihm geraten hatte. Dann hat er mich angerufen und dabei wahrscheinlich eine leere Büchse vor den Hörer gehalten. Er hat mir das erzählt, was ich hören wollte.«

Für Steppani schmeckt der Eistee plötzlich wie Gift. Bonanno redet weiter. Dabei ist er so ernst wie noch nie in seinem Leben.

»Dieser verdammte Hurensohn Vastiano Carritteri wusste, dass an diesem Abend in der Spielhölle in Campolone ein großes Ding steigen würde. Man organisierte ein Spiel mit besonders hohen Einsätzen. Das hat ihm bestimmt seine Geliebte Santuzza erzählt. Ich habe erfahren, dass dieser Dummkopf Turiddu ›U'Ragunese‹ manchmal aushilfsweise bei Vanni Monachino, dem Getreidehändler, arbeitet. Seit er das Restaurant verloren hatte, gingen Vastiano üble Ideen durch den Kopf, und er fuhr zu Cannata. Vielleicht wollte er ihn um ein Darlehen bitten, oder er wollte auf Kredit spielen … Wer kann das wissen? Dann geschah das, was geschehen musste. Er nahm ihm schließlich alles Geld ab, das Cannata am Morgen aus dem Schließfach geholt

hatte. Falls Cannata noch etwas dort gelassen hatte, dann hat der seriöse, zerknirscht tuende Bankdirektor schon gewusst, wie er den Rest verschwinden lässt, darauf kannst du Gift nehmen.
Nach dem Mord hat Carritteri dem Toten auch noch den Schmuck geraubt, dann nahm er das Auto und fand darin das Geschenk. Als er die Luxusschuhe sah, hat er nicht zweimal nachgedacht. Er hat sie sich gegriffen und dann seiner Geliebten Santuzza geschenkt. Carritteri braucht seine Frauengeschichten wie die Luft zum Atmen.«
Steppani hängt seinen Gedanken nach, sein Eistee wird langsam lauwarm. »Wer hat dann Carritteris Ape angezündet, Maresciallo?«
»Er selbst, Steppani. Erst hat er mich mit der Spur nach Campolone in die Irre geführt, gleichzeitig hat er irgendeinen ›Freund‹ aus dem Club benachrichtigt, und deshalb haben sie am Abend Torrisi und Brandi entdeckt. Um den Verdacht von sich abzulenken, hat der Mistkerl sein eigenes Fahrzeug angezündet – jetzt hatte er ja reichlich Geld, um sich ein neues zu kaufen.
Die Bullen wühlten den ganzen Dreck auf. Nach meinem letzten Besuch bekam Passacquà ziemliche Panik, und sicher hat er Carritteri informiert; die Genossen aus dem Club taten das ihre, und Carritteri bekam es ebenfalls mit der Angst zu tun. Damit die Bullen nicht länger nervten, brachte er seine Freundin Santuzza dazu, mich anzurufen, ein anonymer Anruf, um mir die Adresse dieser armen Frau zu geben.
Während wir Fortschritte machten, gönnte sich Carritteri eine Reise ins Ausland, um ganz sicherzugehen. Wenn alles in Ordnung ist, kommt er zurück, wenn nicht, wird er schön bleiben, wo er ist.«

»Maresciallo, ich verstehe es nicht. Warum dieses ganze Theater? Welchen Grund hatte Carritteri, uns auf eine falsche Fährte zu locken? Und warum hat Loreto Passacquà nicht gemerkt, dass das Auto voller Blut war? Cannatas Kopf war gespalten, das Blut muss doch in Strömen geflossen sein, oder nicht?«

Bonanno lachte zynisch und rauchte, einen Zug nach dem anderen. Seine Hände schienen nervös auf einer unsichtbaren Geige zu spielen. »Da wollte ich dich haben, Steppani, das ist genau der Punkt! Auch wenn sie es selbst nicht wissen – Pino Cannata hat seinen Vater nicht umgebracht, es war auch nicht die Schwester. Sie haben ihn geschlagen, das schon. Als er vor ihnen stand, haben sie ihm einen schweren Gegenstand auf den Kopf gehauen – das erklärt die erste Beule hinter dem Ohr des Toten, doch sie haben nie etwas von Blut gesagt. Er schien tot zu sein, und aus Abscheu vor ihm und seinen Taten ... und aus Sorge, dass ihr schreckliches Geheimnis ans Tageslicht kommen würde, wenn sie sich selbst anzeigten, haben sie beschlossen, den vermeintlich Toten verschwinden zu lassen. Cannata war aber noch nicht tot, wie wir jetzt wissen. Sie haben ihn zur Müllkippe gebracht, und dort haben sie ihn liegen gelassen. Carritteri ist erst Cannata gefolgt und muss dann dessen Kindern nachgefahren sein. Vielleicht hat er sich seit dem Morgen auf dem Markt postiert, als Cannata seine Tochter bemerkte, sie wiedererkannte und sie bis nach Hause verfolgte – Teresa hat mir erzählt, dass die ›Bestie‹ sie auf dem Markt gesehen haben muss. Und Carritteri ist den beiden nachgefahren.

Vastiano Carritteri ist sehr vorsichtig gewesen, er hat sich nicht sehen lassen, und als er beobachtete, dass der Lancia Kappa von Martellotta wegfuhr, ist er ihm wieder gefolgt.

Er konnte natürlich nicht ahnen, dass der Sohn Cannata auf die Müllkippe werfen würde. Ihn interessierte sowieso nur das Geld, und davon hatte Cannata an diesem Tag genug bei sich, das wusste Carritteri, denn in der ›Putia dei deci‹ bezahlt man bar. Carritteri dachte, Cannata wäre tot. Aber er war nur bewusstlos, solche Mistkerle haben ein dickes Fell. Dann hat Cannata sich bewegt und die Augen geöffnet, vielleicht wegen des Gestanks oder weil Carritteri ihn umgedreht hatte, um ihn zu bestehlen. Oder vielleicht hat er irgendwie reagiert, ihn wiedererkannt ... Da hat Carritteri den Kopf verloren, hat irgendetwas in seiner Nähe gesucht, das man als Waffe benutzen konnte, und ihm den Schädel gespalten.«

Alkohol im Dienst ist verboten. Steppani bestellt einen doppelten Whisky auf Eis. Er kippt ihn in einem Zug hinunter. Dabei schert er sich nicht um den entgeisterten Blick des stämmigen jungen Kellners. Er bestellt noch einen, wieder einen doppelten. »Verdammt, Maresciallo!«

Bonanno hört ihm nicht mehr zu. Er denkt an Teresa, die zwischen ihren Schatten verloren ist, und an einen kleinen Ritter ohne Fehl und Tadel, der sich bis zum Schluss für seine Prinzessin opfert. Wie viele Abgründe man doch in anständigen Familien entdecken kann. So viel auswegloses Leid, tief im Herzen begraben. So viele menschliche Wesen, die ihrer Unschuld beraubt werden.

Diese Gedanken vergiften sein Hirn. Sofort fasst er einen Entschluss. »Tu mir einen Gefallen, Steppani. Berichte dem Capitano das, was ich dir eben erzählt habe. Sprich auch mit dem Untersuchungsrichter, finde die Beweise und setz die Arbeit fort.«

»Welche Beweise?«

»Wenn du einen Rat willst: Ruf die Spurensicherung und

lass sie den Aschenbecher aus Granit untersuchen. Als ich ihn in die Hand nahm, wurde Teresa hysterisch. Ich würde mich nicht wundern, wenn das die Waffe wäre, die Teresa Cannata über den Kopf gezogen hat.«

»Was bedeutet das?«

»Dass es immer einfach ist, wehrlose Menschen anzugreifen. Die Lämmer haben keine Stimme zum Schreien, nicht einmal, wenn die Wölfe ihnen das Herzblut aussaugen. Wenn die von der Spurensicherung ihr Handwerk verstehen, dann wette ich hundert zu eins, sie werden an diesem Aschenbecher Spuren finden, kleine Stücke vom Kopf dieses Schweins, vielleicht Haarpartikel. Und wenn sie nichts auf dem Aschenbecher finden, dann sollen sie auf der Klingel nach Fingerabdrücken suchen oder Teresas Fingernägel untersuchen. Sie hat den Widerling bestimmt gekratzt, und irgendwas muss davon zurückgeblieben sein.

Gebt Pino Cannata zu verstehen, dass ihr alles wisst. Es ist überflüssig, dass er sich selbst anzeigt und für eine fremde Schuld bezahlt. Er soll uns lieber die Geschichte von Anfang an erzählen, auch wenn das immer noch wehtut. Und wenn du dann Zeit hast, finde Carritteri und sperr ihn ein.«

»Ich?«

»Du oder jemand anders, das ist mir egal. Berichtet alles dem Capitano. Die nächsten drei Wochen könnt ihr nicht mit Saverio Bonanno rechnen.«

»Sie machen sich aus dem Staub? Wohin, wenn ich fragen darf?«

»Ich nehme mir frei. Ich habe eine Verpflichtung, die ich nicht länger verschieben will. Und jetzt begleite mich bitte. Ich will mich von jemandem verabschieden.«

Teresa ist nun gefasster. Die Psychopharmaka haben ihre beruhigende Wirkung entfaltet. Bonanno bleibt an der Tür stehen. Teresa bewegt schwach eine Hand. In seinen Händen hält Bonanno eine Schachtel Pralinen und einen Blumenstrauß. Es sind Margeriten. Teresa lächelt ihn an und dankt ihm leise. Er kann ihr nicht antworten, er hat einen Kloß im Hals. Bonanno flüchtet, bevor der Kloß sich löst.

Als Vanni Lenticchio ihn das Tierheim betreten sieht, mustert er ihn argwöhnisch.

»Hast du noch dieses Hündchen, das so gern Hemden voll pisst?«

Wenig später greift er nach dem weichen Fellbündel, das anfängt, ihn abzulecken und zu jaulen, und fühlt, dass er es jetzt schon mag.

Bonanno biegt in die Straße ein, die zur Schule seiner Tochter führt. Der Unterricht ist in vollem Gange. Es sind noch zwei Tage, bis die Schule wegen der Provinzwahlen schließt.

»Darf ich?«, fragt Bonanno.

»Bitte, Maresciallo, setzen Sie sich doch«, antwortet die Lehrerin Concetta Coniglio.

»Ich möchte Sie bitten, Vanessa früher zu beurlauben, wenn es geht. Wir haben eine Verpflichtung, die wir nicht verschieben können.«

»Aber natürlich, Maresciallo, kein Problem, Sie müssen mir nur dieses Formular unterschrieben.«

Vanessa verzieht das Gesicht, sie packt ohne Begeisterung ihre Hefte und die Stifte in ihren Rucksack. Bis zum letzten Augenblick hat sie gehofft, dass die Lehrerin die Bitte ablehnt. Ihr Vater will mit ihr abrechnen, und nach all den Erlebnissen mit den Schildkröten, Wellensittichen und Fischen hat er genug Gründe dafür. Widerwillig folgt sie ihm nach draußen.

Bonanno sagt kein Wort. Er nimmt ihre Hand, drückt sie zärtlich.

Vanessa ist nervös. Sie haben den Fiat Punto erreicht. Bonanno öffnet die Wagentür, und das kleine Mädchen ist plötzlich überglücklich: Aus zwei schüchternen, freundlichen Augen sieht ein kleiner Hund sie neugierig an und wedelt mit dem Schwanz.

Vanessa umarmt ihn jubelnd. Dann springt sie ganz hoch, fast bis zum Himmel. Ihre Freude kennt keine Grenzen und überwindet die Gesetze der Schwerkraft. Sie dreht sich immerzu im Kreis. Dann bleibt sie überglücklich stehen. Bonanno betrachtet sie mit den Augen eines Vaters. Er hat die traurigen Augen wieder gesehen, als er sich in denen Teresas verlor, sich in den Schmerz versenkte, der jede Faser ihres Körpers erfüllt. Dieser Schmerz hat ihn wie ein Messer durchbohrt.

»Danke, danke, Papa!«, flüstert seine Tochter, zieht ihn zu sich herunter und legt ihm die Arme um den Hals. »Von heute an werde ich dich nie mehr wütend machen, das verspreche ich dir, ich werde artig sein und …«

Bonanno bringt sie sanft zum Schweigen. »Auf, nach Hause, Koffer packen. Ustica wartet auf uns … und er kommt mit.«

»Oh, Papa, Papa, ich hab dich so lieb! Entschuldige, dass ich so gemein gewesen bin. Ich war so traurig! Ich habe geglaubt, du hättest mich nicht mehr lieb, denn du hattest mich geschlagen … Entschuldige, Papa«, wiederholt Va-

nessa gerührt. Ihre Augen füllen sich mit Tränen. Sie will nicht weinen, aber sie kann nicht anders.
Bonanno umarmt sie, hält sie ganz fest. Der aufrichtige Schmerz, den er Teresa gegenüber empfunden hat, sitzt noch in seiner Kehle. Langsam schmilzt er. Schließlich löst er sich ganz auf. Fast unhörbar flüstert Bonanno: »Bleib so, wie du bist, meine Kleine, bleib immer so. Beug dich nicht vor den Ungerechtigkeiten dieser Welt, vor der Beschränktheit der Erwachsenen. Gib dich nicht denen geschlagen, die die Träume einer Prinzessin nicht verstehen. Bleib, wie du bist, ich bitte dich. Werd bloß nicht so schnell erwachsen, Vanessa.«

Drei sehr stark geschriebene Kurz-Krimis. Camilleri – wie immer das pure Vergnügen!

SONNTAG EXPRESS, Köln

Andrea Camilleri
DER FALSCHE LIEBREIZ
DER VERGELTUNG
BLT
352 Seiten
ISBN 978-3-404-92232-1

Wie sah Salvo Montalbanos Leben eigentlich aus, ehe er Commissario wurde? Gab es vor Livia andere Liebschaften in seinem Leben? Und warum fand er ausgerechnet in Vigàta seine Heimat? – In seinem neuen Buch lüftet Camilleri nicht nur das Geheimnis um Montalbanos Leben »vor Vigàta«, sondern beglückt seine Leser zugleich mit drei ungemein fesselnden Kriminalfällen und einem äußerst gewieften Commissario.

Der Autor von Das Rätsel von Flatey *legt nach. Hochspannung pur!*

Viktor Arnar Ingólfsson
BEVOR
DER MORGEN GRAUT
Island Krimi
BLT
336 Seiten
ISBN 978-3-404-92215-4

Bei der herbstlichen Jagd auf Graugänse ist das Morgengrauen die beste Zeit für die Jagd. Unter den zielsicheren Schützen ist in diesem Jahr jedoch einer, der es mit seiner Schrotflinte nicht auf die Zugvögel, sondern auf die Jäger abgesehen hat. Drei rätselhafte Morde geschehen innerhalb eines kurzen Zeitraums, und die Mitarbeiter der isländischen Kriminalpolizei stehen vor der gefährlichen Aufgabe, einen brutalen Serienkiller zu finden, um dem tödlichen Katz-und-Maus-Spiel von Jäger und Gejagtem ein Ende zu machen.

»Bevor der Morgen graut« ist der Beginn einer neuen Krimiserie.

BLT